텍스트의 포도밭

IN THE VINEYARD OF THE TEXT: A Commentary to Hugh's Didascalicon
by Ivan Illich

텍스트의 포도밭

초판 1쇄 발행 2016년 7월 25일
초판 7쇄 발행 2023년 5월 10일

지은이 이반 일리치
옮긴이 정영목
펴낸이 조미현

편집주간 김현림
교정교열 신혜진
디자인 나윤영

펴낸곳 (주)현암사
등록 1951년 12월 24일 · 제10-126호
주소 04029 서울시 마포구 동교로12안길 35
전화 02-365-5051
팩스 02-313-2729
전자우편 editor@hyeonamsa.com
홈페이지 www.hyeonamsa.com

ISBN 978-89-323-1804-2 03800

이 도서의 국립중앙도서관 출판시도서목록(CIP)은 서지정보유통지원시스템 홈페이지(http://seoji.nl.go.kr)와 국가자료종합목록시스템(http://www.nl.go.kr/kolisnet)에서 이용하실 수 있습니다.(CIP제어번호 CIP2016016371)

○책값은 뒤표지에 있습니다. 잘못된 책은 바꾸어 드립니다.

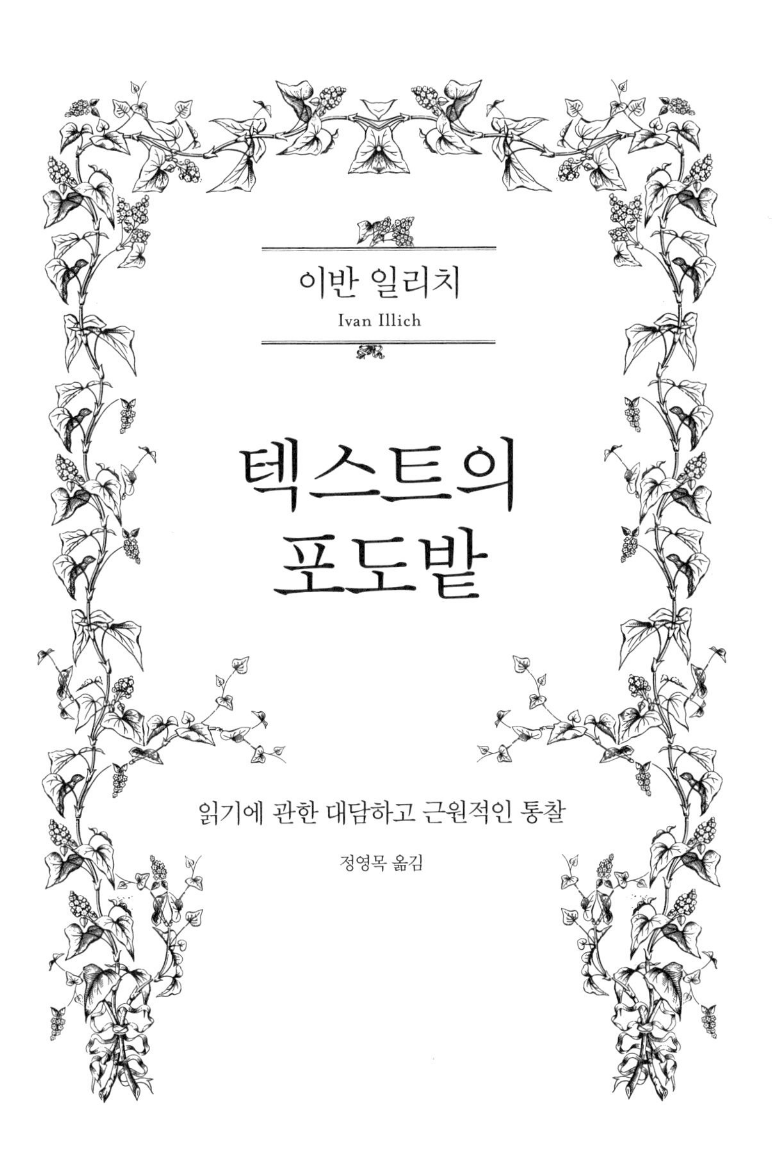

이반 일리치

Ivan Illich

텍스트의 포도밭

읽기에 관한 대담하고 근원적인 통찰

정영목 옮김

현암사

일러두기

• 외래어 표기는 국립국어원 외래어표기법을 따랐다. 특히 인명, 지명은 최대한 맞춤법 또는 원어 발음 표기를 따르려 했으나, 관용적으로 굳어진 경우에는 기존의 표기를 따르기도 했다. (라틴어는 교회 라틴어로 표기했다.)
• 단행본 · 장편 · 작품집은 『 』, 단편 · 시 · 논문은 「 」, 신문 · 잡지는 《 》로 표기했다.
• 본문 중 굵게 처리한 부분은 옮긴이가 표시한 것이다.

차례

머리말

이 책은 학자식學者式 읽기(저자는 학자처럼 글을 읽는 방식이 생겨나면서 수사처럼 글을 읽는 방식이 사라졌다고 보고 있다. 학자라는 말은 물론 스콜라주의와 연결된다. -옮긴이)의 출현을 기념하려 쓴 것이다. 즉, 문자에 대한 접근 방법 중 조지 스타이너George Steiner가 책 중심 접근법이라고 부르는, 서양 학교 제도의 확립을 800년 동안 정당화해온 접근법의 등장을 이야기한다. 보편화된 책 중심주의는 서양 세속 종교의 핵심이 되었으며, 그 교회를 가르쳤다. 그러나 이제 서양의 사회 현실은 기독교를 옆으로 밀어냈듯이 책 중심주의에 대한 믿음도 옆으로 밀어내 버렸다. 과거에는 책이 그 궁극적 존재 이유였으나 상황이 바뀌면서 교육기관이 급격히 늘어났다. 스크린, 매체, '커뮤니케이션'이 어느새 페이지, 문자, 읽기의 자리를 차지했다. 나는 이 책에서 이제는 막을 내리고 있는 책 중심 시대의 출발점을 다룬다. 내가 그것을 다루는 것은 학자식 읽기의 독점하에서는 번창할 수 없었던, 페이지에 대한 다양한 접근 방법을 계발하기에 지금이 적기이기 때문이다.

Je suis un peu lune et commis voyageur

J'ai la spécialité de trouver les heures

qui ont perdu leur montre

……

Il y a des heures qui se noient

Il y en a d'autres mangées par les cannibales

je connais un oiseau qui les boit

on peut les faire aussi mélodies commerciales

나는 더러는 달이고 또 떠도는 판매원이라네

시계를 잃어버린

시간을 찾는 데 전문가지

……

물에 빠진 시간도 있고

식인종이 잡아먹은 시간도 있지

나는 시간을 삼키는 새도 알고 있어

사람들은 시간으로 노래하는 광고를 만들 수도 있지

이 시행은 내가 이 주제에 접근하는 방법을 환기한다. 이는 칠레 시인 비센테 우이도브로Vicente Huidobro의 시에 나오는 구절로, 우이도브로는 아폴리네르Apollinaire의 친구였으며, 1925년 칠레 대통령 후보로 출마했다가 부상을

당했고, 나중에는 스페인과 프랑스에서 종군 기자로 일하기도 했다.[1]

나는 알파벳의 역사에서 쏜살같이 지나갔지만 그럼에도 아주 중요한 순간에 관심을 집중했다. 수백 년에 걸쳐서 기독교식 읽기가 진행되다가 갑자기 페이지가, 경건하게 웅얼거리는 사람들을 위한 악보에서 논리적으로 생각하는 사람들을 위해 시각적으로 조직된 텍스트로 바뀌는 순간이었다. 이때 이후 새로운 종류의 고전적 읽기가 가장 고귀한 사회 활동을 표현하는 지배적 은유가 되었다.

최근 들어 은유로서의 읽기는 다시 무너졌다. 도판과 그에 대한 설명, 만화, 표, 상자, 그래프, 사진, 개요, 다른 매체와의 통합은 사용자에게 학자식 읽기에서 계발된 것과는 대조를 이루는 텍스트북 접근 습관을 요구한다. 이 책은 매체 관리의 이런 새로운 습관, 또는 이런 습관을 수립하는 훈련 방법을 비판하지 않는다. 또 여러 방식의 책 중심 읽기가 지닌 중요성과 아름다움에 대해 어떤 식으로든 의문을 제기하지도 않는다. 나는 책 중심주의의 근원으로 거슬러 올라감으로써, 책 중심적인 사람일 것으로 예상되는 나의 독자와, 그가 나를 읽는 동안 하게 되는 활동 사이의 거리를 늘릴 수 있기를 바랄 뿐이다.

> 우주가 존재하게 된 방식을 다루는 현대 이론들은 극히 섬세한 균형에 관해 이야기한다. 어떤 핵심적 온도와 크기가 조금만 달랐어도 빅뱅은 …… 일어날 수 없었을 것이다. 우리가 아는 근대의 책과 책 문화 또한 그에 비길 만한, 서로 결합된 핵심적 요인들의 아슬아슬한 균형 상태에 의존했던 것으로 보인다.[2]

고전적인 인쇄 문화는 단명한 현상이었다. 스타이너에 따르면, '책의 시대'에 속한다는 것은 읽기의 수단을 소유한다는 뜻이었다. 책은 가정에 두는 물건이었다. 책은 마음대로 다가가 다시 읽을 수 있었다. 이 시대는 사적 공간과 침묵의 시간을 가질 권리에 대한 인정만이 아니라, 정기간행물, 학술 기관, 커피를 함께 마시는 모임 등과 같은 반향실反響室의 존재를 전제한다. 책 문화는 텍스트의 가치와 양식에 관해 대체로 합의가 이루어진 정전正典을 요구했다. 정전은 그것의 전문가가 된 사람들이 스스로 중간계급의 특권을 요구할 수 있는 수단을 넘어섰다. 책 중심의 읽기가 가톨릭교도, 프로테스탄트, 동화된 유대인에게 입문의 목표인 한, 또 성직자와 계몽된 교권 반대자, 인본주의자와 과학자 모두의 목표인 한, 이런 한 가지 종류의 읽기와 관련된 형식적 측면들은 사회적 지형의 여러 차원을 단지 반영할 뿐 아니라 규정하기도

했다.

그러나 이제 책은 시대의 근원적 은유가 아니다. 스크린이 그 자리를 차지했다. 알파벳 텍스트는 지금은 '메시지'라고 부르는 뭔가를 암호화하는 많은 양식 가운데 하나에 불과하게 되었다. 돌이켜보면 구텐베르크로부터 트랜지스터에 이르기까지 책 중심주의를 육성해온 요소들의 결합은 이 주요한 한 시기의 특이성으로 보이며, 동시에 한 사회 — 즉, 서양 사회 — 의 특징이기도 하다. 페이퍼백 혁명, 가끔 옛 기억을 되살리듯 엄숙하게 거행되는 시 낭독회, 가끔 웅장하게 개화하는 가내수공업적인 대안적 출판에도 불구하고 그 사실에는 변함이 없다.

책 중심 읽기는 시대적 현상이지 알파벳의 합리적 이용을 향한 진보에서 논리적으로 불가피한 단계는 아니었다는 것, 기록된 페이지와 상호작용을 하는 여러 양식 가운데 하나일 뿐이었다는 것, 어떤 사람들은 다른 양식들을 택한 반면 또 어떤 사람들은 이것을 하나의 소명으로 발전시켜나갔다는 것을 이제는 분명하게 인식할 수 있다. 서로 구별되는 읽기 방식의 공존은 새롭지 않다고 할 수 있다. 바로 이 점을 보여주기 위해, 이행이 이루어지던 먼 과거의 읽기에 대해 이야기하고 싶은 것이다. 조지 스타이너와 마찬가지로 나도 완전히 다른 기능을 떠맡게 된 교육제도 밖에 유대교의 슐shul, 이슬람의 메데

르사medersa, 또는 수도원과 크게 다르지 않은 **읽기의 집** 같은 것이 있어, 이곳에서 자기 삶의 열정 중심에 읽기가 있음을 발견한 소수가 몇 가지 '영적인 일'이나 책을 기리는 몇 가지 방식 가운데 이런저런 것에 오랫동안 입문하는 데 필요한 안내, 침묵, 규율 잡힌 교우 관계를 바탕으로 한 어울림을 찾을 수 있을지도 모른다는 꿈을 꾼다. 이렇게 새로운 읽기 수행이 꽃을 피우려면, 우선 지난 450년 동안 이어진 책 중심의 '고전적' 읽기가 알파벳 테크닉을 이용하는 몇 가지 방법 가운데 하나에 불과하다는 사실을 인정해야 한다.

이런 이유 때문에 나는 첫 여섯 장章에서 활자가 사용되기 300년 전인 1150년경에 일어난 테크놀로지의 약진을 묘사하고 해석했다. 이 약진은 페이지를 악보에서 텍스트로 변화시킨 테크놀로지와 관련된 여남은 가지 이상의 발명과 장치의 결합으로 이루어졌다. 흔히 생각하는 것과는 달리 인쇄가 아니라 그보다 열두 세대 전에 일어난 이 한 묶음의 혁신이 그 이후 책 중심 문화가 거쳐 간 모든 단계의 필수적 기반이다. 여러 테크닉과 습관들이 모인 덕분에 '텍스트'를 페이지라는 물리적 현실로부터 떨어진 뭔가로 상상할 수 있게 되었다. 이것은 학자들이 읽을 때 하는 일 — 그리고 그들이 읽기에서 경험하는 의미 — 에서 벌어진 혁명을 반영했고 또 그 혁명의 조건이 되었다. 나는 후고Hugues de Saint-Victor의 『디다스칼리콘Didascalicon』(가르침, 교육, 지식 입문 등으로 번역되기도 한다. 곧 후고의 설명이 나온다. -옮긴이)을 해설하면서 중세의 독서 습관에 대한 역사적 행동학과 더불어 12세기에 이루어지던 상징으로서의 읽기의 역사적 현상학을 제시하고자 한다. 이는 수도사식 읽기에서 학자식 읽기로의 이행이 현재에 벌어지고 있는 매우 다른 이행에도 약간의 빛을 던져줄지도 모른다는 기대 때문이다.

이 책은 세 번의 초대에 대한 답으로 쓴 강연 원고 일곱 개를 모은 것이다. 하나는 펜실베이니아 주립 대학교의 '과학, 테크놀로지, 사회' 프로그램에 매년 연례 강좌를 열어달라는 러스텀 로이Rustum Roy의 초대이고, 또 하나는 멀리 떨어진 곳에서 — 일본의 국제연합 대학에 손님으로 가서 살면서 — 서양 테크놀로지의 상징주의에 관해 써보라는 소에드자트모코Soedjatmoko의 초대이며, 마지막은 시카고 대학교 매코믹 신학원에서 지혜와 관련된 읽기의 역사 세미나를 이끌어달라는 데이비드 래미지David Ramage의 초대였다. 나는 이 책을 루돌프 쿠헨부흐Ludolf Kuchenbuch와 이 세 친구에게 바치며, 그들이 추가로 짊어졌던 학교 행정 업무에서 행복하게 벗어난 것을 축하하고 싶다.

나의 강연 메모는 루돌프 쿠헨부흐가 어떤 학문적

모험 — 독일어로 하면 Schriftlichkeitsgeschichte(문자성의 역사. -옮긴이)이다 — 에 참여하라고 권유하지 않았다면 결코 책으로 바뀌지 못했을 것이다. 이 새로운 유럽사는 사회와 그 표기 체계 사이의 상호 결정에 초점을 맞추고 있다. 나도 문자성의 역사를 연구하게 되었지만, 이것은 읽고 쓰는 능력의 역사도 문학의 역사도 아니며, 글쓰기 테크닉의 역사도 아니고, 상인, 법률가, 시인이 글쓰기를 이용해온 역사도 아니다. 이는 오히려 개념적 공간의 원리와 사회적 현실 사이의 관계를 다루는 역사로, 이런 상호관계가 문자를 이용하는 테크닉에 의해 매개되고 형성되는 면을 살핀다. 이 역사는 문자에 의해 형성된 것, 즉 Schriftstück(문서. -옮긴이)에 직접 초점을 맞추어, 이 대상이 규정하는 행동, 그리고 이 대상과 이 행동에 주어지는 — 계급의 특성에 맞추어 — 의미를 연구한다. 우리는 무엇보다도 그것이 한 시대가 세계, 사회, 자아를 이해하는 방식의 본질, 원천, 한계를 다양하게 응결해온 과정을 연구한다.

우리 프로젝트는 알파벳과, 또 알파벳에 의해 형성된 것을 다루었지, 표기, 언어, 구조, 커뮤니케이션, 매체는 다루지 않았다. 문자의 역사적 연구를 수행하는 우리의 관점에서 보자면, 현재 유행하는 매체의 역사에서 아주 순진하게 사용되는 대부분의 개념이 알파벳적인 인식론의 산물로 보이는데, 이런 인식론의 역사야말로 우리가 살펴보기로 한 주제다. 문자에 의해 형성되는 대상들, 그 사용과 관련된 습관과 환상에 초첨을 맞춰 분석함으로써, 우리는 그 대상을 서양 사회의 정신적 형성에서 의미심장한 변화를 비추는 거울로 바꾼다. 이런 변화는 다른 접근 방법으로는 쉽게 찾아낼 수가 없다.

알파벳의 영향을 보여주기 위해 오랜 역사 가운데 12세기 초를 선택한 것은 내 이력에 영향을 받았기 때문이다. 나는 40년 동안 정기적으로 이 한 세대의 저자들을 읽고, 그 출처를 탐색하면서 기쁨을 맛보았다. 그러다 수십 년 동안 성 빅토르의 후고에게 아주 특별한 애착을 느끼게 되었으며, 그에게 아직 살아 있는 나의 스승들 가운데 가장 훌륭한 분들 — 지금의 맥락에서라면 게르하르트 라트너Gerhart Ladner가 먼저 떠오른다 — 에게 느끼는 것과 똑같은 고마움을 느낀다. 쿠헨부흐 교수가 하겐 대학에서 알파벳화된 대상이 서양 문화에 준 영향에 관한 교과과정을 시작했을 때, 내가 후고의 『디다스칼리콘』에 대한 해설을 쓰는 것은 논리적이고도 어울리는 일로 보였다. 『디다스칼리콘』은 읽기 기술에 관해 쓴 최초의 책이기 때문이다.

나는 학문적 기여를 하려고 이 책을 쓴 것이 아니다. 내가 현재를 바라보는 새로운 통찰을 얻었던 과거의 한 시점視點에 다가가도록 안내하기 위해 쓴 것이다. 나의 주석을 학문의 증거나 그쪽으로의 초대로 잘못 받아들이는 사람이 없기를 바란다. 주석이 이 자리에 있는 것은 한 사람이 어떤 구역을 자주 걸으며 주워 모았고, 이제 그 풍부한 기념물 — 돌, 동물, 식물 — 을 다른 사람들과 함께 나누고 싶은 마음이 생겼기 때문이다. 그것이 이 자리에 있는 이유는 주로 독자들에게 도서관 서가로 가서 여러 읽기 유형을 실험해보라고 권하기 위해서다.

이 에세이의 모든 문장은 리 호이나키Lee Hoinacki와 내가 주고받는 과정에서 형성되었기에, 이 글을 쓰는 것은 그와 함께 나누는 기쁨이었다. 이 글은 테크놀로지의 역사 연구에서 시작되었지만 결국 마음의 역사에 관한 새로운 통찰이 되었다. 우리는 후고의 아르스 레젠디ars legendi(읽기 기술. -옮긴이)를 테크닉의 한 산물을 중심으로 한 수행 분야로 이해하게 되었다. **책 중심 텍스트**의 보호 아래 이런 읽기 양식이 생존한 것에 관해 묵상하다가 우리는 컴퓨터로 '읽고 쓰기'의 위협 때문에 위기에 처한 수행의 한 방식에 대한 역사적 연구를 시작하게 되었다.

* * *

이런 되새김이 책이 되는 데에는 두 친구가 도움을

주었다. 발렌티나 보레만스Valentina Borremans는 비판의 의욕을 드러내며 내가 원고의 한 단계에서 다음 단계로 넘어가도록 재촉했다. 칼 미첨Carl Mitcham은 크든 작든 세부에 꼼꼼하게 주의를 기울이며 텍스트를 낫게 고쳐주었다.

하나

지혜를 향한 읽기

Omnium expetendorum prima est sapientia. "구해야 할 모든 것 가운데 첫째는 지혜다." 제롬 테일러Jerome Taylor는 성 빅토르의 후고가 1128년경에 쓴 『디다스칼리콘』의 첫 문장을 그렇게 번역했다. 테일러의 머리말, 번역, 주석은 걸작이다. 단어와 미묘한 은유를 세심하게 선택함으로써 12세기 초 텍스트를 번역한 그의 글은 최고의 해설을 곁들인 중계방송이 되었다. 그가 단 풍부한 주석은 주로 출처와 관련되어 있는데 이 번역본이 나오고 25년이 지나는 동안 성 빅토르의 후고에 대한 학문적 관심이 활짝 피어났음에도, 그가 단 주석에는 갱신할 것이 거의 없다.[1]

인시피트incipit*

'구해야 할 모든 것 가운데'는 읽기의 기술에 관한 후고

* 모두(冒頭). —옮긴이

의 책에서 기조를 이루는 구절이다. 중세의 필사본에는 보통 제목이 없었다. 이런 필사본들은 인시피트라고 부르는 첫 구절을 따서 이름을 붙였다. 교황은 지금도 회칙 서한을 쓸 때 제목 대신 인시피트를 사용한다 — 「노동의 조건Rerum novarum」(1891년 5월 15일), 「40년 후Quadragesimo anno」(1931년 5월 15일), 「사회적 관심Sollicitudo rei socialis」(1988년 2월 18일) 등이 그런 예다. 중세 문건을 인용할 때는 그 인시피트와 엑스플리시트explicit(완完. -옮긴이)를 제시한다. 이렇게 첫 줄과 마지막 줄로 어떤 서한을 언급하는 방식은 한 곡의 음악을 지칭하는 느낌을 준다. 연주자는 처음과 마지막 몇 음을 들으면 어떤 곡인지 알 수 있기 때문이다.

후고의 경우 다행스럽게도 그의 저작에 관한 충실한 조사가 이루어져 있다.[2] 이 최초의 카탈로그에는 omnium expetendorum이 인시피트로 제시되어 있다. 이 책이 서문 — 테일러는 이 서문을 포함하여 번역했다 — 을 달게 된 경위는 나중에 설명하겠다.

아욱토리타스auctoritas*

제목은 라벨이다. 그러나 인시피트는 화음과 같다. 어떤 화음을 선택하느냐에 따라 저자가 자기 작업의 맥락으로 삼고자 하는 전통의 종류도 달라진다. 이전에 자주 되풀이되어온 문장을 섬세하게 변주하면 글을 쓴 목적을 진술할 수 있다.

후고의 인시피트는 그가 자신의 책을 — 그 뿌리가 그리스인의 파이데이아paideia, 즉 젊은이들을 성장시켜 완전한 시민이 되도록 안내하는 일에 대한 그리스인의 사유에까지 거슬러 올라간다 — 긴 '디다스칼리카didascalica'[3] 전통 안에 놓고자 한다는 사실을 분명히 보여주고 있다. 이런 전통은 키케로가 "로마인 가운데 가장 학식이 높다"라고 말한 바로Varro Marcus Terentius에 의해 라틴어로 들어왔다. 카이사르와 아우구스투스의 사서로 일했던 바로는 무엇보다도 라틴어 최초의 규범 문법을 저술했다. 또한 그 자신은 도시 거주자였음에도 농업이나 원예에 관한 책을 네 권 썼는데, 베르길리우스Vergilius는 서양 문학에서 '땅으로 돌아가자'라는 주제와 내적인 풍경에 대한 탐색을 확립한 시들의 묶음(ecologa)인 『부콜

* 권위, 전거. -옮긴이

리카bucolica』(문자 그대로 해석하자면, 소치는 사람의 노래들)의 원천으로 그 책들을 이용했다. 바로는 최초로 배움을 '지혜의 탐색'이라고 정의했으며, 뒤이어 '교육적 양육'에 관해 글을 쓴 여러 세대의 저자들은 이 구절을 되풀이한다. 바로가 이런 정의를 제시한 책은 사라져서, 그의 말은 오직 다른 고전시대 저자들의 언급에만 남아 있다.

후고의 인시피트는 아주 명시적으로 바로의 제자들인 키케로와 쿠인틸리아누스Quintilianus — 글자 따라 쓰기 기술에 관하여 최초로 글을 쓴 박식한 교사[4] — 에 의해 전해져 온 바로의 유산에 의지하고 있다. 이 전통에서 교육자의 궁극적 과제는 학생들이 선善, 즉 보눔bonum을 파악하도록 돕는 안내자가 되는 것으로 정의되며, 선은 학생을 지혜, 즉 사피엔티아sapientia에 다가가게 한다고 생각했다. 이 두 단어는 모두 후고의 인시피트에 나온다. "구해야 할 모든 것 가운데 첫째는 지혜이며, 그 안에 선의 완전한 형식이 자리를 잡고 있다." sapientia, in qua perfecti boni forma consistit. 후고는 그와 같은 시대의 몇몇 사람들과 마찬가지로 자기 글의 출처가 기독교 이전의 로마 현자들이라는 사실을 의식하고 있다.

물론 후고는 아무 선에나 만족하지는 않았을 것이다. 그는 단어들을 정확하게 선택한다. 지혜를 '선의 완전한 형식'과 연결시킴으로써 그는 자신이 바로가 내린 정의의 의미를 받아들인다는 것을 보여주지만, 이는 사실 아우구스티누스가 받아들이고, 바꾸고, 전해준 것이었다.[5] 후고의 글은 아우구스티누스에게 푹 젖어 있다. 그는 아우구스티누스의 규칙을 따르는 공동체에 살았다. 그는 스승의 텍스트들을 읽고, 또 읽고, 필사했다. 읽기와 쓰기는 그에게 똑같은 스투디움studium(공부, 연구. -옮긴이)의 거의 구별할 수 없는 양면이었다. 후고의 텍스트가 얼마나 철저하게 아우구스티누스를 편찬하고, 해석하고, 재서술한 것인지는 지금은 몸통만 남아 있는, 성사聖事에 관한 그의 저작에서 가장 잘 확인할 수 있다. 이것은 그가 병이 들어 죽는 바람에 마지막 장을 완성하지 못하여 지금은 초기의 초고만 남아 있다.[6] 이 초고는 후고가 아직 완전하게 자신의 어법과 문체로 소화하지 못한 아우구스티누스의 발췌문이 주를 이룬다.[7]

아우구스티누스와 마찬가지로 후고에게도 지혜는 어떤 것이 아니라 어떤 사람이었다.[8] 아우구스티누스회 전통에서 지혜는 삼위일체의 제2위인 그리스도다. "그는 지혜이며, [하느님은] 그를 통하여 만물을 만드셨다. …… 그는 '형상'이며, 그는 '약'이며, 그는 '본'이며, 그는 '치유'다."[9]

후고가 구하는 지혜는 그리스도 자신이다. 배우기,

구체적으로 읽기는 둘 다 '치유'인 그리스도, 타락한 인류가 잃어버렸으나 다시 찾기를 바라는 '본'이자 '형상'인 그리스도를 탐색하는 형식일 뿐이다. 후고의 사상에서는 타락한 인류가 지혜와 재결합해야 한다는 요구가 중심을 이룬다. 이것이 후고를 이해하는 데 핵심인 레메디움remedium, 즉 치유나 약 개념이다. 인간이 아담의 죄를 통해 빠져들게 된 무질서 — 보통 '어둠'이라는 시각적 용어로 표현된다 — 를 치료하기 위해 신은 인간이 되었다. 궁극적 치료법은 지혜인 신이다. 예술과 과학은 같은 목적을 위한 치료법이라는 공통된 사실 때문에 존엄하다.[10] 후고는 레메디움이라는 개념을 발전시켜, 20세기 사상가들에게 테크닉이나 테크놀로지 문제를 다루는 독특한 방법을 제공한다. 후고는 읽기를 존재론적인 치료 테크닉으로 인식하고 해석했다. 나는 읽기를 그러한 것으로서 탐사해보고자 하며, 알파벳 테크놀로지가 1130년경 이런 테크닉의 형성에서 어떤 역할을 했는지 탐사하기 위해 읽기에 사용된 테크닉에 관해 후고가 한 말을 분석해보겠다.[11]

꼼꼼히 살펴보면 인시피트를 아우구스티누스에게서 직접 가져오지 않았다는 것을 알 수 있다. 인시피트에 정리된 말은 보이티우스의 『철학의 위안』에 나오는데, 보이티우스는 감지하기 힘들지만 의미심장하게 아우구스티누스를 수정했다.[12] "구해야 할 모든 것 가운데 첫째는 지혜이며, 다른 모든 것을 추구하는 이유는 '선'이고 …… 그 안에 신의 본질이 자리를 잡고 있다."[13] 이 철학자는 신에 관해 말하면서 개종한 지 얼마 안 된 아우구스티누스의 그리스도 중심의 열정을 희석한다.[14] 아우구스티누스는 자신이 최근에 한 인격으로서 그리스도를 발견했다는 사실을 잊을 수 없는 이교도 출신으로서 쓰고 있다. 보이티우스는 아우구스티누스가 죽고 나서 정확히 50년 뒤인 480년에 태어났다. 그는 몇 세대에 걸친 기독교 전통의 상속자였지만, 로마의 집정관으로서 동고트족 침략자인 테오도리크 왕을 섬기게 되었다. 그는 반역으로 고발당하여 처형을 기다리면서 『철학의 위안』을 썼다.[15] 이 세상의 현자들과 거리를 두고자 했던 열정적인 신참자 아우구스티누스와는 달리 보이티우스는 그 현자들 쪽으로 고개를 돌린다. 그는 플라톤, 아리스토텔레스, 플로티누스, 베르길리우스에게서 그리스도가 올 길을 준비한 선구자들을 본다. 그렇게 함으로써 보이티우스는 고전 철학, 특히 스토아철학이 프라이파라티오 에반젤리praeparatio evangelii, 즉 복음의 서문이라는 생각을 받아들인 중세 학자들에게 고대의 주요한 전거가 되었다.[16]

철학자들은 완벽한 선인의 지혜가 배움의 목표라고 가르쳤으며, 기독교인은 이 완벽한 선이 '육肉'이 된 신의

'말씀'에 있다는 계시를 받아들인다.[17]

당시의 독자들에게 이 인시피트는 아우토리타스, 즉 반복의 가치가 있는 문장으로서 즉시 인정받았다. 셰익스피어의 『페리클레스』에 나오는 에피서스의 영주 세리몬이 "권위authorities를 되새김으로써…… 시간이 절대 부패시킬 수 없는 강력한 명성을 쌓았다"(『Pericles』, act 3, sc. 2, lines 33, 48)라고 하는 말은, 그 자신이 기존 권력을 전복했다거나 무게 있는 저자들을 찾아보았다는 뜻이 아니라, 수많은 권위 있는 문장들을 숙고해 강력한 지혜라는 평판을 확립했다는 뜻이다. 이제는 폐기된 의미이지만 이 때의 권위는, 선례를 만들고 현실을 규정하는 문장이다. 이 아우토리타스를 자신의 기조로 고를 때 후고는 보이티우스에게 위신을 빌려달라고 호소하지 않았다. 이 문장은 이런저런 특정한 저자의 담론에서 벗어나 있다는 바로 그 이유 때문에 자명한 진리를 이야기한다. 이것은 이제 자유롭게 떠다니는 진술이 되었다. 후고가 인용한 아우토리타스는 그런 말로 이루어진 하나의 제도로서, 의심할 수 없는 전통을 증언하는 한 예가 되었다.

스투디움

인시피트를 "구해야 할 모든 것 가운데 첫째는 지혜"라고 번역한다면, 라틴어 1학년생 누구에게서나 쉽게 완전한 동의를 얻어낼 수 있을 것이다. 프리마Prima는 첫째다. 그러나 겉으로는 투명해 보이는 이 라틴어 단어야말로 이런 텍스트를 번역하려는 모든 사람에게 어려움을 준다. omnium expetendorum prima가 "닿을 수 있는 모든 것 가운데 (바로) 첫째"라는 말임에는 의심의 여지가 없다. 그러나 프리마를 '첫째'라고 번역하면 오해를 일으킬 수밖에 없다. 오늘날 우리에게 첫째란 쭉 늘어선 것 가운데 맨 앞에 있는 것이나 손에서 가장 가까운 것이다. 우리는 책을 읽거나 연구 프로젝트를 진행할 때 많은 계단 가운데 첫 번째 계단에 올라가며, 노력하면 계속 올라가게 되고, 어쩌면 우리가 현재 볼 수 있는 곳 너머로도 갈 수 있을 것이라고 생각한다. 하지만 모든 읽기의 궁극적 목표를 생각하는 것은 우리에게 별로 의미가 없다. 우리가 책을 펼칠 때마다 그런 목표가 우리 행동에 동기를 부여하거나 그 '원인'이 될 수 있을 것이라는 생각은 더욱 하기 힘들다. 우리는 공학의 정신에 물들어 있어서, 방아쇠를 과정의 원인이라고 생각한다. 우리는 총알이 궤적을 그리며 나아가는 원인이 마음에 있다고 생각하지 않는다.

우리는 뉴턴을 따라 살고 있다. 떨어지는 돌을 보면 그것이 중력에 사로잡혀 있다고 인식한다. 똑같은 현상을 땅에 이르고자 하는 돌의 욕망 때문에 일어났다고 보는, 그것이 이 운동의 카우사 피날리스causa finalis, 즉 '최종 원인'이라고 보는 중세 학자의 인식을 공유하기는 어렵다고 생각한다. 대신 우리는 무거운 물체를 미는 어떤 힘을 인식한다. 고대의 데시데리움 나투레desiderium naturae, 즉 땅의 가슴에 가능한 한 가깝게 다가가고자 하는 돌의 자연스러운 욕망은 우리에게는 신화가 되었다. 첫째가는 또는 제1의 '최종 원인', 돌이나 식물이나 읽는 사람의 본성에 감추어져 있는 모든 욕망을 움직이는 궁극적인 하나의 이유가 우리 세기에는 이질적인 것이 되었다.[18] 20세기의 정신적 세계에서 '최후의 단계'는 죽음을 뜻한다. 엔트로피(자연 물질이 변형되어 원래의 상태로 돌아갈 수 없게 되는 현상. -옮긴이)가 우리의 궁극적 운명이다. 우리는 현실을 단일 원인으로 경험한다. 우리는 오직 효율적인 원인들만 안다.

이것이 프리마를 '첫째'로 번역하는 것이 완벽한 동시에 오해를 불러일으키는 이유다. 전통적인 의미에서 모든 존재의 동기를 이루는 '선', '미', '진'을 현대의 영어로 언급하고자 하면, 밀기보다는 중력처럼 잡아당김으로써 만물을 존재하게 하는 '궁극적 이유'를 나는 이야기할 수밖에 없다.

책의 부제인 데 스투디오 레젠디de studio legendi(읽기 공부에 관하여. -옮긴이)도 번역이 까다롭기는 마찬가지다. 레젠디(읽다. -옮긴이)와 렉티오lectio(낭독, 독서, 과課, 수업. -옮긴이)가 의미하는 바는 후고에게 책 전체의 주제다. 그것을 여기서 몇 마디로 다 이야기할 수는 없다. 그러나 첫 번째 표현인, 데 스투디오를 번역해야 했을 때, 나는 다행스럽게도 옥스퍼드 라틴어 사전이 아니라 옥스퍼드 영어 사전에서 이 말을 찾아보자는 육감을 따랐다.

스터디study(명사, 중세 영어)라는 단어에 대해 옥스퍼드 영어 사전은 다음과 같은 첫 번째와 두 번째 의미를 내놓는다. "1. (주로 라틴어 번역에서): 애정, 친근함, 다른 사람의 행복에 대한 헌신; 당파적 공감; 욕망, 경향; 어떤 것에서 느끼는 쾌락이나 관심 — 주의: 이 모든 의미는 1697년 이후 낡은 것이 되었다. 2. 고용, 직업 — 1610년 이후 낡은 것이 되었다." 따라서 이 책을 오늘날 '연구studies'라고 부르는 것에 관한 입문서라고 말하는 것은 잘못일 것이다. 이 책은 문화적으로 카우사 피날리스만큼이나 낡은 것이 된 어떤 종류의 활동에 대한 안내다.[19]

오직 이런 조건들을 달 때에만 이 책을 더 수준 높은 공부에 대한 안내라고 부를 수 있다. 12세기 수도원에서 추구하던 공부는 학생의 정력과 뇌보다도 마음과 감각을 강하게 자극했다. 공부는 현대에 어떤 사람이 스스로를 '아직도 학생'이라고 말할 때 가리키는 것처럼 인생의 초기와 관련된 활동이 아니었다. 공부는 평생에 걸쳐 일상적으로 하는 일, 사회적 지위, 상징적 기능을 포괄했다. 물론 중세에 나온 이 책이 오늘날로 치자면 대학 1학년생에게 교과과정을 알려주는 초보적 책자의 역할을 했다고 이야기할 수도 있다. 이 책에서 후고는 자기 시대의 학문 분야를 구분하고 각각에 맞는 방법에 관해 조언한다. 또 알 수 있는 것들의 영역을 어떻게 나눌지 길게 논의한다. 학생들이 친숙해지기를 바라는 고전의 정전을 나열하기도 한다. 그러나 후고의 관점에서 최고 중심 쟁점은 '읽기'에 필요한, 또한 읽기가 계발하는 덕목이다.

디스키플리나Disciplina*

스투디움 레젠디studium legendi(읽기 공부. -옮긴이)는 완전한 수사修士를 만들어내며, 읽기는 수사 자신이 완벽을 위해 노력하고, 마침내 그에 이를 때 완벽해진다.[20]

* 배움, 가르침, 수련, 학문, 학과. -옮긴이

- 수련의 시작은 겸손이다. …… 겸손이 읽는 사람에게 가르쳐주는 특히 중요한 교훈 세 가지가 있다. 첫째, 어떤 지식이나 글도 경멸하지 말아야 한다.[21] 둘째, 어떤 사람에게 배우든 부끄러워하지 말아야 한다.[22] 셋째, 스스로 배움을 얻었을 때 다른 사람을 업신여기지 말아야 한다.[23]
- 수련에는 고요한 생활 또한 중요한데, 이것은 마음이 부정한 욕망 때문에 산만해지지 않도록 내적으로 고요하다는 뜻이기도 하고, 명예롭고 유용한 공부를 위한 자유 시간과 기회를 얻을 수 있도록 외적으로 고요하다는 뜻이기도 하다.[24]
- 수련서에는 과다한 것을 갈망하지 않는 것이 특히 중요하다. 흔히 말하듯, 부른 배에서는 섬세한 감각이 나올 수 없다.[25] 마지막으로, 완벽하게 읽고 싶은 사람에게는 모든 세계가 외국 땅이 되어야 한다.[26] 시인은 말한다.[27] "나는 어떤 사람이 태어난 땅이 어떤 달콤함으로 그 사람을 매혹시키는지 모르겠다. 또 무엇이 그가 그 땅을 도저히 잊을 수 없게 만드는지도." 철학자는 조금씩 그 땅을 떠나는 법을 배워야 한다.[28]

읽는 사람이 과시를 목적으로 지식 축적을 추구하지 않고, 노력을 통해 지혜로 나가려 할 때 익혀야 할 습관을 형성하려면 어떻게 해야 할까? 위에 나온 말은 그와 관련하여 후고가 제시한 일반적 성격의 여남은 가지 규칙 중 몇 가지다.[29] 읽는 사람은 모든 관심과 욕망을 지혜에 집중하기 위해 스스로 망명자가 된 사람이며, 이런 식으로 지혜는 그가 바라고 기다리던 고향이 된다.[30]

사피엔티아

후고는 첫 장의 두 번째 문장에서 지혜가 무슨 일을 하는지 설명하기 시작한다. 이 문장은 이렇게 시작한다. sapientia illuminat hominem, 즉 "지혜는 인간을 밝게 비추며" …… ut seipsum agnoscat, "그 결과 인간은 자신을 깨닫게 된다." 이 경우에도 이렇게 표현하면 번역과 해석이 갈등을 일으키며, 선택된 단어들은 해석이 드러낼 수 있는 의미를 가리기 십상이다.

후고의 세계에서 사용되는 깨달음enlightenment(이 영어 단어는 빛이 밝혀진다고 풀어서 생각할 수 있다. -옮긴이)과 지금 우리가 깨달음이라고 말할 때 이해하는 것은 완전히 다르다. 단지 우리가 전등 스위치를 켜고 후고는 초를 사용했다는 차이만이 아니다. 후고의 비유에서 비추는 빛은 18세기 이성의 빛과 짝을 이룬다. 여기서 후고가 말하는 빛은 인간을 빛나게 한다. 지혜에 다가가면 읽는 사람은 광채를 발하게 된다. 후고가 말하는 공부를 위한 노력은 읽는 사람 자신의 '자아'에 불이 붙어 빛이 반짝이는 활동에 참여하는 것이다.[31]

후고가 플랑드르에서 보낸 어린 시절에, 또 작센에서 보낸 소년 시절에 갈대 펜이나 펜을 쥐는 법을 배울 때 만났던 책은 우리가 책꽂이에서 만나는 인쇄물과는 비교가 되지 않는다. 그가 만난 책은 우리가 오늘날 당연하게 여기는 기계에서 찍어낸 종이 묶음—인쇄된 자국들로 뒤덮여 있고 등에 풀을 묻혀 함께 붙여놓은—특유의 느낌이 전혀 없었다. 페이지는 여전히 종이가 아니라 양피지로 이루어져 있었다. 반투명의 양 또는 염소 가죽에 손으로 쓴 문자가 덮여 있었으며, 가는 붓으로 그린 세밀화로 생기가 감돌았다. '완벽한 지혜'의 형상은 이 양피지를 통하여 빛나고, 문자와 상징이 빛을 발하게 하고, 읽는 사람의 눈에 불을 밝힐 수 있었다.[32] 책과 마주하는 것은 이른 아침 그 시대의 창을 그대로 보존하고 있는 고딕 교회에서 맛보는 경험에 비길 수 있다. 동트기 전에는 돌 아치 사이를 검게 채워 넣은 것처럼 보였던 스테인드글라스의 색깔이 해가 뜨면 살아나는 것이다.

루멘Lumen*

12세기에 빛의 본성을 어떻게 인식했는지 더 잘 느껴보려면 그 시대의 코덱스codex(옛날 방식의 책. -옮긴이)에 나오는 세밀화 옆에 그 후에 나온 아무 그림이나 놓아보라. 그 둘을 비교해보면 양피지에 등장하는 존재들이 스스로 빛난다는 것을 알 수 있다. 물론 발광 페인트를 칠한 것은 아니어서, 완전한 어둠 속에서는 눈에 보이지 않는다. 그러나 촛불 빛에 둘러싸이면 얼굴과 옷과 상징들이 그 나름의 광채를 띤다.

이는 르네상스 미술과 뚜렷한 대조를 이루는데, 르네상스 시대의 화가들은 그림자나 어둠에 감춰진 것을 그리는 데서 기쁨을 느꼈기 때문이다. 카라바조Caravaggio는 말할 것도 없고 시뇨렐리Signorelli도 불투명한 대상, 나아가서 그 대상들을 '빛나게' 해주는 빛을 그리는 방법을 안다는 데 자부심을 느낀다. 그의 그림을 보면 그림의 평면과는 다른 평면에서 나오는 빛이 그림을 비춰 그림의 세계가 눈에 보이게 하는 기능을 한다는 것을 느끼게 된다. 이 화가들은 그들이 덧붙인 빛이 꺼진다 해도 여전히 그곳에 존재할 사물들로 이루어진 어두운 세계를 창조했

* 빛. -옮긴이

다는 인상을 준다.

그러나 12세기 초 세밀화는 여전히 동방 기독교회에서 사용되던 성상icon의 전통 속에 있다.[33] 화가는 이 전통에 따라, 대상을 비추거나 대상이 반사하는 어떤 빛도 그리거나 암시하지 않는다. 세상 모든 존재는 스스로 빛의 원천을 가지고 있는 것처럼 표현된다. 이 중세적 사물의 세계에는 빛이 내재해 있으며, 사물들은 그들 자신의 발광 원천인 보는 사람의 눈에 이른다. 만일 이것이, 이 발광이 중단되면, 그림에 있는 것은 단지 보이지 않을 뿐 아니라 완전히 존재하지 않게 될 것이라는 느낌이 든다. 여기서 빛은 하나의 기능으로 사용되는 것이 아니라 빌트벨트Bildwelt — 그려진 현실 — 와 일치한다.[34]

아이겐리히트Eigenlicht(자신의 빛, 고유광. -옮긴이)로 반짝이며 빛을 발산하는(Sendelicht)(투과광. -옮긴이) 중세 세계의 빛나는 존재를 그리던 화가들과는 대조적으로, 그 이후의 화가들은 존재하는 것을 보여주는 빛(Zeigelicht)(표시광. -옮긴이), 그려진 해나 초에서 나와서 이 물체들을 비추는 빛(Beleuchtungslicht)(조명에 의한 빛. -옮긴이)을 그렸다. 중세 세밀화의 빛은 신이 영혼을 향해 '손을 뻗듯이' 눈을 '찾는다'. 후고가 읽는 사람을 밝히는 빛에 대해 이야기할 때 그는 분명히 이 빛을 말하는 것이다.[35]

후고가 볼 때 페이지는 빛을 발하지만, 빛나는 것은 페이지만이 아니다. 눈도 반짝인다.[36] 오늘날의 일상 언어에서도 눈은 '빛날' 수 있다. 그러나 그렇게 말하면서도 사람들은 비유적인 말임을 안다. 그러나 후고는 그렇지 않았다. 그는 자신의 몸의 지각에서 유추하여 정신 작용을 생각했다.[37] 초기 스콜라 철학자들의 루멘 오쿨로룸lumen oculorum, 즉 영적 광학에 따르면 눈에서 나오는 빛은 세상의 빛나는 물체들을 보는 사람의 지각 기관 안으로 가져오는 데 필요했다. 빛나는 눈은 보기 위한 조건이었다. 후고의 인시피트는 읽기가, 타락한 인류의 눈에서 그림자와 어둠을 제거한다고 암시한다. 후고에게 읽기는 죄가 빛을 막아버린 세계에 다시 빛을 가져오기 때문에 치료다. 후고에 따르면 아담과 이브는 창조될 때 눈에서 빛이 났기 때문에 지금 우리가 힘겹게 찾아야 하는 것을 항상 관조觀照할 수 있었다.

그러나 아담과 이브는 죄를 지어 낙원에서 쫓겨났다. 그들은 광채의 세계에서 안개의 세계로 쫓겨났으며, 그러면서 창조될 때 갖고 있던, 그리고 여전히 인간의 본성과 욕망에 어울리는 투명성과 빛을 발하는 힘을 잃어버렸다. 후고는 책이 눈의 약이라고 말한다. 책의 페이지가 최고의 치료라고 암시한다. 읽는 사람은 스투디움을 통해, 본성이 요구하지만 지금은 죄로 인한 내적인 어둠 때문에 막혀 있는 것을 어느 정도 회복할 수 있다.

거울로서의 페이지

후고는 독자에게 페이지에서 발산하는 빛에 자신을 드러내라고ut agnoscat seipsum, 그리하여 자신을 인식하라고, 자신의 자아를 인정하라고 권한다. 페이지를 밝히는 지혜의 빛을 받을 때 읽는 사람의 자아에 불이 붙을 것이며, 그 빛 속에서 읽는 사람은 자신을 인식할 것이다. 여기서 다시 후고는 아욱토리타스를 인용한다. gnothi seauton, 즉 "너 자신을 알라"라는 격언으로, 이는 크세노폰에 의해 처음 기록에 담겼으며, 고대 전 시기에 걸쳐 지속적으로 사용되는 경구가 되었고, 12세기에도 널리 인용되었다.[38] 그러나 권위 있는 핵심 문장이 천 년 이상 변함없이 인용되고 재인용되어왔다고 해서 그 의미도 변함없었다는 뜻은 아니다. 이 때문에 나는 후고가 너 자신이라는 의미로 쓴 seipsum을 '너 자신thyself'보다는 '너의 자아thy Self'로 번역하고 싶은 유혹을 느낀다.

우리가 오늘날 일상 대화에서 '자아' 또는 '개인'이라고 할 때 의미하는 바는 12세기의 위대한 발견으로 꼽힌다. 그리스와 로마의 개념 안에는 그것이 들어갈 자리가 없었다. 초대 교부들이나 헬레니즘 철학을 공부하는 사람들은 그들의 출발점과 우리의 출발점 사이의 차이를 고통스럽게 의식하게 될 가능성이 높다. 우리가 그들을 이해하는 데 겪는 어려움은 많은 부분 그들에게는 우리의 '개인'에 해당하는 것이 없었다는 사실에 기인한다.[39]

지금과 같은 종류의 자아가 당연시되는 사회적 현실은 여러 문화 중에서 특이한 경우에 속한다.[40] 이런 특이성은 12세기에 눈에 띄게 나타난다. 후고의 작업은 이런 새로운 양식의 첫 출현을 증언한다. 그는 극히 예민한 사람으로서 자기 세대의 특징인 자아의 새로운 양식을 경험한다. 그는 '존재하는 모든 문헌'을 깊이 읽은 사람으로서 이런 새로운 자아가 자신을 표현할 수 있도록 전통적 아욱토리타스와 심리를 해석하는 방법을 찾는다. 그는 읽는 사람이 페이지를 마주보고, 지혜의 빛에 의해 그 양피지라는 거울에서 자신의 자아를 발견하기를 바란다.[41] 이때 그 사람은 다른 사람들이 자신을 보는 방식이나 사람들이 자신을 부르는 칭호나 별명에 의해서가 아니라, 페이지에서 눈으로 보아 자신을 알게 됨으로써 자신을 인정하게 될 것이다.

새로운 자아

자아 규정의 정신과 더불어 소외가 새롭게 적극적인 의미를 얻는다. '자신의 고향 땅의 달콤함에서' 벗어나 자기 발견의 여행을 하라는 후고의 외침은 새로운 기풍의 한 예에 불과하다. 성전聖戰을 가르치는 클레르보의 베르나르Bernard of Clairvaux도 똑같은 권유를 다른 방식으로 표현한다. 이는 봉건적 위계질서에 속한 모든 수준의 사람들에게 한 동네 — 여기에서는 다른 사람들이 나를 부르고 나를 대하는 방식에서 정체성을 얻는다 — 라는 공동의 사고방식을 떠나, 먼 길의 외로움 속에서 자신을 발견하라고 말하는 것이다. 베르나르의 권유에 따라 수만 명이 마을 공동체를 떠나, 미리 결정된 봉건적 오르도ordo(질서. -옮긴이) 안에서 그들을 지탱하고 구속했던 유대 없이도 혼자 살아남을 수 있다는 사실을 발견한다. 순례자와 십자군, 떠돌이 석공과 방앗간 수리공, 거지와 유물 도둑, 음유시인과 방랑하는 학자 — 이 모든 사람들도 12세기 말에는 길에 나선다.[42] 학자는 영적인 망명자가 되어야 한다는 후고의 주장은 이런 분위기를 반영한다. 후고 혼자만 수도원 생활을 페레그리나티오 인 스타빌리타테peregrinatio in stabilitate라고 재규정한 것은 아닌데, 이는 종교적 공동체 내의 국지적 안정에 자신을 바쳤던

사람들의 영적 순례라는 뜻이다.[43]

그렇다고 '근대적 자아'가 12세기에 탄생했다고 주장하는 것도 아니고, 여기 등장하는 자아에 긴 족보가 없다고 주장하는 것도 아니다.[44] 오늘날 우리는 서로를 경계가 있는 사람들로 생각한다. 우리의 인격은 우리 몸만큼이나 서로 떨어져 있다. 공동체와 내적인 거리를 둔 존재 — 과거에는 산티아고로 떠나는 순례자나 『디다스칼리콘』을 공부하는 학생이 혼자서 발견해야 하는 것이었다 — 는 우리에게 하나의 사회적 현실, 너무나 분명해서 사라지기를 바라는 것은 생각하지도 못하는 현실이다. 우리는 망명자들의 세상에 태어났다. W. H. 오든Auden은 이 점을 분명하게 표현한다.

내 코로부터 약 30인치
거기에 나라는 사람의 경계가 있고
사이의 모든 경작되지 않은 공기는
경작되지 않은 파구스pagus, 즉 지역이다.

낯선 이여, 내가 욕정 어린 눈으로
그대에게 사귀자고 손짓하지 않는 한
무례하게 그 경계를 넘지 않도록 조심하라
나에게 총은 없으나 침은 뱉을 수 있으니.[45]

이런 존재의 경계는 우리가 사는 이러한 세계에서 자기 자리를 찾고 싶은 사람에게는 핵심적이다. 그것이 어린 시절에 한 사람의 정신적 지형을 형성해버리면, 그런 존재는 그 자신과 같은 망명자들로 이루어진 세계를 제외하면 다른 모든 '세계들'에서 영원히 이방인이 되기 마련이다.[46]

보통 이런 경계는 개인, 페르소나persona의 새로운 의미이자 그 사회적 인정으로서 후고의 시대에 등장하게 되었다고 이야기한다.[47] 그 이전의 중세인들에게 개인은 그 말의 기원인 라틴어 페르소나, 즉 가면에서 파생되어 직책, 기능, 역할 등 다양한 뜻을 가졌었다. 그러나 우리에게 이 말은 유일무이한 인격, 체격, 영혼을 가진 본질적인 개체로 여겨진다. '대신으로in the person of'라는 표현은 교구목사parson ― 오래전부터 교구와 관련하여 소송을 제기하거나 소송을 당할 수 있는 법적인 페르소나로 여겨져 왔다 ― 와 마찬가지로 관용 표현으로 인한 화석화에 의해 지금도 예전의 의미를 보존하고 있다.[48]

내가 여기서 강조하고 싶은 것은 한 개인으로 이해되는 자아와, 페이지에서 '텍스트'의 출현 사이의 특별한 일치다. 후고는 읽는 사람을 낯선 땅으로 이끈다. 그러나 가족과 익숙한 풍경을 떠나 예루살렘이나 산티아고를 향해 이곳저곳을 떠돌며 길에서 돌아다니라고 권하지는 않는다. 대신 자신을 유배시켜 책의 페이지를 통과하는 순례를 시작하라고 청한다.[49] 그는 순례자를 끌어들이는 '궁극적인 것'은 지팡이를 든 순례자를 위한 천상의 도시가 아니라, 펜을 쥔 순례자에게 동기를 부여하는 '지고至高의 선'의 형상이라고 말한다. 그는 이 길에서 독자가 자기 자신에게 자아를 드러내는 빛 안으로 들어간다고 지적한다. 후고는 학생들에게 학식 있는 것처럼 보이기 위해 읽지 말고, "지혜로운 사람들의 말을 구하고 마치 거울을 얼굴 앞에 두듯이 그들의 말을 늘 정신의 눈앞에 두려고 열심히 노력하라"라고 촉구한다.[50] In lumine tuo videbimus lumen, "주의 빛 안에서 우리가 빛을 보리이다."(『시편』 36:9).

후고는 늘 강렬하게 시각적인 관점에서 말한다. 지혜를 탐색할 때는 눈에 우선권을 준다. 그는 눈으로 아름다움의 달콤함을 지각한다. 그는 철학자가 그늘에서 빠져나와 빛에 다가가야 한다고 말하며, 죄를 보통 어둠과 연결시킨다. 후고가 보기에 깨달음은 세 쌍의 눈에 영향을 준다. 먼저 육肉의 눈은 감각으로 파악되는 물체들로 이루어진, 월하月下의 구球 안에 포함된 물질적인 것들을 발견한다. 정신의 눈은 자아와 자아가 비추는 세계를 관조한다. 마지막으로 마음의 눈은 '지혜의 빛' 속에서 하느님의 가장 깊은 곳으로 뚫고 들어가는데, 그 깊은 곳에

는 '아버지'의 무릎에 놓인 궁극적인 '책'으로서 감추어져 있는 '하느님의 아들'이 있다.[51]

아미치티아Amicitia*

후고는 읽을 때, 죄가 우리에게서 빼앗은 빛이 회복되는 것을 경험한다. 새벽에 페이지의 포도밭을 거치는 그의 순례는 낙원으로 향하는데, 그는 이 낙원을 하나의 동산으로 생각한다. 그가 줄줄이 늘어선 포도 시렁에서 딴 말은 다가올 달콤함의 맛보기이자 약속이다. 바라마지 않는 충족과 그에 이르는 수단 양쪽에 대해 후고는 궁극적으로 우정의 비유를 사용한다. Est philosophia amor et studium et amicitia quodammodo sapientiae.[52] "지혜에 대한 사랑과 추구, 또 지혜와의 우정 비슷한 어떤 것"이 그의 순례의 동기다.[53] 역설적이지만, 12세기 수사들이 우정 이야기를 하는 방식은 20세기 말 독자들에게는 뻔뻔스럽게 들린다. 이 수사들의 서로에 대한, 또 자매들, 즉 수녀들에 대한 따뜻한 우정의 뜨거운 체현 형태는 다양한 경험으로 나타나는데, 이것은 '『채털리 부인의 사랑』의 판

* 우정. -옮긴이

매 금지 해제와 비틀스의 첫 LP'[54] 이후 찾아볼 수 있는 가장 고귀한 '대인 관계'와도 대척점에 있다.

후고에게 우정은 지혜에 대한 그런 사랑[55], 사피엔티나, 즉 우아한 지식에 대한 사랑을 가리키는 말이다.[56] 친구는 파라디수스 오모paradisus homo(인간 낙원. -옮긴이)로, "그가 처음 존재하는 것 자체가 복되도다. 우정은 동산이고, 생명의 나무고, 하느님에게로 날아가는 날개다. …… 달콤함, 빛, 불, 상처 …… 다시 얻은 낙원이다."[57] 후고는 『디다스칼리콘』에서 지혜의 매력을 설명할 때 궁극적으로 스투디움의 동기가 되는 우정이라는 비유를 사용하지 않을 수 없었다.[58]

후고와 같은 시대 사람들은 수십 년 동안 친구의 지식을 기뻐하는 우정이 없는 지식은 부족한 것이라는 플라톤의 학설을 복원하고 기독교화했다. 후고 자신도 스투디움의 궁극적 목표를 이런 경험과 관련하여 해석하는 일을 피할 수 없었다. 학생의 정신을 둘러싸는 지혜의 빛은 그를 불러 그 자신에게로 다시 끌어당기기 때문에 그는 그 빛을 늘 친구로 여긴다. 진정으로 읽는 사람은 세상의 보이는 것들을 통하여 보이지 않는 것으로 올라가 …… 기뻐하시는 하느님의 품 안에서 합일을 이루기 위하여 자신의 마음 안에서 내적 사다리를 타고 올라간다.[59]

둘

질서,
기억,
역사

어떤 것도 낮추어 보지 마라

"작은 것들로 가득 채우고 나면, 큰 것을 시도해보아도 무방할 것이다."[1] 후고는 이렇게 마르보두스Marbodus를 인용하면서,[2] 책 전체에서 그 자신의 젊은 시절에 관해 잠깐 이야기하는 두 대목 가운데 한 대목을 시작한다.[3] 이 단편적인 자전적 이야기에서 그는 이따금씩 직접화법으로 빠져든다.

> 나는 감히 여러분 앞에서 나 자신은 교육과 관련된 어떤 것도 낮추어 본 적이 없으며, 오히려 남들에게는 농담이나 터무니없는 소리로 들릴 만한 것에서도 많은 것을 배울 수 있었다고 단언한다. 학창 시절 내 눈에 띄거나 내가 사용하는 모든 물건의 이름을 알려고 열심히 노력했던 기억이 난다. 그러면서 솔직하게 이름을 모르고는 그 사물의 본성도 알 수 없다고 결론을 내렸다. 매일 내 작은 지혜[sophismata, 지식의 부스러기]를 몇 번씩이나 반복했던가. 이

지혜는 짧았기 때문에 그 해법에 늘 관심을 기울일 수 있도록 공책에 한두 단어로 적어놓았다. 심지어 내가 알게 된 거의 모든 생각, 질문, 이의의 개수까지도 적었다. 나는 종종 어떤 사례를 제시했으며, 서로 대립되는 주장들이 맞서면서 줄을 이을 때면 부지런히 수사학자가 할 일, 웅변가가 할 일, 소피스트가 할 일을 구분했다. 개수를 잊지 않으려고 자갈을 놓았고, 보도에 석탄으로 표시를 했고, 바로 눈앞에 놓인 예를 이용하여 둔각삼각형, 직각삼각형, 예각삼각형의 차이를 분명하게 보여주었다. 등변 평행사변형의 두 변을 곱했을 때 정사각형과 같은 면적이 나오는지 안 나오는지, 내 발로 두 도형을 걸어 다니며 직접 재서 알아냈다. 종종 우리가 시간을 측정하는 기준이 되는 항성恒星처럼 겨울 밤 내내 바깥을 계속 관찰했다[excubavi].[4] 종종 현악기를 가져와서, 나무틀 위의 현을 팽팽하게 당겨 보기도 했다. 내 귀로 음의 차이를 느껴보고 또 동시에 그 소리의 달콤함으로 내 영혼에 기쁨을 주려는 것이었다. 물론 이것은 어린아이나 하는 일이지만, 나에게는 쓸모없지 않았으며, 그것에 대한 나의 현재 지식이 속을 거북하게 짓누르지도 않는다. 내가 이런 일들을 공개하는 까닭은 전혀 없거나 아주 적다고 할 수 있는 내 지식을 과시하려는 것이 아니다. 앞으로 도약하고 싶어 곤두박질치는 사람이 아니라, 한 계단씩[ordinate] 움직이는 사람이 가장 잘 움

직이는 사람임을 보여주려는 것이다.[5]

오르도

어린 시절의 탐색부터 어른의 읽기에 이르는 이 대목은 후고가 오르도라고 부르는 것이 지배한다. 후고는 여러 예를 들며 읽는 사람이 질서order 있게 전진하는 것, 즉 ordinate procedere debet, 또는 조화로운 걸음걸이로 앞으로 나아가는 것이 중요하다고 강조한다. 후고는 사물의 질서를 만드는 것이 아니라, 따르고, 관찰하고, 탐색한다.

'질서를 잡는다는 것'은 신이 창조 행위 때 확립한 그 우주적이고 상징적인 조화를 내면화하는 것이다.[6] '질서를 잡는다'라는 것은 미리 생각한 주제에 따라 지식을 조직하거나 체계화하는 것도 아니고 지식을 관리하는 것도 아니다. 읽는 사람의 질서가 이야기에 부과되는 것이 아니라, 이야기가 읽는 사람을 질서 안에 집어넣는다. 지혜의 탐색이란 우리가 페이지에서 만나는 질서의 상징을 탐색하는 것이다. 중세 시인과 신비주의자는 사냥의 동기를 강조하고[7], 순례자는 늘 갈림길 앞에 서 있다.[8] 모두 상징을 탐색 중인데, 그들은 오르도 내에서 자신의 자리를 찾음으로써 상징을 인식하고 발견해야 한다.

내가 감사하는 스승인 게르하르트 라트너는 12세기 동안 벌어진 상징 의미의 연속과 단절 양쪽에 관심을 가지라고 권했다.

> 지시하고, 상징하고, 우화로 표현하는 기능이 결코 자의적이거나 주관적이 아니라는 점이 초기 기독교와 중세 심리의 근본적인 성격 특징 중 하나였다. 상징은 객관성을 보여주며, 의미를 넓고 깊게 품고 있다고 인식되는 우주의 다양한 측면을 충실하게 표현한다고 믿었다.[9]

프로이트와 융을 먹고 산 우리 세대는 상징이 무슨 뜻인지 거의 파악할 수 없다. 그리스어 동사 심발레인symballein은 '가져오거나 던지거나 함께 놓는다'는 뜻이다. 참석자들이 잔칫상에 가져오는 음식을 뜻할 수도 있다.[10] 이것은 또 요약, 계산, 표인데, 고대 후기에 가서야 세메이온sēmeion, 즉 기호라는 뜻을 얻는다. 의미심장하게도 심볼론symbolon은 그리스어를 사용한 초대 교부들, 특히 위僞디오니시우스Pseudo-Dionysius 글에서는 시늄signum(기호. -옮긴이)을 뜻하게 되었다. 그는 우리 자신과 천사들을 포함한 모든 피조물을 하느님이 창조한 상징이나 기호로 다루었다. 그것을 통하여 신을 알게 하려고 창조했다는 것이다. 그러나 하느님은 인간 개념의 위쪽 아주 높은 곳에 있어, 피상적으로 하느님에게 더 가까워 보이는 상징을 선택하는 것보다는 창조된 우주의 아래쪽 영역에서 가져온 현상으로 신성한 것이나 천상의 것을 표현하는 쪽이 더 계시적일 것이다. 따라서 성경적 상징을 사용한다면 …… 해나 별의 빛만이 아니라 사자 같은 야생동물이나 건축자가 버린 돌도 그리스도의 상징일 수 있다.[11]

후고의 정신은 아우구스티누스를 숙지하는 것만큼이나 디오니시우스를 읽고 논평하는 데서도 형성되었다. 그는 디오니시우스를 완벽하게 번역하여, "상징은 보이지 않는 것들을 보여주려고 보이는 형태들을 모으는 것"[12]이라고 말한다. '모으는 것'이라는 단어는 심볼론이라는 말의 고전 그리스적 의미 두 가지를 옮기면서, 그 자신의 시대에 상징을 어떻게 이해해야 하는지를 제시한다—즉 "의미의 경험과 그 너머에 놓이거나 그 너머로 뻗어 있는 것 사이의 다리"[13]라는 것이다. 이것은 상징을 신화와 동등하게 놓거나 심지어 동일시하기도 하는 근대의 상징 해석과 대조를 이룬다. 후고에게 상징은

자연과 역사 안에 또 그 너머에 있는 사실과 사건, 현상들로서, 이것은 신앙과 신학이 포괄하는, 물리적인 것

이상의, 역사적인 것 이상의 영토로 이끈다.[14]

우주적 질서가 주어진 것이라는 특성을 이해할 때에만 후고가 방법론적 질서를 설명하는 데 어려움을 겪는 것이 유치하게 들리지 않을 수 있다. 읽는 사람은 질서를 질서와 구별하는 법을 배워야 한다. 키케로가 책을 쓰는 연대기적 순서는 기록 담당자가 책의 두 표지 사이에 우연히 장정해 넣은 순서와는 다른 종류의 질서다. 후고는 역사적 질서는 우리가 배운 질서와 구별되어야 한다고 학생들에게 강조한다. 주의 깊은 읽기는 늘 조각들을 고르고 선택하며, 그다음에 이것들을 묶고, 거르고, 배치해야 한다. 하지만 이렇게 질서를 잡는 과정은 읽는 사람이 한 가지 근본적인 점을 기억하고 있을 때만 효과가 있다. 세상의 만물과 만사는 창조와 구원의 역사 가운데 어디에 놓이느냐에 따라 의미가 달라진다는 것이다. 읽는 사람의 과제는 창세기부터 묵시록 사이의 이스토리아historia(역사. -옮긴이) 가운데 자신이 읽는 모든 것을 그것이 속하는 각각의 지점에 집어넣는 것이다.[15] 오직 그렇게 함으로써만 읽는 사람은 읽기를 통하여 지혜로 나아갈 수 있을 것이다.[16]

아르테스artes*

『디다스칼리콘』은 초보자를 위해 쓴 책이다. 이 책은 초보자에게 질서 잡힌 진전을 위한 규칙들을 제공한다. 전반부(1~3장)는 일곱 가지 자유 학문[17]을 다루고, 후반부(4~6장)는 '성경' 읽기를 다룬다.[18] 후고는 앞부분에서 순회하는 소피스트 교사들이 처음으로 정리한 개념을 골라든다. 그들은 세네카가 손재주를 요하는 다른 기예art와 구별했던 '자유 학문'—철학을 위한 준비를 시켜주는 학문—을 가르쳤다.[19] 이런 학문을 일곱이라는 신성한 수로 나누는 것은 고대 후기에 등장하며, 후고는 이것을 세비아의 이시도루스Isidore of Seville로부터—비드Bede와 앨퀸Alcuin을 거쳐—가져온다.[20]

후고는 당대의 학생들에게 불만을 표시한다. 그들은 "무지 때문인지 마음이 없어서인지 적당한 공부 방법을 고수하지 못하며, 따라서 공부하는 사람은 많지만 지혜로운 사람은 거의 없다." 하지만 고대인에 관해서는 이렇게 말한다.

그 시절에는 이 일곱 가지를 안다고 말할 수 없으면

* 예술, 기예, 학문. -옮긴이

> 선생이라는 이름을 얻을 자격이 없다고 생각했다. 피타고라스도 교사로서 다음과 같은 관행을 유지했다고 전해진다. 일곱 개 자유 학문의 수에 따라 7년 동안 제자들은 감히 피타고라스가 하는 말 뒤에 놓인 근거를 물을 수가 없었다. 대신 스승이 하는 말을 믿고 끝까지 들어야 했으며, 그런 뒤에 혼자 그 말의 이유를 궁리해보았다. 글을 보면 어떤 사람들은 이 일곱 가지를 아주 열심히 공부하여 완전히 외웠으며, 그래서 그 뒤에 어떤 글을 손에 쥐든 또 해결이나 증명을 해야 하는 어떤 질문을 받든, 자유 학문이 의심스러운 일의 해결을 위하여 제공하는 규칙이나 이유를 찾아 굳이 책장을 넘기지 않았다. 그냥 상세한 것이 머릿속에 다 준비되어 있었다.[21]

후고는 아주 잘 읽어서 책장을 넘기지 않고도 바로 세세한 것들이 마음속에 준비되는 학생들을 찾고 있다.[22] 후고에게 기억력 훈련은 읽기의 전제 조건이며, 이는 『디다스칼리콘』을 읽는 사람들이 알아야 하는 매뉴얼에서 그가 다루는 사항이기도 하다.[23]

읽는 사람의 마음속에 있는 보물 상자

이 매뉴얼에서 후고는 아주 어린 학생들을 대상으로 이야기한다. 그는 이 학생들에게 내적인 보물 상자[24]를 구축해서 기억 기술을 확장하고 다듬는 과제를 제기하고 있다.

> 아이야. 지혜는 보물이며 네 마음은 보물을 담아두는 곳이다. 지혜를 배우면 귀중한 보물을 모으는 것이다. 이것은 희미해지지도 않고 광택을 잃지도 않는 불멸의 보물이다. 지혜의 보물은 여럿이며, 네 마음에도 감출 곳이 여럿 있다. 여기에는 금, 저기에는 은, 또 다른 곳에는 다른 귀중한 돌 …… 너는 이 자리들을 구분하고, 어디가 어디인지 알아야 한다. 그래야 이런 것 저런 것을 어디에 두었는지 기억할 수 있다. …… 시장의 환전상을 잘 관찰하여 그가 하는 대로 해라. 그의 손이 적당한 주머니로 쏜살같이 들어가 …… 곧바로 정확하게 동전을 꺼내는 것을 보아라.[25]

후고는 학생들에게 자기 기억의 궁전을 이런 수준으로 통제하는 능력을 계발하기 위해 가상의 내적 공간modum imaginandi domesticum을 만들라면서, 그것을 구축하는 방법을 이야기해준다. 그는 학생에게 연속되는 정수들을 상상한 다음, 수들의 출발점에 서서 수로 이루어진 줄이 지평선에 닿게 하라고 말한다. 이런 길이 아이의 상상에 자리를 잘 잡으면, 정신적으로 이 수를 무작위로 '방문하는' 훈련을 시킨다. 학생은 상상 속에서 로마 숫자로 표시해놓은 지점 각각을 쏜살같이 왔다 갔다 한다. 이 연습을 충분히 하고 나면 이런 방문은 환전상의 손의 움직임만큼이나 습관이 될 것이다. 이런 '바위 바닥'에 단단히 닻을 내리면 어린 학생은 성경 역사의 모든 사건을 이 틀 안에 가져다 놓을 수 있다. 하나의 연속선 안에서 모든 것 — 족장 설화, 희생, 승리 — 에 시간과 장소를 할당되는 것이다.[26]

이 머리말 뒤에 나오는 70개의 표에는 성경에서 언급되는 항목 수천 개가 담겨 있다. 후고는 학생에게 각 사도는 사도 줄에, 각 족장은 족장 줄에 갖다 놓고, 나뉜 단들 사이를 빠르게 왔다 갔다 하도록 훈련시킨다.[27] 어떤 문장들은 기억력을 훈련하는 데 이용되는데, 이를 '기억 기술 구절'이라고 부른다. 예를 들어 이런 것이다. '엿새 만에 세상은 완벽하게 창조되었고, 여섯 시대 만에 인간은 구원을 얻었다.' 파리에서는 대학이 등장하기 100년 전에, 현재 보존된 최초의 초보적인 알파벳 순서에 따른 주제 색인이 만들어지기 전해에, 이런 식으로 어린 수사가 참고 업무reference work를 위한 훈련을 받았다.

아이의 정신은 기억의 미로를 만들고, 그 안에서 빠르게 움직이고 꺼내오는 습관을 확립하도록 훈련받았다. 기억하기는 지도를 그리는 활동이 아니라 정신운동에 속하는, 도덕적으로 긴장된 활동으로 생각되었다. 나는 현대에 성장한 아이로서 어렸을 때부터 여행 안내서에 따라 훈련을 받았다. 산악 안내인으로서 나는 돌산으로 들어가기 전에 지도와 사진을 판독하는 법을 배웠다. 수십 년 뒤 일본에 처음 갔을 때는 도쿄 지도를 샀다. 하지만 나에게는 지도 사용이 허락되지 않았다. 나를 초대한 사람의 부인이 지도의 힘을 빌려 머릿속에서 위에서부터 내려다보면서 도시의 미로를 통과하여 가는 방식을 단호히 거부했기 때문이다. 그녀는 매일 나를 이끌고 이 모퉁이, 저 모퉁이를 돌았으며, 그러다 보면 추상적으로는 내가 어디에 있는지 알지도 못하면서 미로를 돌아다니다가 목적지에 이를 수 있었다. 목차와 색인이 생기기 전의 참고 업무는 틀림없이 지도가 없는 이런 종류의 방향 잡기에 훨씬 가까웠을 것이며, 현대의 학교는 우리를 그런 일에 있어서 무능력자로 만들고 있다.

후고는 읽기 수준이 높은 사람을 위해 훨씬 복잡한 삼차원의 방주를 제안했다. 이는 학생의 정신 속에 건설된 시공간의 망이며, 노아의 방주를 모델로 한 것이었다.

어린 시절 약간 단순한 『데 트리부스 치르쿰스탄티스De tribus circumstantiis』(삼장서三章書. -옮긴이)의 단들을 빠르게 왔다 갔다 하는 훈련을 받고, 이차원의 틀 안에서 『이스토리아 사크라historia sacra』(성사聖史. -옮긴이)('그 사람의 구원의 이야기'이다)를 이미 정리한 사람만이 후고를 따라 이 높은 수준의 엄청난 삼차원 다채색 기억 구도를 구축할 수 있다. 도덕적이고 신비한 방주에 관한 후고의 글들을 가장 잘 공부한 사람은 다음과 같은 결론에 이르렀다 — 후고가 말하는 역사적 상관관계들의 방주 모델을 그나마 읽을 수 있는 청사진으로 만들려면 220제곱피트의 종이가 필요할 것이다. 대다수가 기억 기술 훈련을 전혀 받은 적 없는 20세기 중세주의자들은 후고가 그린 방주의 청사진을 혹시 상상할 수 있을지는 모르지만, 그런 방주를 갖는 경험을 자신의 정신 속에서 다시 포착할 수도 없고, "이런 사고와 상상 방식이 철저하게 몸에 밸"[28] 수도 없을 것이다.

기억의 역사

고대 이후로 무시되었던 기억 훈련 기술을 후고가 복원했다는 사실은 인정을 받아왔다.[29] 그가 훈련된 기억이 읽기의 전제 조건으로서 중요하다고 강조한 점도 주목을 받아왔다. 그러나 후고가 기억의 망을 건축적-정적인 모델로부터 역사적-관계적 모델로 근본적으로 바꾸어놓았다는 점에 대해서는 논평이 거의 없었다.[30] 문자 사용 이전의 그리스 연설과 서사시 낭송은 시각적 기억이 아니라 하프의 박자에 맞추어 말하는 공식公式들의 기억에 기초를 두고 있었다.[31] 날개 달린 말을 알파벳 문자들이 글로 줄줄이 묶어둘 수 있다는 관행이 확립되기 전에는 아무도 정신 속의 창고나 밀랍 서판을 생각해보지 않았을 것이다. 이런 종류의 기억, 그리고 훈련을 통한 기억의 인위적 발달은 고대에서 고전 그리스 시대로 넘어오면서 등장했다.[32] 따라서 후고의 독특한 위치를 파악하려면 몇 가지 기초적인 것을 기억의 역사로부터 다시 불러내야 한다.

인류학자들이 '문화'라고 구분하는 것을 정신적 영역을 다루는 역사가는 다양한 '기억'이라고 구분할 수도 있다. 상기하고 기억하는 방법에도 역사가 있는데 기억되는 내용의 역사와 어느 정도 차이가 있다.

훈련되고 계발된 기억 기술은 12세기 동안, 문자 이전의 그리스에서 문자를 사용하는 그리스로 바뀌는 동안 일어난 변용에만 비길 수 있는 변용을 겪었다. 기원전 5세기 전환기의 '단어'와 '구문'의 발견은 유럽에서 대학이 건립되기 직전 레이아웃과 색인의 발견과 뚜렷한 유사성이 있다.

우리는 가끔 단어가 알파벳의 창조물이라는 사실을 잊는다. 그리스어에는 원래 단독으로 파악되는 '단어'에 해당하는 단어가 없었다.[33] 그리스인에게는 소리와 다른 신호나 표현을 가리키는 다양한 용어만 있었을 뿐이다. 말은 입술, 혀, 입으로 표현되기도 하지만, 친구에게 말할 때는 마음으로, 혹은 아킬레우스Achilles를 싸움으로 몰고 간 티모스thymos[우리는 아마 이것을 '쓸개즙(증오의 의미로 사용된다. -옮긴이)'이라고 부를 것이다]로, 혹은 피의 물결의 분류奔流로도 표현할 수 있었다. 우리가 사용하는 종류의 '단어'라는 말은 언어의 다른 구문적 구성 부분들과 마찬가지로 알파벳이 사용되고 나서 첫 수백 년 동안 그 밑에서 부화한 후에야 의미를 얻었다. 이것이 5세기 이전에 연결된 '단어'들을 학습하거나 계속 유지할 수 없었던 한 가지 분명한 이유다. 반면 우리는 철자를 알기 때문에 우리 정신을 단어라는 단위에 고정시킬 수 있고, 그것을 우리의 정신적 사전에서 골라 올 수 있다.

사실 알파벳은 소리를 시각화할 수 있는 우아한 테크놀로지다. 이 스물네 개의 형태는 입, 혀, 입술이 표현했던 발화의 기억을 촉발시키고, 몸짓, 마임, 본능이 말하는 것을 걸러낸다. 알파벳은 다른 표기 체계와는 달리 관념이 아니라 소리를 기록한다. 이 점에서 알파벳은 간단명료하다. 읽는 사람은 전에 한 번도 들어본 적이 없는 것을 소리 내는 훈련을 받을 수 있다. 알파벳은 지난 2,000년 동안 이런 일을, 그것도 비할 데 없이 능률적으로 해냈다.

그러나 알파벳은 도구로 사용될 수 있다는 점에서 이렇게 테크놀로지와 관련해 의미심장한 결과를 낳았을 뿐 아니라, 사회 내에 존재하는 것만으로도 사회 구성원들에게 뭔가 — 이 뭔가가 글로 기록된 적은 거의 없다 — 를 말해준다. 알파벳 덕분에 말이 고정되어 눈에 보이는 단위로 나뉠 수 있다는 것이 분명해지기 시작하면서, 알파벳은 세상을 생각하는 새로운 수단이 되기도 했다. 플라톤은 이미 『크라틸로스Cratylus』(424d)에서 문자를 말의 원소로 생각하게 되었다는 점에 주목했다. 그래서 단어는 진술의 원자가 되었고, 말하는 행위는 언어의 생산물로 생각할 수 있게 되었으며, 이 언어는 또 분석하여 단위들로 쪼갤 수 있었다. 일부 그리스인은 발화의 이런 상징적 알파벳화를 우주의 형이상학적 구성의 패러다임으로 바꾸었다. 아리스토텔레스는 이를 이렇게 표현하고 있다.

레우키포스Leukippus와 그의 동료 데모크리토

스Democritus는 가득 찬 것과 텅 빈 것을 원소들이라고 하며, 가득 찬 것을 존재라고 부르고 텅 빈 것을 비존재라고 부른다. 가득 차고 단단한 것은 존재이며, 텅 빈 것은 비존재다. 하나의 실체가 (그들에 따르면) 만물을 만들어낸다. …… 세 가지를 바꾸어서 만들어내는데, 그것은 형태, 질서, 위치다. 그들은 실재하는 것은 오직 '박자'와 '상호 접촉'과 '전환'에 의해서만 구별된다고 말한다. 이 가운데 박자는 형태고, 상호 접촉은 질서고, 전환은 위치다. A는 형태에서 N과 다르다. AN은 질서에서 NA와 다르다. H는 위치에서 ㅍ와 다르다.[34]

여기서 플라톤과 아리스토텔레스는 둘 다 자기 시대 사람들에게서 자신들이 관찰한 바를 전하는 것이지, 자신이 동의하는 바를 이야기하는 것이 아니다. 그러나 둘 다 알파벳을 통한 말의 분석, 그리고 이와 동시에 나타난 철학을 통한 존재의 분석 사이의 유사성을 제시한다. 플라톤은 특히 『파이드로스Phaedrus』와 『향연』에서 살아 있는 상기가 메마른 문자들의 참조에 기초한 기억보다 우월하다고 힘주어 말한다. 문자들은 읽는 사람이 의미를 마구 비틀어도 항의할 수 없기 때문이다.

문자 이전의 기억은 음유시인으로 상징되는데, 음유시인은 과거의 누더기들을 모아 꿰매었다. 그래서 그를 랍소도스rhapsode, 즉 꿰매는 사람이라고 부른 것이다. 플라톤에 따르면 음유시인은 그저 영감을 받아 뮤즈가 시키는 것을 말로 표현했을 뿐이다. 예술의 규칙이 아니라 신의 은총으로 노래를 불렀다(『Ion』 533). 신은 시인을 종으로 부리기 위하여 그의 정신을 가져갔다. 랍소도스는 "엠페도클레스Empedocles가 '자석'이라고 부르는, 헤라클레아Heraclea의 돔에 있는 돌에 달린 쇠사슬 고리들처럼 한 사람이 다른 사람에게 붙어 이어지게 한다."(『Ion』 535). 뮤즈는 자력磁力처럼 듣는 사람을 가수의 사슬에 붙인다. 음유시인은 단어들에 대해 깊이 생각하지 않고, 하프의 박자에 이끌린다. 호메로스Homeros는 그런 가수였다. 그러나 호메로스가 노래한 시기는 독특했다. 그때는 문자가 이미 존재했기 때문이다. 물론 대부분의 문자는 도공들이 기념용 그릇에 헌사로 긁어놓은 것에 지나지 않았다. 그래도 그 문자들의 발화가 그리스인의 눈에 분명하게 보이기에는 충분했다. 문자 이전 그리스에서 몇 세대 동안 귀는 계속해서 눈과 협력하라는 유혹을 받았다. 그때까지 "메아리의 원리에 의해 음향적으로 관리되던" 기억은 "건축학적 원리에 의해 시각적으로 관리되는 언어와 경쟁하게 되었다."[35] 소리와 그 형태에 대한 의식 사이의, 아직은 순진한 이 시너지의 결과는 독특한 유형의 창조적 구성으로, 이는 그리스에서조차 단순한 문자

해득解得으로는 결코 다시 만들어낼 수 없는 것이었다.

'수사rhetoric'라는 용어는 입으로 하는 말을 사용하지 않는 새로운 기술을 가리키기 위해 만들어졌는데, 이는 대중 연설가가 나중에 특정 기회에 대중 앞에서 말하고 싶은 문장들을 마음속으로 준비하는 기술이었다. 플라톤은 창조적 상기creative recall의 비의적 힘과 글자에 묶여 기록된 글을 외우는 평범한 기술을 분명하게 구분했다.[36] 대중 연설이 주요한 기예가 되면서 웅변가는 문장만이 아니라, 자신의 요점을 강조하기 위해 사용하는 논리 구조와 비유도 암기하고 싶어했다.

이런 목적을 달성하기 위해 그리스인이 사용한 가장 흔한 방법 중 하나는 머릿속에 기억 궁전을 짓는 것이었다.[37] 후고의 지평선까지 뻗은 숫자의 줄은 똑같은 장치를 납작하게 복제한 것뿐이다. 평판 있는 교사의 제자가 되려면 학생은 오직 정신에만 존재하는 거대한 건축물에 익숙하고 그 안에서 편안하여 순식간에 원하는 곳으로 이동할 수 있다는 것을 증명해야 했다. 각각의 학교는 그 나름의 규칙이 있었고, 건물은 그 규칙에 따라 지어야 했다. 여기에는 기둥, 모퉁이, 방, 아치 길, 벽감, 문지방 같은 시각적으로 구별되는 특징들이 포함되어야 했다.

기억을 찾아 꺼내 오는 가장 효과적인 방법이 학생에게 익숙한 정신적 라벨을 각각의 기억에 하나하나 붙이는 것이라는 사실은 일찌감치 발견되었다. 예를 들어 기계적인 암기를 위해 염소나 해, 가지나 칼에 문장을 하나씩 붙여놓았다. 연설이나 논쟁을 위해 이렇게 궁전을 갖추어놓은 저자는 그냥 적당한 상상의 방으로 옮겨 가 한눈에 라벨이 붙은 물건들을 파악하고, 자신이 그런 상징들과 연결시켜놓은 기억된 공식들을 바로 꺼내 올 수 있었다.

후고는 어린 초보자들에게 숫자가 적힌 머릿속의 한 지점에서 같은 길에 있는 다른 지점으로 쉽게 이동하라고, 한 '역'에서 다른 아무 역으로나 뛰어가라고, 그래서 서로를 연결시키라고 요구하는데, 이는 그런 전통적 기술 중 가장 단순한 방법을 소개한 것이다. 그러나 후고가 묵상적인 읽기 수준을 높이려고 채택한 테크닉은 다른 것, 즉 대중 연설을 뒷받침하기 위해 개발되었다.

기도 예배에서 사용하는 법률가의 기술

기억된 연설-행동에 상징적인 라벨을 붙이는 기억 기술은 4세기 그리스에서 만들어졌으며, 소피스트들이 가르치고 정치에서 사용되었다. 로마에서는 적어도 쿠인틸리아누스(35-100) 이후에는 그 목적과 테크닉이 바뀌었다.

이때는 주로 법률가들이 이용했다. 이 경우의 기억 훈련은 내면화된 읽기 기술을 강조한다. 고대 로마 후기에 대중 연설가는 머릿속으로 '메모를 하는' 방법과 적당한 계기에 '그것을 읽어내는' 방법을 배웠다.

따라서 웅변의 달인은 이용하고자 하는 각 문장을 머릿속에 등록하고 라벨을 붙였다가, 자기 내부 풍경의 해당되는 건축적 특징으로부터 그것을 즉시 찾아낼 수 있는 사람이었다. 컴퓨터의 공적이 눈부신 지금 이 시대에 이 기술은 불가능한 일, 또는 어떤 학문적 서커스를 위한 야릇한 곡예처럼 들린다. 하지만 그런 기억 훈련 방식은 후고가 초보자에게 기대하는 장비의 일부였다.

기억 기술은 읽기 기술과 밀접하게 얽혀 있다. 기억 기술이 없으면 읽기 기술도 이해할 수 없다. 후고가 이 두 가지 기술의 역사에서 어디에 서 있는지 인식하지 못하면 그가 '읽을' 때 무엇을 하는지 이해할 수 없다. 그는 웅변가의 오래된 기술을 복원하여 수도원에서 기도문을 중얼거리는 사람들에게 그것을 읽기 기술로서 가르쳤다.

그리스의 기억 훈련은 시각적 상상을 입으로 말하도록 도왔다. 쿠인틸리아누스 같은 로마인은 머릿속의 상징을 머릿속에 적은 메모와 연결시키는 기술을 가르쳤다. 하지만 정신적 아치 길이나 서까래에 붙인 이런 메모가 소리를 내지 않고 읽으려 한 것이라고 가정하면 실수

일 것이다. 찾는 행동을 정신적 건축물의 해당 부분 쪽으로 몸으로 달려가는 모습으로 그리게 되듯이, 찾은 라벨을 가져오는 행동에서는 혀가 정신운동의 신경 감응을 일으킨다.

Ut duplici modo iuvetur memoria dicendi et audiendi, "말하고 듣기의 기억을 두 배로 강화하기 위해" 학생은 같은 지점으로 되풀이하여 다시 돌아가야 한다. 쿠인틸리아누스는 내부적 메모 읽기는, 중얼거려 혀를 훈련하고 자신의 중얼거림을 열심히 들어 귀를 훈련함으로써 기억을 강화해야 한다고 강조한다. "목소리를 억제하라 — 웅웅 소리처럼 들리게 하라." vox sit modica, et quasi murmur. 플리니우스Gaius Plinius Secundus는 학습자의 이런 적극적인 참여가 틀림없이 주의가 흐트러지는 것을 어느 정도 막아줄 것이라고 생각한다.[38]

2세기에 이르러 제국 로마에서는 기억광狂들의 자기과시가 흔한 일이 되었다. 키케로와 플리니우스 이후에는 이런 문학적 묘기가 비난을 받았다.[39] 이것은 테크닉과 관련된 솜씨에 과장되게 의존했으며, 젊은 사람들이 이를 훈련하여 사용하면 자유롭고 창의적인 연상적 상기associative recall를 위협할 수 있었다. 교부들은 기억력 훈련을 소홀히 했다 — 단지 부분적으로만 시대의 분위기에 휩쓸렸을 뿐이다. 그러나 기독교인이 인위적인 암기를 소홀히 한 주된 이유는 다른 데서 찾아야 한다. 기독교인에게 메모리아memoria(기억. -옮긴이)는 일차적으로 전례로 기념되는 의식으로, 여기서는 구약과 신약의 주요 사건들이 다시 제시되었다. 기독교인에게는 다른 사람들 — 유대인은 예외지만 — 과는 달리 유일한 '복음' 또는 '계시의 증거'로서 주어진 하나의 책이 있었다. 이 정전적인 글은 기독교인의 기억을 이루는 새로운 공동의 본질이다.

이런 맥락에서 렉티오, 즉 '읽기'는 일차적으로 이 한 가지 이야기를 의식적으로 기념하는 일이 된다. 읽는 사람은 단어를 조작하는 것이 아니라 경건한 태도로 단어에 사로잡히기를 바란다. 그는 구원과 영광에 놀라기 위해 '경전'을 뒤진다. 그는 자기 신앙에 냉철하게 취한 상태(sobria ebrietas)를 조장하기 위해 읽는다 — 즉, 자신에게 읽어주거나 다른 사람에게 귀를 기울인다. 읽기는 초기 기독교인에게 일차적으로 하나의 책에 대한 해석이다.

기독교의 설교는 경전 주석이었다. 교부들은 대부분 로마의 웅변가를 모델로 연설하는 것을 원치 않았다. 웅변 기술 가운데 기억의 기술은 설교하는 주교에게 한정된 용도밖에 없었다. 그가 모든 지식과 사유를 집어넣고 싶은 맥락은 '성서'로 그에게 주어졌다.

아우구스티누스는 요청만 하면 베르길리우스의 어

느 책이든 앞으로나 뒤로나 암송할 수 있는 심플리치우스Simplicius에게 감탄했다. 그러나 그는 이 친구를 생각하면서 자신의 살아 있는 기억이 작동하는 방식을 살펴본다. 자신에게 가장 깊은 감동을 주는 것을 잊지 않겠다고 결심하는 바로 그 순간 기억은 그것을 그에게서 감추고, 가장 부적절한 시간에 그것을 되돌려준다. 그가 자신에게서 계발하고 싶은 것은 기억력이 아니라 경전을 논평할 때 사랑이 담긴 이해를 표현할 수 있는 의식意識이다. 기독교적 용법에서 메모리아는 공동체가 모이는 목적을 가리킨다. 그리고 새로운 사람들의 일부가 된 '의식'을 가리킨다. 이렇게 500년 이상 기억 훈련은 소홀히 여겨졌다.

샤를마뉴의 선생으로서 속을 터놓는 사이이기도 했던 앨퀸은 알비누스Albinus라는 이름으로 황제와 가상의 대화를 한다. 고대의 학습을 복원하려는 의도다.

샤를마뉴: 수사학의 귀중한 부분, 기억에 관해서 우리에게 무엇을 이야기해줄 수 있는가?

알비누스: 키케로가 이미 말한 것 외에 달리 무엇을 말할 수 있겠습니까? 기억은 만물을 담은 보물입니다. 여기 담긴 것들을 우리가 생각하고 발견하는 모든 것의 수호자로 이용하지 않는 한, 이것이 말이든 물건이든, 아무리 중요하다 해도, 아무것도 아니게 됩니다.

샤를마뉴: 자, 그것[기억]을 얻거나 확장할 수 있는 규칙이 있는지 말해주시오.

알비누스: 다음과 같은 것 외에는 규칙이 없습니다. 말하는 연습을 하고, 글을 쓰는 습관을 들이고, 생각을 하고, 건강과 정신의 온전함을 해치는 술을 피하십시오.[40]

이 대화는 왕에 대한 교사의 답으로 적혀 있다. 샤를마뉴는 세속적인 이유에서 기억 기술을 되살리기를 원한다. 이것이 로마 궁정의 영광을 복원할 수도 있는 고전적인 법률가들의 훈련에 유용할 것이라고 생각하기 때문이다. 그러나 당대 가장 위대한 학자인 앨퀸은 권할 것이 거의 없다고 주장한다.

지혜의 서곡으로서의 기억 훈련

12세기 초 학문은 법학, 신학 교리, 경전과 관련된 기독교 과거의 유산을 모으고 조직하고 조화시키려는 노력이라는 특징이 있다.[41] 『그라티아누스 교령집Decretum Gratiani』, 페트루스 롬바르두스Peter Lombard의 『격언집Sententiae』, 『일반 주해서Glossa ordinaria』는 이런 노력에서 나온 우수한 결과물이다. 1150년에 이르면 이 책들이 모두 집필되고, 이후 종교개혁기에 들어서까지도 한참 동안 이 세 분야에서 성직자의 기본적 훈련에 사용하는 주요한 교과서의 위치를 유지한다. 후고는 고전적인 기억 훈련을 진지하게 소생시킨 첫 번째 인물로 보이며, 따라서 정보를 꺼내는 유일하거나 주요한 수단으로 기억을 제안한 마지막 주요 인물이었다. 그러나 기억 훈련은 중단되지 않는다.[42] 1150년부터 새로운 인위적인 발견 장치가 주요한 비유 몇 가지를 제공했고, 이에 따라 기억의 기술과 훈련 방법이 고안된다. 그 결과 15세기 초에 이전의 기억 훈련 분야가 특이하게 복귀된다. 이 모든 것이 후고의 기억 기술에 관한 두 글, 초보적인 『데 트리부스De tribus』와 가공할 만한 2부짜리 『데 아르카 노아De arca Noe』가 그렇게 특별하게 중요한 이유다. 옛날 그리스에서는 뮤즈의 영감을 꽉 붙잡기 위해, 그리고 당시 호메로스가 쓴 '완전한 『일리아스Ilias』'를 보존하기 위해 눈이 귀와 협력하도록 유혹을 받았다면, 스콜라주의 이전에 후고는 신중하게 구축된 내적 공간 — 클라우스트룸 아니메claustrum animae(영혼의 수도원) — 에서 수사식으로 기념하며 중얼거리는 관행을 가르쳤다. 그러나 이 공간은 자의적으로 발명된 기억 궁전이 아니라, 그가 이스토리아historia라고 부르는 공간-시간이 드러나는 구조로 배치되었다.

후고는 고대의 건축적 기억 훈련을 소생시키면서, 1120년경에 태어난 소년들이, 비록 새로 묶인 글들이 너무도 쉽게 그들의 뇌를 흩어버리고 그들을 압도하는 시대지만, 그래도 글을 읽어 지혜를 향해 나아갈 수 있도록 준비하기를 기대한다. 후고는 개인적으로 창조된 내적 시공간spime[43] 안에 이 거대한 유산의 질서를 잡는, 근본적으로 내밀한 테크닉을 아이들에게 제공한다.

기초로서의 이스토리아

후고는 암기의 옛 기술을 소생시킬 뿐 아니라, 그것을 이스토리아를 섬기도록 하여 근본적으로 변화시킨다.[44] 그에게 읽기란 읽는 사람이 자기 마음의 방주 안에 이스토리아의 조직을 재창조하는 것과 같다.[45] 과학에 대한 그의 개념은 "시간이 경전의 자구적 연구를 통해 알아낼 수 있는 질서에 복종하고 있다는 가정에 분명하게 기초를 두고 있다."[46] 이 시간의 오르도ordo와 관계를 맺을 때는 모든 것의 의미가 통하지만, 읽는 사람이 이 오르도 안에 집어넣지 못하는 것은 어떤 의미도 가질 수 없다. 후고의 도덕적이고 영적인 '노아의 방주'는 성경적 특징들을 갖춘 기억 기술의 궁전에서 그치지 않는다. '방주'는 사회적 실체, 창조에서 시작되어 시간의 끝까지 계속되는 과정, 후고가 '교회'라고 부르는 것을 표현한다.[47] 후고가 '읽기'라고 부르는 행동은 이런 대우주적 교회와 읽는 사람의 개인적 내밀성이라는 소우주 사이를 매개한다.[48] 각 사람, 각 장소, 이 시공간적 우주 안의 모든 것은 우선 자구적으로 이해되어야 한다. 그런 다음에 이것은 또 어떤 다른 것으로서 드러난다. 미래에 올 어떤 것의 기호로, 유추에 의해 그 도래를 가리켰던 어떤 다른 것의 관심으로 드러난다.[49]

모든 피조물은 잉태 중이다

주해는 세 단계를 품고 있다. 첫째는 자구적 읽기로, 이때는 '성경'의 일차적인 물질적 의미가 영혼의 방주에 제대로 새겨진다.[50] 둘째로, 알레고리적 해석이다. 셋째로, 읽는 사람 쪽에서 그 자신도 이 질서 안에 있으며,[51] 이 '질서'가 일시적이라는 개인적 인식이다. "무엇보다도 성경을 공부하는 학생은 역사, 알레고리, 비유 속에서 그 [적절한] 질서를 찾아야 한다. …… 공부의 순서에서 이 셋 가운데 어느 것이 다른 것에 앞서는지 물어야 한다."[52] 후고는 여기서 대교황 그레고리우스 1세를 언급하는데,

그에게 있어 독서는 3단계 구축 프로그램이다. "우선 첫째로 [자구적] 기초가 놓이고, 그런 다음 그 위에 [유추의] 구조가 올라가고, 이런 작업이 끝나면 마지막으로 건물에 색을 입힌다."[53]

그는 가장 초기에 쓴 글들에서, 모든 역사적 세부 사항들을 기억에 굳게 심기도 전에 알레고리적인 의미를 뽑아내려고 "성경의 가슴을 짓누르는" 사람들에게 짜증을 드러낸다.[54]

> 우선 자구적 의미가 잘 확립되어야만 성경의 의미를 신비하게 이해할 수 있을 것이 틀림없기 때문에, 나는 아직 자구적 의미도 모르는 주제에 알레고리적인 의미를 가르치는 척하는 사람들의 뻔뻔스러움에 놀라지 않을 수 없다.[55]

『디다스칼리콘』에서는 분노한 목소리로 그런 허언증 환자에 관해 말한다. "이런 자들의 지식이란 나귀의 지식과 같다. 이런 유의 사람들을 모방하지 마라."[56] 그는 읽는 사람에게 직접 말한다.

> 역사를 배우고, 이루어진 일의 진실을 부지런히 외우고, 무엇이 이루어졌는지, 언제 이루어졌는지, 누가 이루

었는지 처음부터 끝까지 검토해야 한다. …… 나는 또 먼저 역사에 기초를 두지 않고는 알레고리를 완벽하고 세심하게 다룰 수 없을 것이라고 생각한다.[57]

후고는 성경의 세 가지 의미에 관한 신조를 정교하게 다듬는데, 이렇게 하면 읽기 행위는 예배 행위가 되고, 그 중심에 육화된 지혜가 놓이게 된다.

> 하느님의 지혜를 우선 몸으로[corporaliter] 알기 전에는 …… 깨달음을 얻어 그 영적인 의미의 묵상에 들어갈 수 없다. 이런 이유 때문에 하느님의 말씀이 너에게 이르는 겸허한 방식을 절대 낮추어 보지 말아야 한다. 바로 이 겸허한 방식이 너에게 깨달음을 줄 것이기 때문이다.[58]

후고는 코르포랄리테르corporaliter라는 말에 담긴 의미를 알고 있다. '창조의 행위가 이루어질 때 땅의 흙에서 가져왔다.' 이것이 후고가 다음 문장에서 책이 그에게는 창조주가 얼굴에 영을 불어넣기 전 아담의 몸처럼 초라한 점토판으로 보인다고 말한 이유다. 하느님의 말씀은 시각적이고 육체적인 방식으로 말하는 진흙에 불과해 보일 수도 있다. 하지만 네가 밟고 있는 이 진흙이 예수가 맹인의 눈을 뜨여주는 데 사용했던 것과 같다는 사실

(『요한복음』 9장에서)을 잊지 마라. 경전을 읽고 그것이 몸으로 말해주는 것을 배워라. 딱딱한 조각들은 잘 씹어야만 삼킬 수 있다.[59]

> **역사**는 이루어진 일들의 이야기로, 우리는 그것을 자구적 의미로 본다. **알레고리**는 이루어진 것을 통하여 과거, 현재, 미래의 어떤 다른 것의 의미가 드러나는 것이다. **비유**는 이루어진 것을 통하여 이루어져야 할 것의 의미가 드러나는 것이다.[60]

따라서 가나의 결혼식에서 자구적 의미라는 흐르는 물은 취하게 하는 포도주로 변하게 된다.

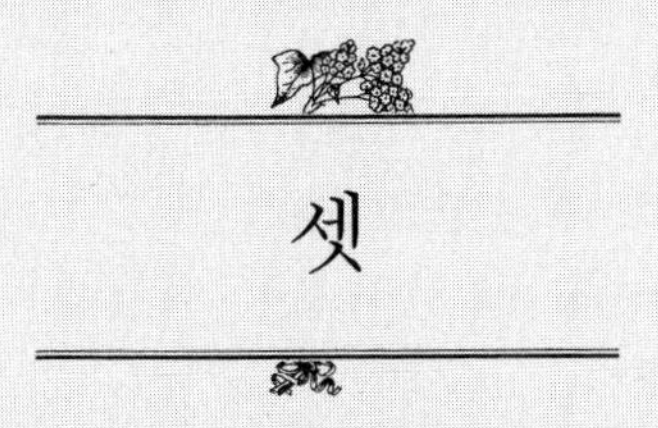

셋

수사의 읽기

묵상

후고가 가르치는 '읽기'는 수도원 활동이다. 그 활동에 참여하는 사람들에게는

> 세 가지가 필요하다. …… 타고난 자질, 훈련, 규율.[1] 타고난 자질[natura]이란 귀에 들리는 것을 쉽게 이해하고, 이해한 것을 굳게 유지할 수 있어야 한다는 뜻이다. 훈련이란 열심히 노력하여 타고난 자질을 계발해야 한다는 뜻이다. 규율이란 칭찬받을 만한 생활[laudabiliter viventes]을 하여 도덕적 행동[2]과 지식을 결합해야 한다는 뜻이다.[3]

스투디움 레젠디는 읽는 사람에게 지혜를 향해 올라가는 가파른 길에 모든 것을 투자하라고 요구한다. 기억 훈련이라는 아이의 놀이에서 시작해서 이스토리아에 올라서고, 거기서 이스토리아의 사건들 사이에 존재하는

아날로지아analogia(유추. -옮긴이)에 의해 해석을 하고, 거기에서 더 나아가 아나고지아anagogia(신비의 상징적 해석. -옮긴이), 즉 읽는 사람이 자신이 알게 된 이스토리아에 통합되는 상태로 올라서게 된다.

후고는 Ⅲ권 10장에서 개념적 분석인 코지타티오cogitatio(생각, 심사숙고. -옮긴이)에서 메디타티오meditatio(묵상. -옮긴이), 즉 통합으로 이행하는 과정에 관해서 말한다.

> 묵상은 계획된 선을 따라 유지되는 생각이다.[4] …… 묵상은 읽기에서 출발하지만 읽기의 규칙이나 교훈에 얽매이지 않는다. 묵상은 넓게 트인 땅을 따라 거니는 것을 즐거워하며, 그곳에서 자유롭게 시선을 돌려 진리를 응시하고, 한 번은 사물의 이런 원인들 또 한 번은 저런 원인들을 모으고, 깊은 곳으로 파고들며 의심스러운 것, 모호한 것은 전혀 남기지 않는다. 따라서 배움의 시작[principium doctrinae]은 읽기에 있지만, 그 절정은 묵상에 있다.[5]

여기에서 독트리나doctrina는 교조나 정책 어느 쪽도 아니다. 배움을 이루는 개인적 깨달음이라는 뜻이다. 프링치피움 독트리네principium doctrinae는 배움으로 가는 길의 출발점이지, '교육'으로 가는 길의 교습 첫날이 아니다.

후고는 자기 직업의 도구에 익숙해질 때에서 시작하여 묵상적 읽기에 의해 숙달된 상태에 이르는 견습 과정을 이야기한다.

> 어떤 사람이 그것[묵상]을 무척 내밀하게 사랑하여 빈번하게 참여하고 싶어지면, [그것은] 실제로 그의 삶을 즐겁게 해주며, 시련의 시기에 그에게 가장 큰 위로를 준다.[6]

묵상적 읽기는 때때로 어려워질 수도 있으며, 용기, 즉 포르티투도fortitudo를 갖고 직면해야 하는 일이다. 그러나 '묻고자 하는 열의'에서 기운을 얻으면서 읽는 사람은, 근면에서 기쁨을 얻을 것이다. 열심에는 훈련이 따라온다.[7] 열의를 기르려면 학생에게 교습보다는 기운을 북돋우는 예를 줄 필요가 있다.[8] 지혜는 '아가雅歌'의 처녀처럼 매우 아름답다. 다윗 왕이 수넴 여인(이스라엘 왕 다윗의 노후에 헌신적인 봉사를 한 수넴 출신의 아름답고 젊은 여자 아비삭Abishag을 가리킨다. -옮긴이)에게 가까이 다가가는 것 같은 기쁨이다. 지혜는 자신을 사랑하는 자를 포기하지 않을 것이다. 수넴 여인은 다윗의 늙고 쇠하는 몸을 덥혀주기 위해 그의 침대로 슬며시 들어가지 않았던가?[9]

후고는 읽는 사람에게 그들이 배울 수 있는 모든 것

에서 기쁨을 찾으라고 권한다. "나중에 어떤 것도 불필요하지 않았다는 것을 깨닫게 될 것이다. 숨 막히게 하는 지식은 아무런 기쁨을 주지 못한다."[10] 그는 읽는 사람이 그런 습득을 갈망해서 앞으로 나아가는 태도를 권하며, 그래야 정신이 안정을 찾는다고 본다. '읽기'는 지혜를 미리 맛보기 위한 성화聖畵와 같다. 후고는 읽는 사람의 마음가짐을 보여주기 위해 불가타 성경Vulgata의 『시편』 55편 6절을 인용한다. Quis dabit mihi pennas columbae, ut volem et requiescam?[11]

중얼거리는 자들의 공동체

후고의 묵상은 집중적인 읽기 활동이지, 수동적이고 정적주의적인 태도로 감정에 빠져드는 것이 아니다. 이 활동은 신체 운동에 대한 유추로 묘사된다. 행에서 행으로 활보하거나, 날개를 퍼덕이며 이미 잘 알고 있는 페이지를 살피는 것이다. 후고는 읽기를 신체적 운동에 기초한 활동으로 경험한다.

1,500년의 전통에서 소리 나는 페이지[12]는 움직이는 입과 혀의 울림으로 메아리친다. 읽는 사람의 귀는 주의를 기울이며 입이 내는 소리를 포착하려고 노력한다. 이

런 식으로 연속되는 문자들은 바로 신체 운동으로 번역되어 신경 충동의 패턴을 만든다. 행은 읽는 사람의 입이 포착하고 자신의 귀를 위해 소리를 내는 사운드 트랙이다. 페이지는 읽기에 의해 말 그대로 체현되고, 육화된다.

현대의 읽는 사람은 페이지를 잉크로 정신을 기록하는 판으로 생각하고, 정신은 페이지가 투사되는 스크린, 손가락을 튀기면 페이지가 사라지는 스크린으로 생각한다.[13] 후고는 수도원에서 읽는 사람에게 이야기하고 있는데, 이들에게 읽기는 주마등 같은 면은 훨씬 덜하고 신체적인 면은 훨씬 강한 활동이다. 읽는 사람은 자신의 박동에 따라 움직임으로써 행들을 이해하고, 박자를 다시 포착하여 그것을 기억하고, 그것을 생각할 때는 입안에 넣어 씹는 것과 관련짓는다. 여러 자료에서 대학 이전의 수도원이 중얼거리고 우적거리는 사람들이 사는 곳으로 묘사되는 것도 놀랄 일이 아니다.[14]

- 가경자可敬者 베드로Peter the Venerable(1092/94-1156)는 클뤼니 수도원을 다스리는 학식이 높은 수도원장으로 밤이면 보통 침대에 앉아 손으로 성경 책장을 넘기며 입안에서 지칠 줄 모르고 씹었다.[15]
- 고르체의 요한John of Gorze(976 사망)은 자정 기도와 새벽 사이의 어두운 시간 동안 "벌이 날아다니는 소리

를 내며 쉬지 않고 『시편』을 조용히 중얼거렸다."[16]

- 그레고리우스 대교황에게 "성경은 가끔 음식이며, 가끔은 우리가 마실 음료다."[17] 성경을 읽다가 "거룩한 이해의 달콤함을 맛볼 때면 그것은 정말로 꿀이다."[18]
- 클레르보의 베르나르는 한 수사에게 이런 편지를 보낸다. "안의 귀를 준비하여 …… 내적인 감각을 계속 열어두면, 네 하느님의 이 목소리가 꿀이나 벌집보다 달콤할 것이다."[19] 또 다른 경우에는 설교를 준비하기 위해 성경을 읽다가 "내 속에서 심장이 밤새 불타올랐으며, 불이 나의 묵상을 환하게 밝혔다"라고 말하기도 한다.[20]
- 아우구스티누스는 수도사들에게 권한다. "그것[성경]을 읽어라. 그것이 모든 꿀보다 달콤하고, 어떤 빵보다 맛이 있으며, 또 어떤 술보다 기분이 좋다는 것을 알게 될 것이다."[21]

이 시기 동안 읽고 묵상하는 수사는 새김질을 하는 소에 비유되곤 한다. 예를 들어 성 베르나르는 형제들에게 훈계한다. "너희 새김질하는 짐승들이여, 기록된 것이 현실이 될 수 있도록 순수해야 한다. '지혜 있는 자의 입에는 귀한 보배가 있느니라'[『잠언』 21장 20절]."[22] 베르나르는 또 『아가』에 나오는 말에 관하여 이렇게 이야기 한다. "그 달콤함을 누리며 나는 그것을 씹고 또 씹었다. 그러자 내 내부의 기관들이 채워지고, 내 배에 기름이 끼고, 내 뼈가 갑자기 찬양을 하기 시작한다."[23]

눈으로 읽는 사람에게 과거의 이런 증언은 충격적일 수 있다. 눈으로 읽는 사람은 입으로 읽는 읽기가 모든 감각에 영향을 줄 때 생겨나는 경험을 공유할 수 없다.[24] 게다가 맛과 냄새를 표현하는 어휘는 시들고 움츠러들었다.[25]

포도밭과 정원으로서의 페이지

후고는 읽을 때 수확을 한다. 행들로부터 열매를 딴다. 그는 파지나pagina, 즉 페이지라는 말이 함께 나란히 놓인 포도밭 이랑들을 가리킬 수 있다는 점에 플리니우스가 이미 주목했다는 사실을 알고 있다.[26] 페이지의 행은 포도를 지탱하는 포도 시렁의 줄이었다. 그가 양피지 책장에서 열매를 딸 때 그의 입에서는 보체스 파지나룸voces paginarum(페이지의 목소리. -옮긴이)이 떨어진다. 자신의 귀를 위한 것이라면 소리 죽인 중얼거림이 되고, 수사들의 공동체에게 말하는 것이라면 렉토 토노recto tono(하나의 음조로 이루어지는 암송. -옮긴이)가 된다. 두 종류의 활동을 구분해주는 표현이 하나 있다. 바로 시비 레제레sibi legere 인데, 이는 다른 사람들의 귀를 위한 클라라 렉티오clara lectio(명료하게 읽기. -옮긴이)와 대비되어 '자신에게 읽어준다'라는 뜻이다. 고대 전체에 걸쳐 읽기가 힘든 운동으로 여겨졌던 것도 놀랄 일이 아니다. 그리스의 의사들은 구기球技나 산책의 대안으로 읽기를 처방했다. 읽기는 읽는 사람이 신체적으로 건강한 상태에 있다고 전제했다. 약한 사람이나 병자는 자기 혀로 읽을 수 없었다. 하나의 극단적인 예로, 클레르보의 니콜라스Nicholas of Clairvaux는 다른 모든 수사들과 마찬가지로 관례적으로 연 4회에 걸쳐 하제를 사용하고 피 흘리기를 수행했는데, 한번은 부항과 결합된 금식 때문에 한동안 읽기를 계속할 수 없을 정도로 쇠약해졌다. 가경자 베드로는 감기에 걸려 입을 열면 기침이 나왔기 때문에 성가대에서도, 또 자기 방에서 '스스로를 향해서도' 읽을 수가 없었다.[27]

입을 사용한 활동은 읽기 행위를 지배했을 뿐 아니라 눈의 임무를 결정하기도 했다. 영어 단어 'to read'의 어근은 '조언하다', '알아듣다', '읽고 해석하다'라는 뜻을 갖는다. 라틴어 레제레는 신체 활동에서 나왔다.[28] 레제레에는 '따기', '꾸리기', '거두기', '모으기'라는 뜻이 있다.[29] 모아놓은 가지나 잔가지를 가리키는 라틴어 단어는 레제레에서 파생되었다. 이런 막대기는 리늄lignum이 라고 불렸는데, 이것은 마치 장작이 목재와 구별될 수 있듯이 마테리아materia[30]와 대비된다. 독일어의 '읽다lesen'는 너도밤나무 작대기를 모은다는 관념을 여전히 분명하게 전달한다('문자'에 해당하는 단어는 너도밤나무 막대기와 똑같으며, 이는 마법의 주문에서 사용되는 룬 문자를 떠올리게 한다).[31]

라틴어를 사용하는 후고에게 눈으로 읽는 행동은 땔감을 모으는 것과 다르지 않은 행동을 암시한다. 눈은 알파벳 문자를 따서 음절로 꾸려야 한다. 눈은 허파, 목, 혀, 입술을 돕고, 입술은 보통 단일한 문자가 아니라 단어를 소리 낸다.

생활 방식으로서의 렉티오

고전시대의 웅변가, 소피스트, 수사에게 읽기는 몸 전체를 끌어들이는 것이다. 그러나 수사에게 읽기란 한 가지 활동이 아니라 하나의 생활 방식이다.[32] 특정한 규칙에 따라 무엇을 하든 수사는 읽기를 계속한다. 이 규칙은 성 베네딕트가 확립하였으며, 똑같이 중요하다고 여겨지는 두 활동, 오라 에트 라보라ora et labora[33], 즉 기도와 일로 하루를 나눈다. 이상적 수도원의 작은 공동체 구성원들은 하루에 일곱 번 교회에서 만난다. 그들은 질문, 직접 화법, 인용구를 표시하기 위해 엄격하게 규정된 억양을 갖춘, 하나의 음조로 이루어지는 암송(recto tono)에 귀를 기울이고, 『시편』의 시를 노래한다. 그 사이사이에 젖을 짜거나 쟁기를 갈 때, 버터를 만들거나 끌질을 할 때, 공동 암송은 억누른 단조로운 소리로 바뀐다. 각 수사는 자신이 고른 행을 중얼거린다. 이 행들은 기도를 할 때나 일할 때나 천국을 향하는 순례의 길이다.[34] 읽기는 그의 낮과 밤을 수태시킨다.[35]

이렇게 끊임없는 읽기에의 헌신은 행들이 마음에 닻을 내리는 단선율 성가와 마찬가지로, 유대교에서, 랍비에게서 유래했다. 실제로 그레고리오 성가는 유대교 회당의 성가로부터 영향을 받았다. 책과 함께 살고 싶은 욕망 또한 유대교 신비주의의 일부다.[36]

경건한 유대교도는 회당에서 예배에 참석하여 토라와 예언서의 구절에 귀를 기울인 뒤, 시장에서 물건을 구경하거나 집의 계단에 앉아서도 이렇게 들은 구절을 계속 겸손하게 입으로 읊조린다. 랍비는 이렇게 '읽은 것이 아기의 입에 들어가는 엄마의 젖처럼 달콤한 맛이 날' 때까지 그렇게 한다.[37] 그는 『에스겔』 3장을 기억한다. 거기에서 하느님의 사자가 그의 종에게 두루마리를 펼치는데, 이 두루마리에는 '앞뒤에 글이 적혀 있었다.' 에스겔은 '이 두루마리를 먹으라'는, '이 두루마리를 배부르게 먹으라'는 명령을 받는다. 실제로 "그 두루마리를 삼키니 …… 마치 꿀처럼 입에 달았다." 하느님은 유대 민족의 운명을 미리 말하는 것이 아니라 미리 기록한다.(pre-dict는 합쳐서 말하면 예언한다는 뜻이 되고, pre-scribe는 합쳐서 말하면 미리 규정한다는 뜻이 된다. -옮긴이) 따라서 각 유대인은 자신의 숙명을 후기後記로 발견하는 방식으로 운명을 경험한다. 이 후기는 쓴맛인 경우가 많다. "유대인은 예언자가 그를 위해 지도로 만들어놓은 길을 증명하는 데 열중했던 것처럼 보인다."[38]

후고는 학생이 성경의 세 가지 의미를 탐색하여, 온 세상의 신성한 과거를 자신의 현재에 체현하기를 바란다. 그는 유대인이 이집트에서 탈출한 사건을 예루살렘에서 골고다로 가는 길, 기독교인이 예수를 따르는 길의 예시로 해석하여, 그 이야기를 학생 자신에게 적용하기를 바란다. 수도원을 위하여 가족을 버리기를 바라는데, 수도원은 사막의 이미지로 나타난다. 그는 집이 없는 처지이나 책의 페이지 속에서 임시로 집을 발견한다.

따라서 후고와 그의 시대가 스투디움 레젠디에 부여하는 의미는 구약의 관념들의 규정을 받았다. 나아가서 '베네딕트회의 규칙'은 상징적으로 몸 전체가 평생의 읽기와 관련되는 틀을 만들어낸다. 개별적인 수사는 루디스rudis ― 배운 것 없는 하인이나 엉성한 멍청이 ― 일 수도 있다. 그렇다 해도 그는 매일 일곱 번 성가대 모임에 참석하고, 책을 앞에 두고 『시편』의 노래를 부른다. 이러한 것들은 그의 존재의 일부가 되었으며, 그는 가장 학식이 높은 형제처럼 염소들을 지키면서 그것을 입으로 되뇔 수 있다.

경전이라는 기록된 텍스트가 각 수사의 전기傳記의 일부가 되어가는 과정은 그리스적이기보다는 전형적으로 유대교적이다. 고대에는 삼킬 수 있는 책이 전혀 없었다. 그리스인도 로마인도 책의 민족은 아니었다. 유대교도, 기독교도, 이슬람교도의 경우와는 달리, 어떤 한 책이 고전시대 생활 방식의 중심에 존재하지 않았다 ― 또는 존재할 수 없었다. 기독교의 첫 천 년 동안 이 책 한 권의의 암기는 기억의 궁전의 건축과 완전한 대조를 이루는 과정에 의해 수행되었다. 문장들을 배우는 데 수반되는 정신운동의 신경 충동에 신중하게 관심을 기울이며 책을 삼키고 소화했다. 오늘날에도 코란 학교나 유대교 학교에 다니는 학생들은 바닥에 앉아 책을 무릎에 펼쳐놓는다. 각 학생은 자기 행을 노래로 부른다. 여남은 명이 각자 자기 행을 동시에 부르는 경우도 많다. 읽는 동안 학생들의 몸은 엉덩이에서부터 위로 흔들리거나 몸통이 천천히 좌우로 흔들린다. 눈을 감거나 이슬람 성원의 복도를 내려다볼 때도 학생은 마치 황홀경에 빠진 것처럼 몸을 흔드는 동작과 암송을 계속한다. 이런 신체 움직임은 그런 동작과 연결된 발음기관의 움직임을 다시 불러낸다. 학생들은 이렇게 의식을 수행하는 것처럼 몸 전체를 이용하여 행들을 체현한다.

마르셀 주스Marcel Jousee는 말로 이루어진 시퀀스를 살에 고정시키는 이런 정신운동 테크닉을 연구해왔다.[39] 그는 많은 사람들에게 기억이란 그 발화가 묶여 있는, 확고하게 자리를 잡은 일련의 근육 패턴을 촉발시킨다는 의미임을 보여주었다. 아이가 자장가를 들으며 몸을 흔들 때, 수확을 하는 사람들이 추수의 노래 박자에 맞춰 허리를 굽힐 때, 랍비가 기도를 하거나 바른 답을 찾는 동안 머리를 흔들 때, 또는 한동안 손으로 톡톡 두드린 뒤에야 격언이 떠오를 때 — 주스에 따르면 이런 것들은 발화와 몸짓의 폭넓은 연결을 보여주는 소수의 예에 불과하다.[40] 각 문화는 이런 쌍방향의 비대칭적인 상보성 — 이것에 의해 말은 단지 귀와 눈만이 아니라 오른쪽과 왼쪽, 앞과 뒤로 몸통과 팔다리에 새겨진다 — 에 자기 나름의 형식을 부여해왔다. 수도원 생활은 그런 기법을 실행하기 위해 신중하게 패턴화된 틀로 볼 수 있다.

오티아 모나스티카Otia monastica*

그러나 이것은 수사를 만드는 규칙에 통합되어 있는 사회적 테크닉이라기보다, 생활의 중심인 책에 수사가 접근하는 태도라고 할 수 있다. 후고는 묵상에 관한 짧은 장(Ⅲ, 10)에서 이런 읽는 삶을 어떤 정신으로 살아야 하는지 말한다. 그는 바카레vacare라는 말을 사용하는데, 이것은 영어로는 거의 번역이 불가능하다. 이 단어는 기술로서의 묵상에 관해 이야기하면서 읽는 사람에게 그것을 즐기라고 권하는 문장에서 나온다. "만일 어떤 사람이 그것[묵상]을 무척 내밀하게 사랑하게 되고familiarius amare, 자주 그것에 참여하기를 바란다면vacare voluerit, [그것은] 그의 삶을 정말로 즐겁게 해줄 것이다."[41] 제롬 테일러는 vacare voluerit를 '참여하기를 바란다면'이라고 우아하게 옮긴다. 하지만 이는 현대 학생들에게 오해를 불러일으킬 소지가 있다. 바카레가 기독교 수사를 정의하는 데 사용하는 핵심적으로 중요한 전문용어라는 사실을 보지 못하게 되기 때문이다.[42] 수사가 "고독 속에서 하느님 한 분만을 위해 자신을 자유롭게 하는"—solus soli Deo vacans[43]—사람이라고 처음 정의한 사람은 루피누

* 수도원의 자유 시간. -옮긴이

스Rufinus였다(435-510경).

바카레는 '정해졌거나 자유로워진다'라는 뜻이다. 기독교 저자들이 이 용어를 사용할 때 강조하는 것은 어떤 사람이 얻는 해방이 아니라, 그가 자신의 의지로 택하는 자유다. 이 용어는 속박이나 생활 방식의 낡은 습관에서 해방되거나 거기서 달아나는 것보다는 새로운 생활 방식에 '참여하고자 하는 욕망'을 강조한다. 이 동사는 고전 라틴어에서도 사용된다. 스토아학파 철학자로서 네로의 스승이었으며 베드로나 바울과 같은 시대에 살았던 세네카는 어떤 사람이 '참여'하겠다고 선택할 수 있는 삶의 세 가지 방식을 구분한다. 그것은 욕정, 관조, (정치적) 행동이다.[44] 그는 너그럽게도 무엇을 위해 자유로울지 선택해야 한다고 촉구한다. 진정한 자유 시간은 지혜에 자신을 바치는(sapientiae vacant) 사람들에게서만 발견할 수 있다. 이 동사는 후고의 시대에도 여전히 이런 고전적인 의미에서 사용되었다. 그것은 포도주에 '흡수되고', 육체적 쾌락의 삶에 '잠기고', 연구에 '몰두한다'라는 뜻이었다. 그러나 12세기의 저자가 이런 '일탈'을 가리키기 위해 이 용어를 사용했다면 그것은 기독교인이 반드시 가져야 할 진정한 자유와 대비되는 무질서를 의미했을 것이다. 이 용어에 이런 의미를 처음 부여한 사람은 성 아우구스티누스였다. 그는 387년 세례를 받은 직후

아프리카로 가서, 오티움otium(자유 시간)을 찾으라는 하느님의 명령을 느끼고,[45] 타가스테Thagaste에 작은 공동체를 세웠다. 그는 이 집단의 공동생활의 목표가 "자유 시간에 의해 신성해지는 것"[46]이라고 선언한다. 그는 친한 친구들에게 "지상의 모든 쾌락에서 물러날 수 있도록 자유 시간을 사랑하지만, 덫으로부터 자유로운 곳은 없다는 것을 기억하라"[47]라고 강력하게 촉구한다. 그는 다른 곳에서는 이렇게 말한다. "나는 게으름을 늘리려는 것이 아니라 지혜를 탐사하려고 자유 시간을 쓴다. …… 나는 정신을 산만하게 하는 활동으로부터 물러나며, 내 영은 천상의 욕망에만 몰두한다."[48]

따라서 후고는 완전에 이르기를 바라며 읽는 사람은 자유 시간을 활용하라고 요구한다. "특히 이러한 때에 영혼은 지상의 일의 소란으로부터 떨어져 나와, 심지어 이 생에서도 영원한 고요의 달콤함을 미리 맛보게 된다."[49] 묵상적 독서는 영혼을 쉬게 한다.

후고는 여기에서 순례와 산책, 열심히 하는 렉티오와 한가한 메디타티오를 구분한다. 그는 이 두 가지 방식의 움직임을 구분하지만, 그 유사성도 강조한다. 수도원 전통에서 읽기의 두 가지 방식은 똑같은 렉티오 디비나lectio divina(경건한 읽기. -옮긴이)의 두 순간에 불과하다. 후고는 철학과 신학 사이의 끊김을 인지하지 않는데, 스콜라학파 철학자들은 곧 이런 구분에 기초하여 자신들의 방법론을 구축한다. 오직 13세기 동안에만 '이성의 빛'과 '신앙의 빛' 사이의 구분이 두 가지 종류의 읽기를 낳는다. 하나는 이성이 사물에 자신의 빛을 던져(lumen rationis) 그들을 존재하게 한 이유를 탐색하는 철학이고, 또 하나는 읽는 사람이 이해 가능하고 합리적인 세계를 해석할 때 하느님의 말씀과 그 빛(lumen fidei)의 권위에 굴복하는 신학이다.[50]

읽는 사람에게 서로 구별되는 이 두 가지 참여는 후고에게는 여전히 똑같은 오티움의 두 측면이다. 페이지에 비칠 수 있는 두 종류의 '빛'은 여전히 하나의 똑같은 스투디움의 두 순간에 불과하다. 렉티오는 영원히 시작이고, 메디타티오는 콘숨마티오consummatio(완성. -옮긴이)이며, 둘 다 스투디움에 필수적이다. 피조물의 연구는 우리에게 그들의 창조주를 찾아보라고 가르친다. 그렇게 하면 이 창조주는 영혼에게 지식을 공급하고, 영혼을 기쁨으로 적시며, 묵상을 최고의 기쁨으로 만들 것이다.[51] 후고에게 가치 있는 독서는 한 가지 종류, 렉티오 디비나밖에 없다. 이로써 후고는 렉티오와 오티오 바카레otio vacare(자유롭고 여유로운 시간. -옮긴이)가 서로를 규정한 천 년 세월의 맨 끝자락에 자리 잡게 된다.

렉티오 디비나의 죽음

13세기 초에는 렉티오 디비나라는 용어 자체의 등장 빈도가 점점 줄어들다가 어떤 맥락에서는 완전히 사라져버린다.[52] 프란체스코 수도회와 도미니크 수도회의 탁발 수사들에게 묵상에서 그 자양분을 얻는 경건한 읽기는 책을 이용하는 기본적인 방법들 가운데 하나일 뿐이다. 렉티오 스피리퇄리스lectio spiritualis(영적 읽기. -옮긴이)라는 용어는 이제 스투디움이라는 단어를 독점하게 된 학문적인 작업과 구별하기 위해 사용된다.

지혜를 향한 개인적인 진전과 구분되는 어떤 궁극적 목적을 위해 이루어지는 읽기에 관해 말할 때, 후고는 엄한 경고를 덧붙인다.[53] 후고와 같은 시대를 살다가 그보다 6년 뒤에 죽은 성 티에리의 윌리엄William of St. Thierry은 이미 이 점에 대하여 의견이 달랐다. 그는 감정(affectus)과 함께 이루어지는 읽기 — 읽는 사람은 자신의 경험과 저자의 경험을 동화시킨다 — 와 사실적 지식을 늘릴 목적을 가진 읽기를 구분한다.[54] 레이아웃이 새로워진 페이지를 읽는 새로운 방법은 도시 내에 새로운 환경을 요구한다. 나중에 종합대학을 낳게 되는 단과대학이 생기고, 여기에서는 수사의 의식이 아니라 학자의 의식이 거행된다. 스투디움 레젠디는 더는 규율을 갖추고 읽는 사람들 대다수를 위한 생활 방식이 아니며, 이제는 '영적인 독서'라고 부르게 된, 한 가지 특정한 금욕주의적 관행으로 간주된다. 한편 '공부'는 점점 지식의 획득을 가리키게 된다. 렉티오는 기도와 공부로 나뉜다.

넷

라틴어
‘렉티오’

후고의 학생들은 그런 종류의 학생으로는 마지막이었다. 즉 읽기, 쓰기, 라틴어가 모두 어떤 큰 것의 부분이라고 여겼던 중세의 마지막 라틴어 학자들이었다. 라틴어는 그들의 생전에 여러 언어 가운데 하나가 되었다. 다음 세대 학생들은 라틴 운문과 더불어 자기 나라 말로 시를 썼다. 이 세대는 로마의 문자 형태가 자기 나라 말도 기록할 수 있다는 사실을 발견했다. 후고의 학생들에게 로마의 문자 형태에는 여전히 라틴어 목소리가 담겨 있었다. 라틴어는 이 로마의 문자에 의해 히브리어, 그리스어와 더불어 성스러운 세 가지 언어 가운데 하나로 눈앞에 자리 잡고 있었다. 사람들이 말하는 것은 세르모sermo(말. - 옮긴이)로, 언어, 즉 링과lingua를 사용할 때와는 다르게 경험되는 것이었다. 우리에게 노래하기나 춤추기가 말과 그 종류가 다른 것과 마찬가지다. 라틴어는 소리와 문자가 하나였다. 라틴어는 문자만이 아니라 이론도 포로로 잡아두고 있었다. 12세기 중반의 사변적 문법학자는 여전히 라틴어의 포로였다. 그들이 양상논리학이라고 부르

는 것은 키케로의 시대 사람들이 정의한 문법적 범주의 존재론적 해석이었다.[1]

라틴 수도원 생활

후고의 제자들은 라틴어를 부차적인 언어나 죽은 언어나 학자들의 언어로 배우지 않았다. 그들은 수도원 생활 방식에서 빠질 수 없는 한 부분으로 라틴어에 진입했다. 종교적 콘베르시오conversio(회귀, 변화, 전환, 개종. -옮긴이) — 당시에는 수도원 생활에 헌신하는 것을 그렇게 불렀다 — 는 라틴어, 문자, 평생에 걸쳐 뿌리를 내린 상태, 복잡한 기도 의식 등으로 들어가는 것이었으며, 이것들은 모두 수사가 행하는 복종의 다양한 측면들일 뿐이었다. 수련 수사의 고향 집에서 사용되는 방언은 거의 글로 기록된 적이 없었다. 또 이것은 아직 모어로 생각되지도 않았다.[2] 기사만이 아니라 농민도 마찬가지였다. 알파벳은 아직 일상의 말에 그림자를 드리우지 않았다. 토착어를 음절이나 단어로 분석할 방법이 없었다. 서사시의 시대는 이미 오래전에 지났음에도 로망스어나 게르만어로 이루어진 이야기들은 여전히 구전 사회의 규칙을 따랐으며, 물처럼 흘러나왔고, 연대기 기록자들이 가끔 이런 이야기를 보통 라틴어로 기록했다. 언어라는 개념을 일반적 용어로 사용하는 시대, 그래서 두 종류의 언어 — 토착어와 라틴어 — 의 비교를 허용하는 시대는 아직 오지 않았다.[3]

그렇다고 수도원 벽 바깥에서 라틴어가 들려오지 않았다는 뜻은 아니다. 그 소리는 후고의 젊은 시절의 대기 속에 있었다. 아버지가 수위실에서 자식에게 가르침을 받으라고 권할 때, 어린아이는 이미 라틴어 소리를 알고 있었다.[4] 아이는 물론 교구 교회의 미사나 저녁 기도에 참여하여 평신도가 하는 응답에서 라틴어를 주워들었을 것이다. 그러나 일단 아이가 수도원의 정적 안으로 들어가면, 라틴어는 아이의 목소리의 주요 출구가 되었다.[5] 작업장, 주방, 들판과 마구간 등 어디를 가나 수도원의 정적을 배경으로 라틴어는 크게 느껴졌을 것이다.

그레고리오 성가

아이는 수도원에 들어가는 날부터 다른 수련 수사들과 함께 수사들의 발치에 앉았다. 공동체는 매일 일곱 번의 기도, 즉 오푸스 데이opus Dei — 하느님의 사업 — 를 위해 모였다.[6] 매주 다윗의 『시편』 150편 전체를 적어도 한 번은 낭송해야 했다. 곧 젊은이는 그것을 전부 외웠다. 『시편』 낭송 사이사이에 교창交昌과 답창이 이루어지는데, 이것은 쉽게 배울 수 있었다. 몇 주가 지나지 않아 아이는 매번 기도가 끝날 때 망토가 바스락거리는 것을 수사들이 일어나는 것이나 글로리아 파트리gloria Patri(영광송榮光頌. -옮긴이)와 연결시키게 된다. 일어나서 고개를 숙이는 몸짓이 반복되고 그것이 짧은 신앙 고백문으로 이루어진 작은 미사 전문典文과 일치하는 것은 쉽게 경건한 느낌이나 습관과 연결되었다. 이것은 수련 수사가 라틴어 단어들의 자구적 의미를 말할 수 있게 되기 전에 이루어지는 일이었다. 한밤중에 이루어지는 긴 성경 읽기가 끝날 때 데오 그라티아스Deo gratias — 하느님을 찬미 — 는 안도의 반응을 수반한다. 또한 정오에 식당에서, 그것은 식사 기도가 끝나고 식사를 시작해도 좋다는, 간절하게 기다리던 신호다.[7]

수도원에서 제자가 들었던 라틴어 대부분은 대화체 억양이 아니었다. 오히려 단선율 성가의 엄격한 규칙에 따라 읊조리는, 양식화된 일련의 초대와 응답이었다.[8] 구술하는 소리가 일반적 대화의 소리와 다르듯이 암송은 말과 다르다. 기도와 교육, 강의와 달력 정보는 말이 아니라 암송으로 표현되었다. 라틴어는 문자를 소리로 내는 것만큼이나 노래를 소리로 내는 것이기도 했다. 단선율 성가의 유래, 또 그 뿌리가 회당에 있다는 설에 관해서는 많은 이론이 있다. 그러나 한 가지 점에 대해서는 모든 권위자가 합의한다. 단선율 성가에는 다른 모든 종류의 음악에서는 찾아볼 수 없는 특이한 점들, 너무 뚜렷하여 아무리 피상적으로 듣는 사람이라도 주의를 기울일 수밖에 없는, 또 전혀 변하지 않아 단선율 성가가 3세기에서 19세기까지 거쳐간 발달 과정의 모든 연속적 단계에서 전혀 어려움 없이 찾아낼 수 있는 특이한 점들이 있다는 것이다.[9] 그 특이점 중 하나는 그것이 교회 라틴어와 묶여 있다는 것 — 후고의 젊은 시절에 로마자가 라틴어와 묶여 있던 것만큼이나 긴밀하게 — 인데, 이것은 오늘까지 유지되어왔다.

단선율 성가의 가장 단순한 부분은 읽기에서 사용되는 이른바 **악센트**였다. 이것은 '많은 목소리들이 한꺼번에 소리를 낼 때 혼란과 불협화를 피하기 위해, 말로 하는 언어의 일반적 악센트를 음악적 법칙에 따라 줄인 것'으로 볼 수도 있다. 또 "이것은 집합적 권위를 가진 언어의 비개인적 발화로, 개별적 연설의 웅변적 강조와 구별되는 것으로 볼 수도 있다."[10] 12세기의 함께 읽기는 20세기 사람들의 귀에는 이상한 노래로 들린다. 책의 종류에 따라 사용되는 서로 다른 악센트를 규정하는 엄격한 규칙도 있었다. 주석에는 말 그대로 단單-조調로운 칸투스

렉티오니스cantus lectionis(낭독하는 노래. -옮긴이)가 있었다. 또 토누스 프로페치에tonus prophetiae, 에피스톨레epistolae, 에방젤리이evangelii(각각 선지자, 사도 서간, 복음서의 음조. -옮긴이)가 있었는데, 누구든 이것을 들으면 내용을 한 단어도 이해하지 못한다 해도 각각 구약, 바울의 편지, 복음서를 읽고 있다는 것을 알 수 있었다. 전례식문의 더 엄숙한 부분들은 그것을 읽는 계절에 맞추어 구별되는 음악적 특징이 있었고 또 지금도 있다. 당시의 라틴어는 수도원 필사실의 생산물이기도 하지만 성가대석의 생산물이기도 했다.

후고의 시대에 이르기까지 500년 동안 서양의 수도원 생활은 '성 베네딕트의 규칙'이 관장하고 있었다. 오늘날에도 따르고 있는 이 규칙은 수사들이 자정 이후 일어나서 한 시간 이상 공동 기도서를 읽을 것을 요구한다.[11] 성 빅토르의 규칙은 28장에서 책이 스스로in persona 수사들을 깨우는 과제를 맡도록 한다.[12] 이 장에는 의식의 아주 세밀한 부분까지 설명해놓았다. 책은 정해진 시간에 초 두 개를 앞세우고 공동 침실 전체에 운반된다. 이 책을 운반하는 사람은 게으르게 머리로 이 무거운 물건을 밀어도 안 되고, 부주의하게 두 팔을 쭉 뻗어 두 손위에 올리고 다녀도 안 된다. 아주 위엄 있게, 책의 상단이 가슴에 놓이도록 해야 한다. 모퉁이를 돌 때마다 작은 행렬을 이룬 수사들은 "베네디카무스 도미노Benedicamus domino"(하느님께 감사합니다. -옮긴이) 하고 노래하고, 자고 있던 수련 수사들은 깨어나자마자 '데오 그라티아스' 하고 답하며 라틴어의 세계로 비틀거리며 또는 걸어서 들어간다. 병이 들어 일어날 의무가 없는 형제들도 옆에서 슬쩍 찔러 밤에 책이 왔음을 알게 해야 한다.[13]

수사들은 허리띠를 묶은 뒤 어두운 성가대석에 모인다. 책은 회중석 한가운데 있는 독서대에 올려놓는다. 초 하나는 책 앞에 밝혀지는데, 물론 문자를 알아보기 쉽게 하려는 것만이 아니라, 그리스도가 이 페이지들로부터 나와 어둠을 비추는 빛이라는 사실을 일깨우려는 것이다. 따라서 책에 대한 의식儀式적 찬사, 라틴어, 성가, 낭송은 박자, 간격, 몸짓으로 이루어진 복잡한 구조물에 새겨진 음향적 현상을 이룬다. 따라서 새벽 전에 잠깐 눈을 붙이고 아침에 미사와 '소'시과小時課를 위해 두 번 더 모인 뒤 마침내 딕타투스dictatus(받아쓰기. -옮긴이)를 하기 위해 교관 앞에 책상다리를 하고 앉아, 이미 자유자재로 선율적으로 활용하고 있는 라틴어에 손을 이용하여 형태를 부여할 때 — 밀랍 판에 단어를 새길 때 — 그 모든 과정이 학생들의 뼛속 깊이 새겨져 있을 수밖에 없다.

라틴어의 문자 독점

라틴어에 익숙한 학생들은 수업 전에 반반하게 다듬은 서판의 밀랍에 첨필이 남긴 자국을 보고 단어를 배웠다. 교사는 각 음절을 분리해 발음하고, 학생들은 입을 모아 음절과 단어를 되풀이했다. 교사가 학생에게 구술하면 학생은 자신의 손에게 구술을 한다.[14] 익숙한 발화인 데오그라티아스deogratias(하느님의 도움으로. -옮긴이)는 이제 연속되는 두 단어의 형태를 띤다. 라틴어의 단어 하나하나는 학생의 귀에 음절들의 연속으로 다가와 박힌다. 단어들은 촉각의 일부가 되어, 촉각은 손이 밀랍에 그 단어를 새기기 위해 움직였던 방식을 기억한다. 단어는 눈에 보이는 자취로 나타나 시각에 새겨진다. 입술과 귀, 손과 눈이 협력하여 라틴어 단어에 대한 학생의 기억을 형성한다. 현대의 어떤 언어도, 글쓰기의 결과로 손과 눈에 남는 정신운동 기억의 흔적을 그렇게 집중적으로 활용하여 가르치지 않는다.[15]

우리는 알파벳에서 말소리를 기록하는 도구를 본다. 그러나 1,500년 동안은 전혀 그렇지 않았다. 지금까지 이 문자들은 형태나 개수의 변화 없이 서로 다른 언어 수백 개를 암호화할 능력을 지녔음을 증명해왔음에도, 이 긴 시간 동안은 오직 한 가지 배타적 목적, 즉 라틴어를 쓰기 위해서만 사용되었다. 그러나 입으로 말하는 라틴어가 아니었다. 서력으로 넘어가기 전 마지막 몇백 년 동안 알파벳으로 표기된 라틴어였다. 로마가 지중해 세계를 다스렸던 650년 동안 정복되고 통치된 민족들의 언어 가운데 단 하나도 로마자로 기록된 적이 없다. 라틴어의 로마 알파벳 독점은 절대적이어서 한 번도 '금기'의 결과로 본 적도 없고, 놀라운 역사적 변칙으로 생각한 적도 없다. 이용 가능한 테크놀로지를 이렇게 무시한 것은 콜럼버스 이전의 문화에서 바퀴를 무시한 것 — 그 문화에서는 오직 신과 장난감만을 탈것에 올려놓았다 — 만큼이나 인상적이다.

라틴어의 로마자 독점, 또 마찬가지로 그리스어의 그리스 알파벳 독점은 형태와 소리의 관계에 관한 깊은 가정에 닻을 내리고 있었다. 850년경 치릴로Cyrillus와 메토디오Methodius는 불가리아인을 위해 그리스어 성경을 번역할 수 있는 적절한 언어로 '글라골루 문자glagolic'를 만들면서 새로운 알파벳도 고안했다. 그러나 슬라브어 소리를 기록하기 위해 필요한 기호 몇 개를 덧붙여 그리스어 알파벳을 확장한다는 생각은 하지도 않았다.

익숙하지 않은 과제를 앞에 두고 이렇게 이용 가능한 도구를 무시한 것은, 사람들이 실제로 말하는 라틴어를 기록하는 데 로마 알파벳을 사용하지 않은 것을 생각하면 훨씬 더 놀랍다. 서기 1세기부터 갈리아Gallia와 이스파니아Hispania에 정착한 로마 군단이 말하는 방언은 그들의 고향 라티움Latium이나 캄파니아Campania에서 사용하던 말과 소리가 달라졌다.[16] 라틴어의 토착 지역인 이곳에서도 기원전 300년의 철자법 관습은 이제 사람들이 말할 때 실제로 사용하는 억양과 소리를 반영하지 않았다. 이 전체 기간 동안 — 고대로부터 후고의 평생에 이르기까지 — 또 흑해로부터 스페인에 이르기까지 정치적으로 다양한 방대한 땅에서 로마 알파벳은 사람들이 일상적으로 하는 말을 기록하는 데 사용되지 않았다. 13세기까지 라틴어는 기본적으로 공식 구술을 받아 적는 도구로만 이용되었다.

예외는 있었다. 예를 들어 필기체는 로마 공증인이 문서를 법적으로 인정하거나 로마 웅변가들이 연설 메모를 준비하는 데 사용했다. 또 이따금씩 성 예로니모St. Jerome 같은 사람들이 서기에게 구술하는 것이 아니라 촛불 빛을 받으며 자기 손으로 편지를 쓸 때 사용하기도 했다. 필기체 기술을 잃어버린 뒤에도 중세 초기와 성기盛期의 많은 성직자는 메모를 자기 손으로 썼다. 카롤링거 왕조풍의 소문자 알파벳의 어떤 내재적 속성 때문에 글을 쓰려는 사람에게 반드시 서기가 필요했던 것은 아니다.

후고의 시대 이전에 로마 알파벳이 라틴어가 아닌

연설 형태를 기록하는 데 사용된 예도 몇 가지 있다. 노르만 정복 이전 앵글로색슨족이 두드러진 예다. 나아가서 알파벳은 이따금씩 번역을 하려고 시도할 때도 사용되었다. 샤를마뉴 치세에 보덴 호수 주위의 베네딕트회 수도원들은 게르만어-라틴어 용어 풀이 작업을 했고, 그런 다음에 그것으로 성 베네딕트 규칙의 토착어 판본을 만들고 복음서도 일부 기록했다. 그러나 이런 증거를 검토해볼수록, 비非라틴어 문서의 기록에 알파벳을 사용하는 것은 로마자와 라틴어의 동일시를 확인해주는 예외로만 보인다.

후고가 죽은 뒤에야 — 그것도 아주 갑자기 — 연대기 기록자와 공증인이 실제의 말을 기록하는 데 알파벳을 사용하기 시작한다. 아주 오랫동안 이용 가능했던 기록 장치, 그리고 날 때부터 라틴어와 구별되는 언어를 사용해온 사람들도 알고 있던 기록 장치는 이제야 일상적으로 이런 언어를 기록된 형태로 고정하는 데 사용되었다. 테크놀로지 역사가의 관점에서 볼 때 이것은 다음과 같은 근본적 가설들을 검증할 수 있는 특권적 예다. 과제는 그것을 수행할 도구가 있을 때에만 해낼 수 있다는 이론도 있고, 과제를 해내는 것이 사회적으로 바람직해질 때 그 일에 필요한 도구가 만들어진다는 이론도 있다. 그러나 이런 식으로 ABC를 사용한 것은 한 사회 내에 이미 이용할 수 있는 매우 적합하고 복잡한 인공적 장치가 있어도, 이런 과제가 상징적 의미를 얻는 역사적 순간에만 과제 수행을 위한 도구가 된다는 것을 보여준다. 페이지가 눈에 보이는 텍스트를 낳은 뒤에야, '충실한 신자'가 도덕적 자아와 법적 인격을 낳은 뒤에야, 그 사람이 말하는 방언이 '하나의' 언어로 시각화될 수 있었다.

게르만 방언이나 프로방스 방언을 알파벳으로 기록했다고 해서 곧바로 말의 알파벳화가 라틴어에 비견될 수 있는 다른 언어의 창조를 불러왔다는 인식이 생기지는 않았다. 이것의 가장 좋은 증거 하나를 우베 푀르크센Uwe Pörksen에게서 들을 수 있다.[17] 독일에서 프로방스어 텍스트에 대한 수요가 많았던, 또 그 반대였던 첫 두 세대 동안 위대한 노래들 가운데 단 한 곡도 한 토착어에서 다른 토착어로 직접 번역된 적이 없다. 모든 경우 우선 그 노래의 라틴어 판이 만들어지고, 그런 다음에야 라틴어에서 토착어 말을 기록한 형태로 번역이 이루어졌다. 그러다가 12세기 말에 이르면, 게르만어, 로망스어, 이탈리어에 로마자를 사용하는 것이 당연해 보이게 되었다. 베수비오Vesuvius 화산이 폼페이를 묻어버렸을 때 이미 말로는 사용이 중단되었던 라틴어의 한 종류를 기록하던 표음식 표기법이 꼭 천 년이 지난 뒤 실제 사용하는 말을 등록하기 위한 음성학적 기록 장치가 된 것이다. 무슨 말을 하든, 무슨 노래를 부르든, 또 얼마 지나지 않아 무슨 생각을 하든, 그것은 결국 책장에 기록될 수 있었다. 이제 텍스트가 구체적 대상으로부터 분리되었듯이, 즉 특정한 양피지에 얽매이지 않게 되었듯이, ABC 기호는 라틴어로부터 독립을 얻었다.

그러나 라틴어가 하룻밤 새에 유일하고 진정한 언어라는 유구한 권리를 잃은 것은 아니다. 서기만이 아니라 모든 사람들이 말을 할 때는 언어를 사용했고, 이 언어를 쓰고, 분석하고, 가르치고, 번역할 수 있다는 생각은 느리지만 가차 없이 자리를 잡아나갔다.[18] 이로써 말의 구체화된 추상화, 즉 언어라고 부르는 것이 현실을 새로운 방식으로 규정해나갈 수 있었다. 이제 말하는 것은 자신의 생각을 낱낱이 밝히는 것으로 여겨질 수 있었다.

『디다스칼리콘』의 행들은 여전히 입으로 말하도록 기록되어 있다. 알파벳 기호의 고유한 소리는 여전히 라틴어다. 그리스어나 히브리어 조각들은 라틴어의 흐름에 실려 갔으며, 1060년에서 1110년 사이에 태어난 수십 명의 탁월한 사람들은 그 흐름을 뛰어나게 장악했다.

100년 뒤 성 프란체스코는 이탈리아어로 첫 시를 썼다. 12세기가 동틀 무렵 태어나 라틴어로 표현하지 않으면 구술할 수도 없고 글을 쓸 수도 없고 마음의 가장 깊은 움직임을 정리할 수도 없었던 플랑드르인 후고와는 달리, 13세기가 동틀 무렵에 태어난 이 움브리아 상인의 아들은 해와 달을 찬양하는 마음을 토착어 사랑 노래로 쓸 수 있었는데, 이 노래는 프로방스의 지형을 염두에 두고 쓴 것이었다. 물론 그는 로마자로 가난한 사람들에게 하고 싶은 말을 한 단어 한 단어 정확하게 기록할 수 있었다. 지혜를 향한 후고의 순례가 라틴어 행들의 사다리를 올라간 반면, 아시시Assisi의 프란체스코는 이탈리아의 거리 모퉁이에서 자신의 벌거벗은 자아를 드러냈다.

다섯

학자의
읽기

후고, 서문을 덧붙이다

후고가 1142년 파리 센 강 좌안의 성 빅토르 수도원에서 죽은 직후 길두앵Abbot Guilduin 수도원장은 후고의 작업 목록을 정리하게 하였고, 이것이 옥스퍼드의 머튼 칼리지Merton College에 자리를 잡게 되었다. 이 목록에 따르면 『디다스칼리콘』에는 머리말이 없었다.[1] 후고는 목록이 보존된 초기의 소수 저자 가운데 한 사람이었으며, 이런 이유 때문에 이것을 믿고 싶은 마음이 든다. 그러나 반대의 증거도 있다. 후고가 살아 있던 시기까지 거슬러 올라가는 어떤 필사본에는 1장 앞에 서문이 나온다.[2] 버티머Buttimer의 『디다스칼리콘』 교정판에는 이 머리말이 62행을 차지한다. 따라서 이는 중요한 텍스트다. 『디다스칼리콘』 전체 가운데 이보다 긴 장은 몇 개 없기 때문이다.

이 서문은 후고의 문체로 기록되어 있다. 말투나 구조가 후고 글의 특징을 그대로 담고 있어 일반적으로 진짜라고 받아들여진다. 그러나 어떤 필사본에는 왜 이것이 빠져 있는지 그 이유에 관해 역사가들은 의견의 일치를 보지 못한다. 한 가지 의견에 따르면 후고는 초판을 위해 서문을 썼으나 나중에는 그것을 빼려 했다. 또 어떤 사람들은 『디다스칼리콘』이 오랜 세월 손에서 손으로 전해지고 나서야 후고가 머리말의 필요성을 느끼고 덧붙였으며, 머리말이 없는 사본은 그 이전의 필사본을 베낀 것이라고 생각한다. 그렇다 해도 머리말은 후고가 『디다스칼리콘』을 쓸 당시의 사회적 분위기에 관해 많은 이야기를 해준다.[3]

읽을 의무

많은 사람들이 형편없는 능력을 타고나는 바람에[4] 쉬운 것도 이해하지 못하지만, 이들 가운데도 두 종류가 있다고 믿는다. 어떤 사람들은 자신의 우둔함을 모르지 않지만,[5] 그럼에도 자신이 낼 수 있는 모든 힘을 기울여 애써 지식을 좇고, 쉬지 않고 자신이 추구하는 바를 따라간다.[6] 이들은 노력의 결과로는 절대 가질 수 없는 것을 의지력의 결과로 얻을 자격이 있다. 그러나 어떤 사람들은 자신이 결코 최고의 것을 달성할 수 없다는 것을 알기 때문에 가장 작은 것도 태만히 하고, 말하자면 경솔하게도 자신의 게으름에서 편안함을 느끼는데, 그들은 그들의 능력 안에 있는 가장 작은 것도 배우려 하지 않으며, 그럴수록 가장 큰 것에서도 진리의 빛을 잃게 된다.[7]

후고는 두 가지 구분으로 서문을 시작한다. 다른 사람들보다 재능이 훨씬 떨어지는 둔한 사람들 가운데도 두 종류가 있다. 첫 번째 종류인 겸손한 사람들에 대해서 후고는 훈련이 그들을 그들이 소유한 지성의 범위 너머에 있는 통찰로 이끌 것이라는 전망을 열어준다.[8] 두 번째 자족적인 사람들은 그렇지 않아도 나쁜 상태에서 더 나쁜 상태로 갈 것이라고 본다. "알지 못하는 것은 약함에서 나오지만, 앎에 대한 경멸은 사악한 의지에서 나온다."[9]

읽기는 후고에게 테크놀로지보다는 도덕과 관련된 활동이다. 읽기는 개인의 완성을 돕는다. 후고는 허영심이 있는 자가 부패하는 것을 막는 방법만큼이나 좋은 의도를 가진 멍텅구리를 지원하는 방법에도 관심을 갖는다.

그러나 또 한 종류의 사람들, 자연이 능력을 한껏 채워주고, 진리에 이르는 쉬운 길을 보여준 사람들이 있다. 능력의 불평등도 있지만, 이들이 모두 훈련과 학습으로 타고난 감각을 계발하는 일에 똑같은 덕성이나 의지를 보여주는 것은 아니다.[10]

후고는 둔한 사람들을 두 가지 도덕적 범주로 나눈 뒤, 재능 있는 자들은 자질, 덕성, 의지를 기준으로 배치한다. 그런 다음 자질이 좋은 사람들 가운데 특별한 두 종류에 주목한다. 무책임한 사람들과 사회적으로 장애가 있는 사람들이다. 유능한 사람들 가운데

> 다수는 …… 필요 이상으로 이 세상의 일[11]과 근심에 사로잡혀 있다. 그렇지 않으면 몸의 악덕과 관능적 탐닉에 몰두하고 있다. 그들은 하느님이 준 달란트를 땅에 묻고[12] 거기서 지혜의 열매도 선한 노력에서 나오는 이윤도 구하지 않는다.[13]

그는 이들을 발데 데테스타빌리스valde detestabiles, 즉 "전적으로 혐오스럽다"라고 생각한다.[14] 후고가 수사만을 염두에 두고 이런 진술을 한 것이라면(그들 가운데 다수는 엄격히 말해 읽고 쓰기를 하지 못했다) 그 가혹함에 놀랄 것이다. 하지만 앞으로 이야기하겠지만, 후고는 여기서 간접적으로 일반인에게 이야기하고 있으며, 네고치아negotia(일, 타협 — 자유 시간으로부터 한눈을 파는 것) 때문에 오티움이기도 한 스투디움의 탐색을 혹시라도 게을리하게 되는 경우를 지적하고 있는 것이다.

빈약한 수입에도 불구하고

> 어떤 사람들은 가족의 재산이 없고 수입이 빈약해서[15] 배움의 기회가 줄어든다. [후고는 그가 옹호하는 자유 시간이 물질적 조건에 기초를 두고 있다는 사실을 알고 있다.] 그러나 우리는 이런 [사람들이] 이런 환경 때문에 완전히 용서를 받을 수 있을 것이라고는 결코 믿지 않는다. 굶주림, 목마름, 헐벗음 가운데도 많은 사람들이 지식의 열매를 얻고자 노력하고 있는 것이 보이기 때문이다.[16]

후고에 따르면 스투디움 레젠디는 모두에게 제시된 소명이며, 이것은 곧 배울 의무가 된다. 둔하건 총명하건, 능력이 많건 적건, 의지가 강하건 약하건 '모두'가 배움으로 나아가지 않으면 비난받아 마땅하다. 후고 이전의 그 누구도 학습의 보편적 의무라는 신조를 이런 표현으로 정리한 적이 없었다.

후고는 경제적 불평등이라는 쟁점을 제기함으로써, 자신이 폐쇄된 수도원 공동체를 향해 말하고 있지 않다는 것을 분명히 밝힌다. 12세기 수도원에서 수사의 사회적 지위에 핏줄은 중요한 역할을 했다. 그러나 외적인 경제적 자원이 수사 개인의 일상적 생활 조건에 영향을 주지는 않았다. 수련 수사가 재능이 있으면 출신에 관계없이 자유롭게 읽고 쓰는 기술을 익힐 수 있었다. 일곱 살에 수도원에 들어온 많은 수련 수사가 어린 시절 이런 기술을 익히고, 자신이 들어온 수도원 안에 평생 거주(stabilitas)를 서약했다. "가족의 재산이 없고 수입이 빈약해서" …… "굶주림, 목마름, 헐벗음 가운데도 …… 지식의 열매를 얻으려고 노력"하는 것은 수련 수사의 운명이 아니었다. 후고는 여기에서 수사들이 아니라 일반 대중, 갓 생겨나 북적거리는 중세의 도시 거주자들을 향해 말하고 있다. 시민의 경우에는 분명히 경제적 조건이 공부를 위한 자유 시간을 결정한다.

> 어떤 사람이 배우지 못하는, 아니 더 솔직히 말해서 쉽게 배우지 못하는 경우[discere]와 배울 수는 있지만 배우려 하지 않는 경우[scire]는 다르다. 뒷받침할 자원도 없는 상태에서 순수한 노력으로 지혜를 얻는 것이 더 영광스럽듯이, 확실히, 타고난 능력이 있고 재산이 많음에도 게을러서 둔해지는 것[torpere otio]은 더 혐오스럽다.[17]

후고를 보통 교육, 학교 교육, 또는 오늘날 우리가 이해하는 의미의 '문자 해득'의 옹호자로 받아들이는 것은 분명히 잘못일 것이다. 그러나 이 『데 스투디오 레젠디』에서 후고는 배워야 한다는 보편적 소명에 관해 이야기하고 있다.

교회의 교의에 '모든 사람'이 어떤 특정한 것을 배우라는 부르심을 받는다는 관념이 내포되어 있다는 점은 의심의 여지가 없다. 모두가 믿고 그것을 고백하라고 부르심을 받았다. 그리고 이슬람은 형식적인 의미로 볼 때, 배워야 한다는 의무를 구체적으로 표현했다. 이슬람교도는 공동체에 있건 완전히 혼자이건 하루에 다섯 번씩 자신이 낭송하는 기도를 알고 있어야만 한다. 12세기 파리에 살던 후고는 배울 의무를 읽을 의무로 정의한다.

후고가 수사 신부가 될 수련 수사들이나 그들과 함께 사는 다른 아이들뿐만 아니라 도시의 아이들을 생각하고 있다는 주장의 타당성은 다른 곳에서도 확인할 수 있다. 즉, 성 빅토르 공동체의 구성원이 되기 위해 가족을 떠난 어린 소년들에게 이야기를 할 때는 그 방식이 완전히 달라진다는 점이다.

수사 신부는 렉티오를 통해 교화한다

후고의 글 『수련 수사 제도에 관하여De institutione novitiorum』는 '세상에서 온' 그런 신참들을 향한 것이다.[18] 이 글은 거의 모든 페이지에서 이 아이들이 받아들인 특별한, 흔치 않은 소명을 강조하거나 암시한다. 『디다스칼리콘』의 머리말은 후고를 접하는 모든 사람들에게 스투디움을 의무로 받아들이라고 촉구하지만, 이 글에서는 선별된 집단의 의무를 강조한다. 이 글은 후고 세대의 공동체와 그 구성원의 삶의 목적에 관하여 성 빅토르 수도원 내에서 받아들이고 있던 생각을 강조한다.[19] 수사 신부를 갈망하는 아이가 선택한 생활 방식의 본질인 스투디움은 그에게 자기 내부에서 하느님의 이미지, 죄에 의해 흐릿해진 닮은 면을 회복하는 수단이다.[20] 그러나 수련 수사는 스투디움에서 자기 영혼의 상태에 대해서만 책임을 지는 것이 아니다. 자신이 공부하는 방식을 통해 모범을 제공하고, 그로써 도시 공동체를 '교화'하는 것이 그의 특별한 임무다.[21]

후고는 수련 수사들에게 말할 때 그들이 coram Deo et coram hominibus, 즉 하느님과 사람들의 '눈앞에서' 또는 '면전에서' 공부하기를 바란다. 모든 사람이 배우거나 공부해야 한다는 보편적 의무에 수사 신부의 가르쳐야 하는 의무가 대응한다. 수사 신부는 생활 방식(vita)과 지혜(doctrina), 말(verbo)과 모범(exemplo)으로 가르쳐야 한다.[22] 후고는 제자들의 공부가 모범이 되기 때문에 사회적인 활동이라고 생각한다. 후고는 머리말에서 『디다스칼리콘』의 첫 세 권에서는 읽는 사람에게 세속적인 책을 선택하거나 읽을 때 지켜야 할 규칙을 가르치고, 다음 부분에서는 "책을 읽고 자신의 도덕과 생활 형태를 교정하고자 하는 사람이" 신성한 책을 "읽는" 방법을 가르친다고 말한다.[23] 후고는 자신의 수련 수사들을 볼 때 그들의 소명, 즉 그들이 언젠가 포르마 비벤디forma vivendi(생활 형태. -옮긴이)의 모범으로 다른 사람들을 가르칠 것을 염두에 두고 있다.[24]

여기서 후고는 자신이 속한 새로운 종류의 교회 공동체, 즉 아우구스티누스회 수사 신부들의 정신으로 수도원 삶의 목적을 재규정하고 있다. 그는 전통적 언어를 사용하지만, 그가 강조하는 바는 근본적으로 혁신적이다. 후고는 교사의 임무로서 엑셈플룸exemplum(모범. -옮긴이)을, 도시 공동체 전체에서 그 임무를 수행한 결과로서 에디피카티오aedificatio(교화. -옮긴이)를 강조함으로써, 단지 한 개인으로서의 자신뿐 아니라 새로운 수사 신부들이 수사식 읽기와 학자식 읽기 사이의 분수령에 서 있다는 사실을 인식하고 있음을 보여준다.

성 베네딕트의 규칙은 한 수사가 다른 수사에게 모범이 되어야 한다고 명시적으로 주장하지는 않는다.[25] 하물며 수사의 삶이 '세상에서 사는' 사람들에 대한 도덕적 모범으로 제시되지도 않는다. 동료 수사에 대한 존중, 약점에 대한 관용, 서로에 대한 사랑, 수도원장에 대한 복

종이 베네딕트가 그의 규칙에서 규정하는 이상적 수사의 특징이다. 옛 베네딕트 전통 안에서는 만일 덕을 실천하는 수사가 수도원 외부에 자신이 어떤 모범이 될지 걱정하며 자신을 돌아본다면, 그것은 독립성과 자유의 손실로 여겨질 것이다. 후고와 같은 시대에 살았던 성 베르나르는 이런 옛 전통을 12세기까지 끌고 온다. 그도 신참 수사의 육성에 대한 논문을 썼다. 그러나 제목 자체가 강조하는 바가 다르다. 『겸손의 단계에 관하여De gradibus humilitatis』는 공부하고자 하는 베네딕트 수도회원에게 '겸손의 단계'에 관해서 말하며, 수도원 벽 너머의 공동체나 사람들을 교화하는 일을 걱정하라는 이야기는 전혀 하지 않는다. 반면 후고의 『제도에 관하여De institutione』에는 수사 신부의 공적인 영향력에 대한 관심이 가득한데, 이런 영향력은 교화 수단을 통해 발휘된다.

후고의 공동체는 성 베네딕트의 규칙이 아니라 성 아우구스티누스에게서 나온 규칙을 따르는데, 이것이 200년 더 오래된 것이다. 베네딕트는 로마 제국의 쇠퇴 이후, 서유럽에서 로마식 도시 생활이 실질적으로 사라진 뒤에 '규칙'을 썼다. 그가 염두에 둔 독자는 수사가 여남은 명 모여 있는 공동체였는데, 이들은 종종 인구가 드문 지역에 살면서 자급자족을 했고, 그런 식으로 황무지를 농토로 복원해갔다. 로마의 몰락과 아라비아나 몽고

침략자들의 도래 사이의 암흑기에는 그들의 모범을 볼 사람이 주변에 거의 없었다. 반면 아우구스티누스의 규칙은 로마 문명의 함몰 이전에 쓴 것이다.[26] 아우구스티누스와 그의 동료들은 여전히 시민 정신 안에서 성장했다. 이 규칙에는 상호 원조, 그리고 형제들 사이의 상호 영향의 중요성이 언급된다.[27] 아우구스티누스에게 "중요한 두 가지는 양심과 평판이다. 양심은 너를 위한 것이고, 평판은 네 이웃을 위한 것이다. 양심을 믿고 평판을 소홀히 하는 사람은 잔인하다. …… 모든 사람 앞에서 너 자신을 네가 한 일의 모범으로 보여주어라."[28]

중세 후기에 도시의 개혁과 더불어 등장한 수사 신부는 성 베네딕트의 규칙이 아니라 아우구스티누스의 규칙을 선택한다. 그들은 설교하는 대상들에게 보여줄 모범에 관심을 갖는다.[29] 후고는 이런 갱신에서 주요한 인물로 꼽힌다. 그는 렉티오 디비나가 기도인 렉티오 스피리퇄리스와 지식의 획득이 되는 스투디움으로 갈라지기 직전에, 렉티오 디비나에 참여하는 것이 보여주는 모범에 새로운 관심을 갖고 살았다. 분수령에 서 있다는 이러한 위치 덕분에 후고는 학생으로서의 수사 신부를 스스로 모범을 보여 12세기 초 도시의 교화에 기여하는 개인이라고 말할 수 있었다.[30] 그러나 두 세대 후 스투디움 레젠디는 학식 있는 사람들과 문맹들 사이의 그러한 관계를 표현하거나 매개할 수 없게 된다. 13세기의 읽기는 모든 도시민이 듣고 기억하는 종bell에 대한 유추를 잃는다. 물론 기본적으로 교회법이 정한 수도원 기도 시간을 제어하기는 하지만, 이제 학자식 읽기는 학자들의 직업적 과제가 된다. 이 학자들은 성직자와 같은 전문가로 자신을 정의하기 때문에 거리의 사람들을 위한 교화의 모범은 아니다. 그들은 속인을 배제하는 특별한 뭔가를 하는 사람들로 자신을 규정한다.

페이지 넘기기

M.-D. 체누Chenu는 12세기에 나타난 확실성과 인식에서 분수령에 관해 이야기하는데, 그는 이 기간에 적어도 종교개혁 시대에 일어난 것만큼 깊은 변화가 일어났다고 본다.[31] 서던Southern은 이때를 경첩의 시기라고 말한다.[32] 넘겨진 페이지도 이에 대한 또 다른 은유가 될 수 있다. 이 시기에 알파벳을 이용한 글과 더불어 과학과 문학과 철학을 갖춘 서양 문화가 등장하게 되며, 이 문화는 알파벳을 이용한 글 없이는 이해할 수 없다. 서양의 이런 크로노토프chronotope(chrono-는 시간, tropos는 전환을 가리키는 말. 따라서 시대의 전환 정도의 의미이다. -옮긴이)[33]에는 역사가

있다. 역사에서 이런 시기들은 ABC의 사용에서 생겨난 주요한 변화에 상응한다.[34] 1140년경에 페이지가 한 장 넘어갔다. 책의 문명에서 수사의 페이지는 닫히고 학자의 페이지가 펼쳐졌다. 성 빅토르 수도원은 페이지가 넘어가는 위태로운 순간을 제도화한다.

후고의 세대에 성 빅토르에는 감수성이 아주 예민한 사람들이 많았다. 이들은 하나의 공동체, 파리의 교외에 자리를 잡은 도시 대학을 형성했다. 그들은 함께 살면서, 봉건주의의 지배에 문제를 제기하는 신흥 시민 집단의 많은 갈망을 공유했다. 베르나르가 매우 봉건적인 방식으로 베네딕트회의 생활을 개혁하던 클레르보와는 달리, 성 빅토르는 성 아우구스티누스의 규칙으로 표현된, 고대 말의 시민 정신을 회복하고 수도원 전통을 '탈 봉건화'했다.[35] 수도원은 읽는 사람의 내면에서 이루어지는 기억에 대한 은유가 되면서,[36] 도시 사람들과 수사 신부 사이의 사회적 경계와 물리적 거리는 희미해졌다.

이제 평신도 주민과 수도원 안의 ('규제된') 성직자 사이의 관계에 새로운 의미가 주어질 수 있었다. 성직자들이 탁월한 방식으로 눈에 띄게 수행하는 일은 사실 하느님의 명령에 따라 모든 사람이 추구해야 할 일이었다. 후고가 주장하듯 성직자든 평신도든, 어떤 것도 의미 없는 것이 없는 똑같은 세계에 살고 있었기 때문이다. "자연의 모든 것이 하느님을 이야기하며, 자연의 모든 것이 인간을 가르치며, 자연의 모든 것이 그 본질적 형상을 재생산한다 — 우주 만물 가운데 불임인 것은 없다."[37] 창조의 책은 수도원 담의 안팎을 모두 포함한다. 이 세상의 예술과 경전 모두 하느님이 한 일을 이야기한다. 문명의 책에 담긴 책장이 수사의 페이지에서 학자의 페이지로 넘어가면서, 읽는 사람에게도 근본적인 변화가 일어났다. 읽는 사람의 사회적 지위는 페이지를 넘기기 전과 후가 다르다.

수도원에서 읽는 사람 — 성가를 부르거나 글을 중얼거리는 사람 — 은 행에서 말을 채집하며, 공적으로 사회적으로 듣는 분위기를 만든다. 읽는 사람과 더불어 이런 듣는 환경에 들어와 몰입해 있는 모두가 소리 앞에서 평등하다. 누가 종을 치든 아무런 차이가 없듯이 누가 읽든 아무런 차이가 없다. 렉티오 디비나는 늘 누군가 — 하느님이든, 천사든, 들을 수 있는 거리에 있는 모두 — 의 코람coram, 즉 면전에서 하는 전례 행위이다. 베네딕트와 베르나르에 걸친 시간에는 읽는 사람의 사회적 책임을 강조할 필요가 없었다. 그가 읽은 것은 설교나 편지에 끼워 넣을 주석에 다시 나타나게 될 것이 분명했다.

후고 이후 50년 뒤에는 대체로 상황이 달라졌다. 판독이라는 전문적인 행동은 이제 듣는 공간, 따라서 사회적인 공간을 만들지 않는다. 읽는 사람은 페이지를 넘긴다. 그의 눈에는 이차원적 페이지가 비친다. 곧 그는 자신의 정신이 필사본과 유사하다고 생각할 것이다. 읽기는 개별적 행동이 될 것이며, 자아와 페이지 사이의 교류가 될 것이다.

후고는 이런 이행이 준비되고 있지만 아직 현실화되지 않은 순간에 『디다스칼리콘』만이 아니라 『제도에 관하여』도 썼다. '읽기'라는 행동과 의미에 대한 그의 사유는 수백 년 동안 성장해온 전통의 정점을 이루고 있었다. 그러나 그는 또한 많은 간접적인 방법으로 임박한 산사태를 앞당기는 데 기여했다. 그는 학생에게 아무런 보상이 없는 스투디움에 헌신하라고 촉구했으며, 동시에 이 길에서 의식적으로 개인적인 모범이 되라고 촉구했다.

후고는 공부에 참여해야 한다는 보편적 의무를 '발견했다.' 그는 배움에 삶을 바치는 개인이 당연히 수행해야 하는 모범적 기능을 재발견했다. 그렇게 함으로써 그는 중세의 관행 — 이때 렉티오 디비나는 단지 성직자의 일이 아니었다 — 으로부터 마지막 결과를 끌어냈다.

새로운 성직자, 문자를 독점하다

성직자라는 말은 '추첨'이나 '선발'을 뜻하는 그리스어에서 파생됐다. 2세기 이래 교회에는 평신도와 성직자 사이에 늘 어떤 분명한 구별이 있었다. 성직자의 지위가 바뀌어도, 그 기능이 진화해도, 이 말은 늘 위계와 엘리트를 의미했다. 나아가서 3세기에서 11세기에 이르기까지 동방 교회와 서방 교회 양쪽 모두에서 성직자는 배타적으로 남자로만 이루어진 엘리트였다.[38] 성직자는 주교를 특별히 섬기는 남자들의 집단, 주교가 계시와 은총을 사람들에게 전달하는 과정을 돕는 집단으로 간주되었다. 이때 사람들, 즉 평신도는 남자와 여자들, 수사와 수녀들로 이루어져 있었다.[39] 이 기간 전체에 걸쳐 성직자는 사람들 전체의 특별한 대표자로 간주되고 대접받았다. 그들은 자신들을 성직자 계급의 구성원들을 포함한 교회 전체와 하나님을 중재하는 임무를 맡고 있는 기독교인이라고 규정했다.[40]

이런 배경에서 중세 초기부터 11세기에 들어서까지 한참 동안 이루어진 수사식 읽기는 교회 전체를 대표하는 특별한 공동체가 드리는 예배였다 — 그리고 이것은 늘 "모두를 위한(pro omnibus)" 것이었다. 수사의 렉티오 디비나는 사제(이 또한 수사일 수도 있다)가 주관하는 미사의 전례적 찬양을 계속 이어간다. 따라서 후고가 '모두'에게 스투디움 레젠디를 촉구할 때, 그는 도시의 성벽 안에 사는 사람들에게 성직자처럼 행동하라고 말하는 것이 아니라, 수사처럼 진지하게 삶을 받아들이라고 말하는 것이다. 법의 운영이나 성직자의 신앙 고백 암송을 위해서가 아니라 읽기 자체를 위한 읽기는 전통적으로 성직자보다는 수사와 연결되는 행동이었다.

체누는 산사태를 암시한다. 나는 이것을 책이 일으킨 지진이라고 생각하고 싶은데, 후고도 그 으르렁거리는 소리를 인지했다. 그는 책의 구체제의 마지막 순간에 스투디움 레젠디를 새로운 이상, 시민의 의무로 제안하며 보편적 학습을 책과 나누는 대가 없는, 축제적인 교류, 자유 시간의 한가로운 교류로서 제안한다.

물론 이것은 읽고 쓰는 보편적 의무를 근대 사회의 근본적 이상으로 설정하는 배치 방식은 아니다. 시간이 흐르면서 읽기는 변명적 교리문답, 정치적 팸플릿 쓰기, 나아가 테크놀로지와 관련된 능력을 위해 꼭 필요한 것이 되었다. 한참 뒤 보편적 읽고 쓰기라는 이상이 정립되었을 때, 모든 사람을 새로운 성직자 문화 — 이때가 되면 이것은 수사의 생활 방식과는 반대편에 선 것이 된다 — 에 통합하기 위해 '모두'를 위한 읽기 기술이 옹호되었다. 그럼에도 후고의 시대에 이미 진행되고 있던 읽는 사람에 대한 재규정은 우리 세기에 통용되는, 시민성의 전제 조건으로서의 '읽기'를 향해 한 걸음 나아간 것이었다.

알파벳 역사의 한 페이지를 넘기면서 성직자는 새로운 레이아웃을 관리할 수 있고 거기에 접근하는 색인을 참조할 수 있는 사람으로 간주된다. 주교를 돕는 사람으로서 서품을 받은 사제든, 군주를 섬기는 법률가든, 시청의 서기든, 베네딕트회의 수사든, 빌어먹는 탁발 수사든, 대학 선생이든, 그는 학자의 기술을 갖고 있다는 이유로 성직자[원래 cleric은 성직자라는 말이지만, 문맥에서 알 수 있듯이 이때는 서기나 사무직원(영어의 clerk)으로 뜻이 넓어진다. 실제로 같은 뜻의 라틴어 클레리쿠스clericus에는 사제, 성직자, 학자, 서기, 사무직원 등의 뜻이 다 들어 있다. 우리말 번역에서는 기본적으로 성직자라고 옮기되, 필요에 따라 서기 등의 번역어를 사용한다. -옮긴이]가 된다. 주교 밑에서 목자의 일과 전례를 돕는 무리(성직자 계급)와 다른 모든 사람들(묵상적 읽기를 전문적으로 담당하는 사람들, 즉 수사들을 포함하여)을 대립시키던 사회적 이원론은 이제 새로운 이원론에 자리를 내준다. 이 중세 말의 새로운 사회적 이원론은 서기인 사람들과 그렇지 않은 사람들을 대립시킨다. 12세기 후반 동안 자리를 잡은 읽기와 쓰기의 새로운 테크놀로지는 즉시 서기의 독점물로 주장된다. 서기들은 자신을 단순한 평신도, 즉 오직 기록된 말을 듣기만 하는 사람들과 대립되는, 읽고 쓸 수 있는 사람으로 규정한다.[41]

새로운 학자적 성직자 계급은 이런 불연속을 감춘다. 그럼에도 이들은 과거 전례적-목자적 성직자 계급과의 연속성을 주장하며, 그럼으로써 전통적 특권과 더불어 교회 조직 내의 지위를 물려받는다. 예를 들어 13, 14세기에 중죄로 체포된 불량배나 부랑자는 몇 가지 단순한 문장을 판독하거나 쓸 능력이 있다는 것을 증명하면 잔혹한 처벌을 피하는 성직자 면책 특권을 주장할 수 있었다. 이런 사람은 교회 법정에 넘겨지며, 그렇게 하여 고문을 면제받거나, 아니면 적어도 형거刑車 위에서의 불명예스러운 죽음은 피할 수 있었다.

후고는 당시 도시의 자유나 새로운 농민의 권리와 함께 떠오르고 있던 세계가 계속 낡은 페이지를 '읽을' 것이라는 가정 아래 『디다스칼리콘』을 썼다. 그러나 사람들은 새로운 정신적 틀로 새로운 종류의 책에 접근했다.[42] 나는 후고가 『디다스칼리콘』을 구술하고 나서 몇 년 뒤 이런 일이 생길 수도 있다는 것을 알게 되자, 자신의 책이 오독될 가능성이 있다고 걱정하여 서문을 붙였다고 상상하고 싶다.[43] 나아가서 이 서문은 새로운 성직자 계급에게는 당혹스러운 것이었으며, 초기 몇 개 필사본에서 서문이 사라진 것은 새로운 성직자 계급이 의도적으로 빼버린 것일 수도 있다고 상상하고 싶다.

13세기 이후 문화적으로 정의된 읽기는 성직자 계급과 그들이 가르친 사람들에게만 제한된 능력이다.[44] 읽기는 후고가 상상하던 — 어떤 기능도 하지 않고 어떤 보상도 바라지 않는 모범적인 읽는 사람에 의해 교화된, 그래서 그들을 자유롭게 흉내 내는 사람들을 위한 생활 방식 — 것이 될 수 없었다.

12세기의 20년대에 들어서야 후고의 유토피아는 정리된 형식으로 표현된다. 그 시점에 이르러서야 사회의 갱신[45]이 스투디움 레젠디의 소명을 보편적으로 받아들이는 생활에 뿌리를 두어야 한다는 기획을 구상할 수 있었다. 기도를 하며 지혜를 탐색하는 수사의 생활 방식은 보편적 읽고 쓰기의 모델이 되지 않았다. 오히려 학자 같은 성직자clerk의 생활 방식이 모델이 되었다. 비타 클레리코룸vita clericorum(성직자의 생활 방식. -옮긴이)이 이상적인 포르마 라이코룸forma laicorum, 즉 평신도가 지향해야 할 모델이 되었으며, 그들은 이 모델에 의해 불가피하게 '문맹'으로 전락하여, 그들보다 나은 사람의 가르침과 통제를 받아야 했다.[46]

소리 내지 않고 읽기

역사가들은 12세기 읽기의 현상학적 단절을 관찰하면서 페이지의 소리 나는 교류에서 소리 없는 교류로 이행하며 일어난 일을 축소하는 경향이 있다. 이런 접근 방법은 여기에서 다루고자 하는 주요한 논점—즉 알파벳 테크닉이 인간 행동의 해석에 미치는 영향—을 쉽게 가릴 수 있지만, 소리 내지 않는 읽기의 '발견'은 좋은 출발점이다.[47]

소리를 내지 않는 특정한 읽기 방법의 존재에 대한 최초의 공식적이고 명시적인 진술 또한 후고에게서 나왔다.[48] "읽기는 책에서 가져온 규칙과 교훈을 기초로 우리 정신을 형성하는 것이다."[49] 읽기에는 "세 종류가 있다. 가르치는 사람의 읽기, 배우는 사람의 읽기, 혼자 책을 묵상하는 사람의 읽기다."[50] 후고는 세 가지 상황을 구분한다. 다른 사람들을 위해 소리 내어 읽으면서 페이지의 목소리에 귀를 기울이는 사람의 상황, 읽은 것을 듣는 사람, 즉 교사나 읽는 사람을 통하여 또는 그 '밑에서' 읽는 사람의 상황, 책을 조사하면서 읽는 사람의 상황이다.[51]

물론 소리 내지 않는 읽기는 고대에도 이따금씩 이루어졌지만 그것은 묘기로 여겨졌다.[52] 쿠인틸리아누스는 소리 내어 읽기 전에 한 문장 전체를 눈앞에 떠올릴 수 있는 어떤 서기에게 감탄한다. 아우구스티누스는 이따금씩 입술을 움직이지 않고 책을 읽던 스승 암브로시우스Ambrose를 보고 어리둥절해했다. 서기들은 보통 다른 사람이 구술하는 책을 베꼈다. 원본을 앞에 두고 혼자 있을 때는 소리 내어 읽고, 청각 기억에 남아 있는 만큼을 글로 옮겼다. 초기 수도원의 필사실은 시끄러운 곳이었다. 그러다가 7세기에 아일랜드에서 개척한 새로운 테크닉이 대륙에 이르렀다. 단어들 사이에 여백을 집어넣는 것이었다. 이 테크닉이 널리 퍼지면서 수도원의 필사실이 조용해졌다.[53] 필사자들은 마치 표의문자처럼 한 단어 한 단어를 눈으로 붙들어 자신이 작업하는 페이지에 옮길 수 있었다. 그러나 눈으로만 읽는, 이제 막 생겨난 능력은 아직 읽은 뒤에 다시 페이지로 말없이 돌아가 묵상하는 것 — 이것은 묵상이나 '읽기의 세 번째 양식'과 관련이 있다 — 과는 달랐다.[54]

읽기의 역사에서 이 단계를 이해하려면 중세 쓰기 테크닉의 역사를 보아야 한다. 읽기의 역사적 행동학을 파악하려면 '읽기'로 분류된 행동과 '쓰기'로 분류된 다른 행동 사이의 구분선이 수십 년 동안 어떻게 변하는지 관찰할 수 있어야 한다.

오늘날 이 두 동사가 쉽게 구분 가능한 행동을 가리키는 것은 분명하다. 그러나 역사적으로는 그렇지 않다.

후고 사후 100년 뒤에도 보나벤투라Bonaventure는 여전히 서기, 편찬자, 주석가, 저자를 구별하려고 애를 쓴다. 우리도 구술자로서의 저자와 필기사로서의 서기를 더 신중하게 구분해야 한다.

스크립토르scriptor(서기. -옮긴이)는 펜을 쥐고 딕타토르dictator(구술자. -옮긴이)는 그것을 감독한다. 12세기에 어떤 페이지를 쓰는 사람은 오직 예외적인 상황에서만 밀랍 판에 초고를 쓰기 위해 손에 첨필을 잡았을 것이다. 하물며 갈대 펜을 쥐고 그것으로 값비싼 양피지에 글을 쓴다는 생각은 저자에게는 떠오르지도 않았을 것이다. 이것은 다른 사람, 아마뉜시스amanuensis(구술을 받아 적기 위해 고용된 사람. -옮긴이), 즉 딕타토르에게 손을 빌려주는 대서가나 필기사의 일이었다.

우리에게는 고대의 몇몇 저자가 작업을 하던 광경에 대한 훌륭한 묘사가 남아 있다. 오리게네스Origen는 많은 사람들을 고용하여 구술을 했다.[55] 부자 친구인 니코메디아스의 암브로시우스Ambrose of Nicomedias가 필요한 자금을 댔다. 그가 짧은 시간에 보여준 엄청난 생산성은 로마 속기술이 바로 그때 정점에 이르렀다는 사실에 주목해야만 설명할 수 있다.[56] 속기사tachygrapher는 일정한 간격을 두고 교대를 했다. 그들이 밀랍 판 몇 개에 속기로 기록을 한 뒤 이것을 보고 중개자에게 구술하면 중개자가 보통의 글씨로 제대로 썼다. 이 초고가 나와야만 작은 부대 규모의 여자들, 즉 **서예가**들이 사람들이 읽을 사본을 제작할 수 있는 원판을 만들었다. 암브로시우스도 비슷한 조직에 의지했다. 그러나 우리는 암브로시우스가 규칙의 예외였다는 것을 안다. 이따금씩 중얼거리지도 않고 읽는 그의 모습이 눈에 띄었고, 가끔 밤이면 촛불을 밝히고 친구에게 직접 편지를 쓰곤 했다고 한다. 심지어 그런 친필에 해당하는 표현도 만들어냈다. "hic lucubratiunculam dedi," 즉 "여기 나는 당신에게 작은 초 토막 같은 시시한 말을 써 보내고 있습니다!"

12세기 저자들 가운데에도 우리가 글 쓰는 습관을 특히 잘 알고 있는 사람이 있다. 바로 글을 쓰는 방, 즉 필사실에서 일할 수 있는 수사들의 큰 공동체에 의지할 수 있었던 수도원장 베르나르다.[57] 우리는 그의 서기 가운데 다섯 명의 이름을 알고 있다. 이 때문에 우리는 그의 조수들이 어떻게 활동을 나누어 맡았는지 재구성해볼 수 있다.[58] 베르나르는 뭔가 말하거나(loquitur) 이야기한다(dicit). 이렇게 말한 것(dicta)을 다른 손(a-manu-ensis, 즉 "손을 잘 사용하는 사람")이 적는다. 이 서기는 첨필, 즉 나무나 뿔로 만든 뾰족한 도구로 밀랍 판에 그것을 적는다. 그 모습을 보는 사람들은 쟁기질(exarare)을 떠올린다. 이 첫 단계 서기를 쟁기질하는 사람이라고 부르고, 행은 말의 씨가 꽃을 피우는 이랑이라고 보는 경우도 드물지 않았다.[59] 딕타토르를 씨 뿌리는 사람에 빗대고, 서기를 쟁기질하는 사람에 빗대는 비유는 세비아의 이시도루스에서 왔으며, 후고의 시대에는 완전히 자리를 잡았다.

사실 쟁기질하는 사람의 이미지는 고대의 유사한 존재와 비교했을 때 중세의 대필자에게 부과된 힘든 노역을 멋지게 표현하고 있다. 속기 테크닉이 그사이에 사라졌기 때문이다. 키케로와 오리게네스는 원하는 대로 빠르게 말했다. 그들의 서기들은 한 단어 한 단어를 따라갈 수 있었다. 그러나 베르나르는 자신의 문장을 말 그대로verbatim 적게 하려면 평소의 말(dicere)과는 다른 느린 말씨(dictare)로 바꾸어야 했다.[60] 그의 시대에는 속기를 위한 로마의 기호들이 사라졌을 뿐 아니라, 클레르보의 수사들조차 필기체를 몰랐다. 가끔 딕타토르는 수련 수사가 제대로 받아 적도록 한 단어를 여러 번 되풀이해야 했다. 그러나 중세 저자들의 텍스트는 대부분 신중하게 구술된 것이 아니며, 따라서 근대적 의미에서 저자의 말은 아니다.

스크립투라scriptura(글) 또는 리테라littera(글자들로 이루어진 행)는 딕타토르가 없는 상태에서 판에 적힌 거친 문자들이 양피지에 신중하게 적힐 때 생겨난다. 베르나르의 경우 똑같은 구술에서 마련된 깨끗한 두 사본이 있는데, 이 둘의 내용은 서로 다르다. 우리는 수사 두 명이 이 둘을 적고 다듬었다고 가정할 수 있다. 물론 베르나르도 가끔 키케로의 예를 따라 자신의 편지를 다시 읽어달라고 하여 어떻게 들리는지 들어보았을 것이다. 아마도 더 낫게 고치려는 것, 즉 코렉티오correctio가 목표였을 것이다. 그러나 그의 구술은 그의 검토 없이 회람되는 경우가 훨씬 많았다.[61] 면허장이 아닌 경우에는, 텍스트에 서명을 하는 습관이 아직 확립되지 않았다.[62]

베르나르가 구술의 코렉티오에 참여하는 드문 경우에도 이는 결코 우리가 아는 교열과 닮지 않았다. 교열은 이상적인 사본을 만드는 것으로, 이 사본은 곧 인쇄되어, 똑같은 사본을 많이 생산한다. 그러나 베르나르는 자신의 구술이 필사될 때마다 당연히 바뀔 것이라고 여겼다. 게다가 교열은 한 사람이 큰 소리로 읽는 동안 다른 사람은 말없이 훑어보는 것을 전제하는데, 이런 기술은 당시에는 실행되지도 또 요구되지도 않았다. 우리는 베르나르가 어떤 구절을 이야기하고, 말하고, 구술할 때 대필자가 귀를 기울이며 중얼거렸다는 것을 알고 있다. 그는 베르나르의 구술을 듣고, 혼자 중얼거림으로써 그것을 자신의 손에게 구술 — 그의 시대의 개념대로 — 했다. 서기의 입이 첨필을 쥔 손을 이끈 것이다.[63] 쓰기는 — 읽기와 마찬가지로 — 여전히 중얼거리는 행동이었다. 이것이

벌로 엄격하게 묵언을 지키라는 명령을 받고 방에 갇힌 수사에게 쓰기가 금지되었던 이유이기도 하다. 그는 수도원장이 명령한 묵언을 깨지 않고는 자신의 펜을 안내할 수 없었던 것이다.

학자의 딕타티오dictatio*

후고는 자신의 학생들에게 말을 했다. 100년 뒤 토마스 아퀴나스Thomas Aquinas는 학생들에게 강의를 했다. 후고가 어떤 책을 앞에 펼쳐놓고 말했다면, 그 페이지는 양피지로 이루어져 있었고 그는 거기 적힌 행들을 설명했다. 토마스는 자신의 강의 메모를 들고 수업에 들어갔다. 토마스는 후고와는 달리 필기체로 썼는데, 이것은 주요 단어들을 쓰기에 적합했다. 또 그는 평평하고 쌌으며, 다루기 힘든 가죽과 달리 못으로 고정할 필요가 없는 종이에 썼다. 후고의 수련 수사들은 그의 연설이나 발화(loquela, dicta)를 들은 반면, 대학생들은 토마스의 작문(compositio)을 따라갔다.

13세기 말에 이르러 학생들은 선생의 구술을 받아

* 구술. -옮긴이

적는 데 익숙해졌다.[64] 학생은 막 받아 적은 구술을 자신에게 다시 읽어주면서 선생이 하는 말을 이해했다. 12세기 초 세밀화 속의 학생들은 선생의 말에 귀를 기울이는 것으로 묘사된다. 14세기 말 학생들은 구술을 받아 적거나 수업 전에 공용 필사자로부터 집어 온 선생의 강의 개요를 앞에 두고 앉아 있다. 학자의 논증은 아주 정연하고 복잡해져서 시각적 지원이 있어야만 따라갈 수 있다.

14세기에는 소르본 대학 선생들 사이에서 강의를 하는 적절한 방식에 관한 논쟁이 벌어졌다.[65] 학생들 사이에 불만이 있었고, 일부 교수들도 동조했다. 몇몇 선생들이 학생들을 필사자로 이용하여, 그들에게 다른 사람들이 쓴 책을 구술했기 때문이다. 그들의 수업에서 나오는 생산물을 팔려는 의도였다.

이런 식의 착취는 물론 극단적이었다. 그러나 우리는 이 논쟁으로부터 14세기 말에 이르면 대학의 수업 대부분이 구술과 필기로 이루어졌다는 것을 알 수 있다. 선생이 하는 일은 노미나레nominare(설명) 또는 프로눈치아레 아드 펜남pronunciare ad pennam(펜을 위한 말)이라고 불렸다. 또 레제레 아드 칼라뭄legere ad calamum, 즉 학생들이 페이지에 잉크로 적을 때 사용하는 갈대 펜에 대고 읽어주는 것이라고도 불렀다. 학생들은 읽는 사람으로 보이게 되었다.[66] 걱정 많은 선생들의 텍스트에서 우리는 강사가 모든 학생이 받아 적었다는 것을 확인할 때까지, 같은 구절을 몇 번씩 되풀이하는 일이 흔했다는 것을 알 수 있다. 고대의 청중과 후고의 수련 수사 무리는 서기들의 무리로 바뀌었으며, 선생의 말은 오직 그것을 적은 텍스트를 봐야만 이해할 수 있었다.

후고의 시대에 필로소파리philosphari는 여전히 "수사의 삶을 사는 것(monachum agere)"을 뜻했다. 13세기에 이르면 렉티오, 필로소파리, 콘베르시오 모룸conversio morum(관행의 변화. -옮긴이)을 동일시하는 태도는 몇 개 수도원 안에서만 찾아볼 수 있게 되었으며, 사람들은 이제 후고의 인시피트를 이해하지 못하게 되었다.[67]

여섯

말의
기록에서
생각의
기록으로

테크놀로지로서의 알파벳

후고의 『디다스칼리콘』은 무엇보다도, 가장 심오한 방식으로 서양의 현실을 규정한 테크놀로지의 역사적 전환점을 지켜본 핵심적 목격자다. 물론 내가 말하는 테크놀로지는 알파벳이다.[1] 12세기는 스무 개 남짓한 로마자를 물려받았다.[2] 이 문자들의 기본 순서는 에트루리아인Etruscan과 7세기 그리스인을 통해 페니키아까지 거슬러 올라가며, 거기에서부터 팔레스타인에 있던 특정 북부 셈 부족까지 올라간다. 나아가서 중세는 밀랍 판, 양피지, 첨필, 갈대 펜, 펜, 붓 등 쓰기를 위한 일군의 도구도 물려받았다.[3] 중세는 제국 시대 말기로부터 책을 물려받았다. 즉, 두루마리를 책장으로 잘라, 이 책장들을 한데 꿰맨 다음 두 표지 사이에 묶어 책으로 만드는 테크닉을 물려받은 것이다.

이런 테크놀로지적 요소는 12세기 동안 실질적으로 변화가 없었다. 그러나 세기 중반에 이것들은 일군의 새로운 테크닉, 관습, 재료에 통합되었다. 이런 혁신 가운데 일부는 고대에 알려진 기술 — 필기체가 한 예다 — 의 재발견으로 이루어졌다.[4] 새로운 플라스틱, 즉 종이를 만드는 테크닉이 중국에서 톨레도Toledo를 거쳐 수입되는 등 다른 테크닉들도 수입되었다. 다른 더 섬세한 테크닉들은 분명히 서양의 필사실에서 이루어진 발명품들로, 여기에는 핵심어의 알파벳 순서에 따른 배치, 주제 색인, 소리 내지 않고 훑어보는 데 적합한 페이지 레이아웃 등이 있다. 마지막으로 고딕 대성당의 시대는 진정으로 휴대할 수 있는 책이 제작된 시대이기도 했다. 그 결과 물려받은 스물네 개 문자와 이들의 ABC 순서는 질적으로 새로운 테크놀로지의 일부이자 전례 없는 개인적이고 사회적인 행동 패턴의 기초가 되었다.[5]

나는 이런 옛 테크놀로지와 새 테크놀로지가 1128년(후고의 첫 필사본들이 회람되던 해) 직후에 어떻게 통합되었는지 알아내고 싶고, 이런 통합이 그 100년 전과 100년 후에 시행되던 읽기 형식과는 다른 형식을 낳은 방식들을 이해하고 싶다. 나는 '테크놀로지와 문화'의 상징적 상호작용 — 더 정확하게 말하자면 전통과 목적의 상호작용, 재료나 도구와 그 사용을 위한 형식적 규칙의 상호작용 — 에 관한 일반적 관심 때문에 『디다스칼리콘』을 읽는다.[6]

나는 후고가 그의 시대의 책을 읽을 때 무엇을 했는지, 읽기라는 사회적 기술과 '책' 또는 당시 리테레litterae라고 부르던 기록 테크닉의 상호작용이 어떤 습관과 의미를 형성했는지 이해하고 싶다. 후고가 읽기로 무엇을 하고자 했는지 해석하고 싶고, 수사 신부의 삶의 맥락에서 알파벳 테크놀로지의 이용과 읽기 습관에 어떤 의미를 부여했는지 이해하고 싶다. 이 시대 특유의 테크놀로지가 특정한 역사 시대의 습관에 미친 상징적 영향을 이해하고 싶다.[7]

발화의 흔적에서부터 개념의 거울까지

후고의 세대 이전에 책이란 저자의 말이나 구술의 기록이다. 후고 이후에는 점차 저자의 생각 저장소, 아직 목소리에 실리지 않은 의도를 투사하는 스크린이 된다.

젊은 시절 후고는 수사식 읽기를 소개받았다. 그는 책에 주로 **귀를 기울였다**. 자신에게 책을 읽어줄 때, 성가대에서 답창을 노래할 때, 성당 참사회 집회소에서 강의를 들을 때 귀를 기울였다. 후고는 행들의 소리에 귀를 기울일 사람들을 위하여 읽기 기술에 관한 글을 썼다. 그러나 그는 한 시대의 말미에 이 책을 썼다. 이후 400년 동안『디다스칼리콘』을 실제로 이용한 사람들은 혀와 귀로 읽지 않았다. 그들은 새로운 방식으로 훈련을 받았다. 그들에게 페이지에 있는 형태들은 소리 패턴을 촉발하기보다는 개념의 시각적 상징이 되었다. 그들은 '수사'의 방식이 아니라 '학자'의 방식으로 읽고 썼다. 이제 포도밭, 정원, 모험적인 순례를 떠날 풍경으로서 책에 접근하지 않았다. 이제 책은 그들에게 보고寶庫, 광산, 창고에 가까운, 판독할 수 있는 텍스트였다.

후고의 세대에 책은 인시피트가 입구인 복도와 같았다. 누가 어떤 구절을 찾고자 책을 넘긴다 해도, 그 구절을 만나게 될 확률은 아무 데나 펼쳤을 때보다 더 높지 않았다. 그러나 후고 이후에 책에서 원하는 곳으로 들어갈 수 있고, 자신이 찾는 것을 발견할 가능성이 높아졌다. 여전히 인쇄된 책이 아니라 필사본이지만, 테크놀로지라는 면에서는 이미 상당히 다른 물체였다. 서술의 흐름은 이제 문단으로 조각조각 나뉘고, 그 총합이 새로운 책을 구성했다.

이것이 의미하는 바를 오늘날 우리 대부분은 경험을 통해 알 수 있다. 1970년대 말까지 음반은 재생할 수는 있었지만 특정 악구樂句에 접근하는 확실하고 쉬운 방법은 없었다. 그러나 1980년대 말에는 경과된 시간을 알려주는 계수기만이 아니라, 악장, 오페라의 장 등을 알려주는 색인 번호가 오디오 재생기의 표준 기능이 되어 원하는 대로 접근할 수 있다. 마찬가지로 수사식으로 읽는 사람에게 책은 쭉 따라갈 수 있는 담론이지만, 선택하는 지점으로 쉽게 들어갈 수는 없었다. 후고 이후에야 특정 지점에 쉽게 다가가는 것이 표준 절차가 된다.[8]

후고 이전에 옛 책들은 단지 첨가에 의해서만 늘어났다. 그러나 후고의 생애 동안 편집이 시작되었다. 법령은 순서를 정해 한데 모았다. 교부들의 알려진 성경 주석은 전부 절 단위로 모았다. 아벨라르Abaelard는 신학적 쟁점에 대한 대조적 의견들을 모았다. 새로운 편집자는 자기 마음대로 전통을 이리저리 떼어내 편찬했다. 그러나 후고는 그런 사람이 아니다.

후고가 죽은 뒤 학생들은 이런 편찬물을 이용하기 시작했다. 새로운 종류의 읽는 사람이 등장했다. 몇 년 공부로, 묵상하는 수사가 평생 정독할 수 있었던 것보다 많은 수의 저자를 새로운 방식으로 알게 되기를 바라고 읽는 사람이었다. 이런 새로운 요구는 새로운 참조 도구에 의해 자극을 받기도 하고 충족되기도 했다. 이런 도구의 존재와 사용은 완전히 새로운 것이었다. 이런 도구는 일단 발명되고 난 뒤에는 근본적으로 변하지 않다가, 1980년대에 텍스트 작성 프로그램이 나오고 나서야 그에 비길 만한 중대한 변화가 시작되었다.

말의 기록에서 생각의 기록으로, 지혜의 기록에서 지식의 기록으로, 과거에서 물려받은 전거典據의 전달에서 바로 이용할 수 있는 '지식' — 잘 만든 말이다 — 의 저장으로 변화해간 것은 물론 12세기의 새로운 정신 상태와 경제를 반영한 것으로 이해할 수 있다. 읽고 쓰는 테크닉의 변화는 군주, 법률가, 상인의 요구에 대한 성직자 업계의 응답으로 볼 수 있다. 하지만 나는 기록 테크놀로지의 영향이라는 특정한 관점에서 사회와 페이지 사이의 이런 상호작용을 바라보고 싶다. 새로운 테크닉을 이용하게 되면서 현실을 생각하는 새로운 방법이 어떻게 자라났는가?

후고 사후 100년 동안 영국에서 기록된 계산서와 법적 면허장의 추정치는 50에서 100배 증가했다.[9] 알파벳을 이용하여 단어를 이렇게 테크놀로지화한 것은 실제적 수준과 상징적 수준 양쪽에 엄청난 영향을 주었다.[10] 서술된 현실이 목격자의 말보다 법적으로 더 강해졌다. 법정에서는 면허장이 최종 결정을 좌우했다. 『디다스칼리콘』을 해석하면서 나는 이런 변화들이 사회적 현실의 등장 원리에 영향을 주는 방식, 그것이 미래 세대들의 사고방식에 영향을 주는 방식을 탐사했다.

이야기에 대한 주석에서 주제에 관한 이야기로

후고의 젊은 시절 학문적인 책은 유서 깊은 '경전(성경, 교부, 철학자)'이 아니면 그것에 대한 주석이었다. 교사는 경전의 텍스트가 자신의 설명 순서를 결정하게 놓아두었다. Ordo glossarum sequitur ordinem narrationis. 가끔 글로사glossa(주석. -옮긴이)가 자신이 설명하는 나라티오narratio(이야기. -옮긴이)에 시각적으로 통합되었다. 하지만 주석은 여백이나 행간에 기록되기도 했다. 이런 식으로 주석을 붙이는 방식은 수사의 읽기가 진행되는 정신적 과정의 시각적 결과물이다. 예를 들어 한 아욱토리타스는 '과학의 모든 형태는 성경에 봉사한다'라고 말한다. 읽는 사람의 정신을 거쳐간 것이면 그 어떤 것도 해당 텍스트의 주석으로 부적절하다고 여겨지지 않았다. 따라서 텍스트는 더 오래된 텍스트에 붙은 접선tangents으로서 성장하며, 옛 텍스트는 새 텍스트에 서서히 흡수되었다.

그러나 12세기 첫 사분기에 필사본 페이지에 새로운 종류의 질서가 나타난다.[11] 행 사이에 주석을 붙이는 빈도가 줄어든다. 디자인에 의해 주석과 텍스트는 새로운 종류의 결합을 하게 된다. 이 질서에서는 각자에게 자기 몫이 주어진다. 주석은 지배적인 주 텍스트에 복속된다.

주석은 작은 문자로 기록된다. 불평등한 파트너들이 결혼을 하는 방식은 신중한 기획을 드러낸다. 레이아웃이 읽는 사람의 이해를 결정하는 데 도움을 주는 시각적 전체의 일부라는 사실을 저자 자신이 인식하게 된다.

1150년경 페트루스 롬바르두스[12]는 비서의 구술을 필사하는 서예가들을 직접 감독한다. 그들이 함께 작업한 책은 『시편』의 매 절에 대한 주석이다. 서예가는 한 페이지를 쓸 때마다 먼저 절의 길이와 그 페이지에 함께 들어갈 어울리는 주석을 궁리해야 했다.

이런 배치에서 새로운 미적 감각이 표현되었다. 책 페이지의 이런 텍스트 패턴은 상상력을 강력하게 사로잡아, 구텐베르크와 그의 제자들은 그 본질을 인쇄 시대에까지 가져가려고 최선을 다했다. 그렇다고 그 이전의 필사본들에 선, 주석, 세밀화와 덩굴식물이 조화로운 공간적 상호작용을 보여주는 경이로운 예들이 아주 많았다는 사실을 부인하는 것은 아니다. 하지만 문자들의 레이아웃을 주된 수단으로 하여 얻어낸 새로운 추상적 아름다움은 12세기 중반 문자 크기를 미리 계산하고 이용하는 방식이 얻어낸 결과다. 이것은 정신적으로 조직되고 계량된 패턴의 '지식'을 페이지라는 텅 빈 공간에 투사하는 새로운 기쁨을 반영한다.

롬바르두스의 주석은 핵심어에 수은을 주요 요소로

이용하여 밝은 빨간색 줄을 그어놓았다. 그는 인용된 곳을 찾는 일을 읽는 사람에게 맡기지 않았다. 인용이 시작되고 끝나는 곳을 보여주기 위해 원시적인 인용부호를 도입했다. 여백에는 인용문이 나온 출처를 언급했다.

이렇게 질서를 잡는 장치들 덕분에 롬바르두스는 아리스토텔레스의 텍스트를 그 구조에 대한 자신의 정신적 그림 안으로 끌어들일 수 있었다. 그러나 그는 그의 시대의 산물이었다. 그래서 감히 성경을 그런 식으로 조작하지는 못했다.[13] 그의 주석은 행을 따라간다. 아리스토텔레스에 대한 그의 『격언집』은 이와 생생한 대조를 이룬다. 이는 절을 하나하나 따라가는 주석, 접점, 일탈의 모음이 아니다. 이 주석은 페트루스 자신의 생각의 흐름이 아리스토텔레스의 작업에 대한 빈번한 참조로부터 자양분을 얻음에 따라 시각적으로 진화한다. 여기에서 주석은 페트루스가 텍스트에서 읽어낸 오르도를 끌어내는 목표를 지니고 있다. 학문적인 책은 다른 사람의 서술이라는 실에 구슬처럼 매달린 주석들의 연속체가 아니다. 이제는 저자가 오르디나티오(ordinatio, 배치의 질서. -옮긴이)를 제공하는 일을 떠맡는다. 저자 자신이 주제를 고르고, 부분들을 다루는 연속체 안에 **자신의** 질서를 집어넣는다. 눈에 보이는 페이지는 이제 말의 기록이 아니라, 생각을 거친 주장의 시각적 표현이다.[14]

오르디나티오: 눈에 보이는 패턴

이런 새로운 시각적 테크닉이 만들어낸 패턴은 새로 등장한 문자 언어의 수준을 높였다. 13세기 초에 이르면 각 장의 서두에 있는 주석의 간결한 연속체가 앞으로 다룰 주장들을 모아놓는다. 이런 주장은 프리마 카우사prima causa, 세쿤다secunda …… 퀸타quinta(제1 주장, 제2 …… 제5. -옮긴이)처럼 수를 붙여 순서에 따라 배치된다. 표준적인 수사 의문문이 구두점처럼 놓인 뒤에 각 주장이 마무리된다. 이런 질문의 표지는 종종 오비치투르obicitur—"반대할지도 모르지만"이라는 뜻이다—로 시작되는 공식적 표현이다. 아욱토리타스, 인용문 또는 '허수아비'가 방금 다루어진 아르구멘툼argumentum(주장. -옮긴이)에 관하여 의심을 표명하여, 저자에게 레스폰시오responsio, 즉 답변으로 자신의 관점을 분명하게 밝힐 기회를 준다. 이런 부분들은 페이지에서 특별한 색으로 강조되고 있다. 그래서 읽는 사람은 유혹자, 즉 아드베르사리우스adversarius(적대자, 적수. -옮긴이)의 말이 어디에서 시작하는지 바로 알 수 있다. 시각적 표지는 저자의 오르디나티오를 인지하는 과제를 내적인 귀에서 눈으로, 소리의 리듬에서 새로운 인공적 공간으로 옮긴다. 오르디나티오의 이런 시각적 건축물에 의지하게 되자 사람들은 책을 읽

을 때 점차 책을 눈 밑에 두게 되었다.[15]

스타침 인베니리statim inveniri : 즉각적 접근

롬바르두스는 레이아웃에 대한 이런 관심을 넘어 읽기 행위가 새로운 시간 틀로 이동했다는 점도 인식하고 있다. 그는 학생의 부담을 줄이고 읽는 속도를 높이고자 한다. 자꾸 페이지를 넘길 필요가 없도록 읽는 사람이 찾는 곳을 바로 찾을 수 있게 장 제목을 쓰자고 주장한다. 그는 "탐색하는 사람이 여러 권의 책장을 넘길 필요 없이 자신이 찾는 것을 수고하지 않고 빨리 만나볼 수 있도록"[16] 자신의 『격언집』을 배치한다. 후고는 인내를 강조하고,[17] 페이지에서 만날 수 있는 것을 여유 있게 맛보라고[18] 강조한다.[19] 페트루스는 제자들이 책에서 읽고 싶은 것을 쉽고 빠르게 찾을 수 있도록 최대한 도와주고자 한다.[20]

페트루스의 세대가 발명한 학자식 읽기는 클레르보의 베르나르의 수사식 접근과 분명한 대조를 이룬다. 베르나르는 수사들은 "성경의 감추어진 기쁨을 매우 애써서 발견하는" 데 필요한 힘든 노동에 참여하라고 주장하면서, "이런 탐색에서 만나게 될 예측 가능한 어려움 때

문에 지치지 말라고" 주의를 준다.[21]

알파벳 색인

앞서 말했듯이 12세기의 거대한 편찬물들은 아직은 근대적 의미의 참조 도구가 아니다.[22] 예를 들어 『일반 주해서』[23]는 라틴어 성경 전체에 대한 교회의 주석 모음집으로, 몇 개 수도원이 서너 세대 동안 협력한 결과물이다.[24] 긴 주석은 성경 텍스트를 둘러싸고 있고, 짧은 주석은 행간에 자리 잡고 있다. 그러나 부분적으로 겹치는 이 많은 편찬물에 신성한 책의 텍스트 외에는 다른 일관성이 없다. 글로사토레스glossatores(주석가. -옮긴이)는 문구들을 해당 성경 구절들과 나란히 놓인 주석으로 배치하는 것 외에 자료를 편집하거나, 뽑거나, 순서를 정하는 더 분명한 방법은 생각하지 않았다. 성경에 관해 쓸 수 있는 모든 것은 성경에서 관련을 맺고 있는 사건을 참조하면서 의미를 얻기 때문에, 크리소스톰Chrysostom의 의견을 찾아보려 할 때 가장 논리적인 방법은 '주제'를 따르는 것이 아니라 성경 안에서 찾는 것이었다. 하지만 성경을 '탐색하는' 테크닉은 12세기 말 무렵에 가서야 일반적이 된다.[25]

어쩌면 새로운 탐색 장치에서 가장 혁명적인 것은

우리가 알파벳순이라고 부르는 것에 기초한 장치들일 것이다.[26] 지금은 백과사전과 전화번호부에 우리가 워낙 익숙하기 때문에 a-b-c-d……z 순서를 이용하여 주제 목록을 만드는 것이 문자를 이용하여 단어의 철자를 적는 것처럼 자연스러워 보인다. 학자들은 진정으로 표음적인 글쓰기는 단 한 번, 기원전 770년경 그리스에서 이루어진 발명이라는 사실을 점차 인정하고 있다. 자음(호흡의 장애물이다)과 모음(허파에서 '부추겨 끌어낸' 공기 기둥에 주어지는 색을 가리킨다)이라는 두 가지 기호를 모두 사용하면서 엄청난 사회적 의미가 있는 테크닉이 생겨났다. 이것을 사용하는 사회는 다른 모든 문화 공동체들로부터 떨어져 나왔다. 하지만 이름이나 주제를 이 문자들의 순서에 따라 배열하는 것이 그 발명에 비길 만한 테크놀로지의 약진임을, 게다가 이것이 한 세대 동안에 이루어진 일임을 깨달은 학자는 거의 없다. 그러나 알파벳 이전의 그리스 구전 문화를 문자와 과학의 보호를 받는 그리스 문화와 구분하는 것과 마찬가지로, 색인 이전의 중세와 색인 이후의 중세를 구분하는 것은 합리적으로 보인다.[27]

a-b-c 순서는 색인이라는 목적에 이용되지 않고도 수백 년 동안 변화에 강하게 저항해왔다. 역사의 동이 튼 이래로 이 순서는 근본적으로 그리스-로마 문자의 형태

만큼 고정된 상태를 유지해왔다. 따라서 주제 목록을 위해 이 순서를 이용하지 않은 것은 아주 주목할 만한, 또 의미심장한 사실이다. 『브리태니커 백과사전Encyclopedia Britannica』의 제작자들의 머릿속에 항목을 성경의 장절을 참조하여 배치하겠다는 생각이 떠오르지 않은 것과 마찬가지로, 85세대 동안 알파벳 사용자들의 머릿속에는 사물의 순서를 a-b-c에 따라 배열하겠다는 생각이 떠오르지 않았다. 그리스인은 이 순서를 페니키아인에게서 물려받았다. 페니키아인은 자음과 모음을 구별하여 이 순서에 혁명을 일으켰다. 나중에 로마인은 옛 이탈리아어에 필요하지 않은 몇 가지 기호를 버리고 두 개를 보태, 그리스어의 a-b-g-d를 로마의 ABC로 확장하고 압축했다. 문자들의 겉모양은 수천 년이 흐르면서 바뀌었다. 후고의 읽기는 주로 9세기에 다시 형태를 잡은 문자로 이루어졌다.[28] 그러나 2,700년 동안 문자들의 순서는 실질적으로 변하지 않았다. ABC는 모양을 보고는 A 또는 C를 인식하지 못하는 사람들에게서도 자동적으로 나오는 마법의 주문이었고, 아주 최근까지도 그러했다. 후고의 어린 시절에는 모든 학생이 알파벳을 암송하게 되었고, 이것을 주기도문만큼이나 잘 알고 있었다. 그러나 후고의 시대가 올 때까지 이 형태들의 순서는 한 번도 개념이나 사물을 나열할 때 순서를 정하는 장치로 사용된 적이 없

었다.[29]

그러다가 12세기 중반 동안 색인, 도서 목록, 용어 색인 등 이전에는 생각도 못 했던 장치들이 산사태처럼 밀려왔다. 이 모두가 이미 염두에 두고 있던 어떤 구절 또는 주제를 책에서 찾아내려고 마련된 장치들이었다. 이런 도구들을 만든 재료, 즉 스물네 개의 문자와 수천 년에 걸쳐 지속된 그 순서에는 여전히 변함이 없었다. ABC라는 기계적으로 반복되어온 이 순서의 기억을 테크놀로지로서 이용하게 된 것이 개념 혁명의 필수적 요소였다.[30] 주제 범주의 순서를 정하기 위해 구체적 사건보다 사소한 순서를 혁명적으로 이용한 것은 새로운 종류의 질서를 인식하고 또 만들어내고자 했던 12세기 욕망의 한 표현이었다. 이런 의지는 잘 연구되어왔다. 이 의지는 건축, 법, 경제, 새로운 도시에서 미적 표현을 찾았지만, 페이지 위에서만큼 분명하게 나타나지는 않았다. 새로운 페이지 레이아웃, 장의 분할, 강조, 장과 절에 일관된 번호 매기기, 책 전체의 새로운 목차, 부제를 언급하는 장 서두의 요약, 저자가 자신의 주장을 어떻게 구축해나갈지 설명하는 머리말은 질서에 대한 새로운 의지의 수많은 표현이다.[31]

이들 각각에서 문화적 충동, 정신적 목표, 시각적 장치가 결합하여 전례 없는 뭔가를 이룬다. 그러나 어떤 경우에도 테크놀로지가 정신 상태에 끼친 영향을 우리가 가장 분명하게 연구할 수 있는 예는 알파벳순 색인의 창조다. 그 뒤로 지식을 추구하고 과학적 절차의 범주를 규정하는 정신적 지형은 후고의 정신이 움직이던 공간과는 단절되었다. 저자는 이야기를 하는 사람에서 텍스트의 창조자로 변한다.

저자 vs. 편찬자, 주석가, 서기

12세기 라틴어 코르푸스corpus(특정 저자나 주제의 글 모음. - 옮긴이)가 바뀌거나 확장된 것은 아니었다. 후고와 그의 시대 사람들은 여전히 이방인과 기독교의 고대로부터 보전된 책을 그들이 모두 알고 있다는 전제에서 작업을 했다.[32] 라틴어가 아니라 아랍어로 암흑시대에 살아남은 고대의 저자들을 파리의 후고 시대 사람들은 아직 번역 작품으로 구할 수 없었다. 후고의 제자들도 후고가 보여준 것과 같은 경의로 정전의 저자들을 대했다. 하지만 새로운 배열 장치가 나오면서 옛날 책들을 단지 재생산되거나 갱신된 것으로 대하지 않게 되었다. 12세기 말에 글을 쓰던 사람들은 이것을 새로운 방식으로 소화했다. 이제는 자신의 묵상적 되새김질을 위한 꼴이 아니라, 새로운 정신적 건축물 건설에 사용할 수 있는 건축 재료로 보았다.

롬바르두스, 그라티아누스, 베네딕트의 오르디나토레스 글로세ordinatores glossae(일반 주석. -옮긴이)를 만들어간 동력은 여전히 기독교의 코르푸스를 단순히 재배열하겠다는 이상이었다.[33] 그러나 새로운 설교 수도회의 구성원이 압도적 다수였던 색인 창조자들은 이 코르푸스로부터 미리 생각한 '내용'을 끌어내, 그 요점, 주제에 신학적 체계 구축자, 설교자, 법률가들이 쉽게 다가갈 수 있게 하려 했다.

후고는 제자가 '손가락으로 페이지를 넘기기'보다는 기억을 탐색 장치로 사용할 수 있도록 매우 질서 정연한 읽기 방식을 가르친다. 묵상적으로 읽는 사람은 자기 마음의 공간에서 유추에 의해 어떤 물건이나 사건이 가리키는 것을 찾아낸다. 그래서 "우리는 우리가 배우는 모든 것에서 간략하고 믿을 만한 요약본을 만들어 우리 기억의 작은 궤에 저장해두어야 하는 것"이다.[34] 후고가 죽은 뒤에야 페이지에 드리운 측연선sounding line이 희미해지고, 페이지는 정신의 의지에 따르는 순서를 보여주는 스크린이 된다. 신학적이고 철학적인 책은 나라티오를 소생시키는 수단이라기보다는 코지타티오, 사고 구조를 외화한 것이 된다. 이 코지타티오는 일차적으로 말로 이루어진 어떤 사건의 기억이 아니라, 치밀하게 생각한 근거들의 윤곽이다. 이제 페이지의 레이아웃은 이 윤곽을 시각적 기억에 새긴다. 페이지는 문단으로 나뉘고, 각 문단은 디스팅티오distinctio(문장 구분. -옮긴이), 즉 다른 것과 구분되는 관점에 상응한다. 표지標識들이 디스팅티오들의 시퀀스에서 눈길을 끈다. 고대에도 이따금씩 제목이 사용되었다. 그러나 이시도루스 이후에는 드문 일이 되었다가 13세기에 엄청난 힘으로 복귀했다. 13세기의 숨마summa(가장 중요한 부분, 요점. -옮긴이)에는 쿠에스티오quaestio(질문. -옮긴이), 오비치투르obicitur(제시하다. -옮긴이), 레스폰데오 디첸둠 에스트respondeo dicendum est(이렇게 답할 수밖에 없다. -옮긴이) 등 저자의 의도를 가리키는 내용이 설명 자체를 장악하고 있다. 메모를 참조하지 않는 한 구술은 신학자에게 거의 불가능한 것이 된다.

겨우 한 세기 뒤 보나벤투라는 책의 저자에게 부여된 분명한 과제를 명시적으로 정의 또는 발견한다.

> 책을 만드는 데에는 네 가지 길이 있다. 한 가지도 보태거나 바꾸지 않고 다른 사람의 말을 적는 사람이 있는데, 그렇게 하는 사람은 서기(scriptor)다. 다른 사람의 말을 적으면서 자신의 말이 아니라 하더라도 뭔가 보태는 사람도 있다. 이렇게 하는 사람은 편찬자(compilator)이다. 그리고 다른 사람의 말과 자신의 말을 모두 적는 사람들이

> 있는데, 이 경우에는 다른 사람의 자료가 지배적이며 그 자신의 말은 설명하기 위한 부록처럼 덧붙인다. 이렇게 하는 사람은 저자라기보다는 주석가(commentator)라고 부른다. 그러나 자신에게서 나오는 것과 남에게서 나온 것을 모두 쓰되, 자신의 말을 확인하고자 하는 목적으로 남의 자료를 붙이는 사람은 저자(auctor)라고 불러야 한다.[35]

레이아웃

지금까지 귀는 죽은 저자의 목소리를 읽는 사람의 목소리와 구별해왔다. 이제 페이지의 시각적 표현은 각각 페이지의 조직에 특별한 특징을 부여하는 여러 종류의 사람들을 새롭게 구별할 것을 요구했다. 새로운 레이아웃은 시각적 표현을 해석의 수단으로 이용하려는 의지만 반영한 것이 아니었다. 텍스트 비판의 첫 시도를 낳기도 했다. 인쇄가 원전 비평 연구 판을 '확립'하는 것을 가능하게 해주기 300년 전 눈에 보이는 텍스트를 짜고 있는 실들을 풀려는 시도가 일반화되었다. '자신의 것'을 쓰는 저자에게서 나온 것은 다른 서기들이 형태를 잡고 순서를 정한 것과는 구별되었다. 책의 정본 텍스트는 다른 이런저런 필사본 판본과 분명하게 구분되었다. 이런 구분은 인쇄 테크놀로지를 이용하여 정본 텍스트를 원전 비평 연구 판으로 확립하고 고정하기 오래전에 이미 중요해졌다.

일루미나티오illuminatio vs. 일루스트라티오illustratio*

눈에 말을 거는 의미 있는 레이아웃은 같은 페이지에 있는 삽화와 주목을 받으려고 경쟁을 해야 했다.[36] 기독교 필사본의 장식에는 다섯 가지 기능이 있었다.

카시오도루스Cassiodorus(485경-580)에게 수사가 필사실에서 하는 일은 모두가 그 말에 대한 일종의 무언의 설교였다.[37] 삽화는 자신의 아름다움으로 페이지에 육화된 말에 그 위엄에 값하는 환경을 제공하는 엄숙한 옷과 같다.[38] 수사는 성물로서의 책에 익숙하며, 책을 전례 동안 엄숙하게 들고 다니고, 향으로 기리고, 특별한 촛불로 비추고, 그림들이 표시하는 구절을 크게 읽기 전과 후에 색을 칠한 머리문자에 입을 맞추었다.[39] 책은 예배의 대상이다. 황금과 보석이 표지를 장식하는 데 이용되듯이, 페

* 각각 채식(彩飾)과 삽화. -옮긴이

이지는 여러 가지 색깔로 덮여 있다.

삽화에는 말에 어울리는 옷을 입혀 경의를 표하는 것 외에 교훈적인 목적도 있었다. 설교자가 몸짓으로 말에 활기를 넣듯이, 그림은 기록된 말의 의미를 비추어준다. 어리석은 사람의 신체적인 눈에 그의 지적 능력을 넘어서는 것을 보여주려고 그려놓은 것이다. 기록된 말에 '귀를 기울이는' 동안 상상력은 그림으로부터 자양분을 얻는다.[40] 이런 목적을 위해 사용되는 테크닉이 이른바 엑술테트 두루마리Exultet Roll인데,[41] 이것은 이탈리아의 아풀리아Apulia에서 온 것으로, 부활절 축일 전야 행사에서 부제副祭가 부르는 길고 엄숙한 성가인 엑술테트에서 이름을 얻었다. 오늘날에도 들을 수 있는 그 귀에 맴도는 잊을 수 없는 선율은 옛 유대교 회당의 패턴에 가깝다. 부제는 부활절 초를 축복하는 동안 강대 뒤에 서서 그리스 교부들의 주석이 붙은 성경 구절을 읊조리고, 유대인의 이집트 탈출에서부터 그리스도의 부활에 이르기까지 구원의 이야기를 다시 전한다. 또 그는 노래하면서 텍스트와 그림이 서로 잇따르는 두루마리를 푼다. 두루마리를 보면 그림들은 뒤집혀 있고, 주제는 이야기보다 여러 줄 앞서서 나온다. 이런 묘한 일이 생기는 이유는 간단하다. 부제는 이야기를 하는 동안 앞에서 귀를 기울이는 사람들이 삽화를 찬찬히 볼 수 있도록 강대 너머로 양피지

두루마리를 풀기 때문이다.

그러나 삽화를 집어넣은 이유는 성물을 장식하고 어리석은 사람들을 가르치는 데 도움을 주기 위해서만은 아니다.[42] 세 번째 기능으로 수도원에서 읽는 사람을 일깨우는 해설적이고 발견적인 신호 역할도 하려고 했다. 비언어적 매체로서 문자가 소리로 전달하는 것과 같은 계시를 드러내려 했다. 이런 세밀화 한 곳에는 설명으로 Hoe visibile imaginatum figurat illud invisible verum이라고 적혀 있었다. "이 눈에 보이는 이미지는 눈에 보이지 않는 진리를 나타낸다." 다른 설명은 훨씬 노골적으로 가르친다. "여기에서 찬찬히 보아야 할 것은hic erat contemplandum……." 12세기의 한 아일랜드 코덱스는 말과 이미지를 연결시키는 방법을 제시한다. "이 그림이 너에게 신체의 감각으로 포착하게 해주는 것을 너는 영적으로 낳아야 한다."[43]

네 번째, 중세 초기의 세밀화는 읽는 사람이 행들을 읽어나갈 때 그 행에서 나오는 소리를 지원하는 반주로 생각되고 있다. 세밀화는 페이지의 목소리들의 반짝거림을 끌어내려는 것이다. 여기에 현대 교과서의 그래프나 표와 같은 목적은 전혀 없다. 그래프와 표 같은 장치는 제재를 추상적으로 명료하게 단순화하는데, 이것은 언어로는 감당하기 힘든 것이다. 그러나 중세의 채식은 중얼거리는 사람들이 말로 표현할 수 없는 것을 흠모하여 입을 다물게 한다. 그림은 또 사진과도 다르다. 사진은 사실을 기록하거나, 텍스트에서 논의되는 것에 대한 증거를 제공한다. 그러나 세밀화와 행은 귀와 눈을 엮어서 단테가 유혹적인 '페이지의 미소(ridon le carte)'라고 부르는 즐거운 교향곡을 인지하게 한다.[44]

마지막으로 13세기 이전 책의 삽화에는 실용적으로 기억을 돕고자 하는 목적 — 지금은 종종 잊어버리지만 — 이 있었다. 후고는 읽기를 여행이라고 말한다. 그는 몸으로 한 페이지에서 다음 페이지로 나아간다. 몇 줄의 문자들을 따라가는 장식은 그 말을 이 여행이 거쳐 가야 할 풍경 속에 집어넣는다.[45] 행이 달라지면 보이는 것도 달라진다. 어느 두 페이지도 같지 않고, 어느 두 머리문자 'A'도 똑같은 색이 아니다. 행과 결합된 나뭇잎이나 그로테스크는 기억의 힘을 강화해준다. 길의 경치가 산책 때 이루어진 대화를 되살려주듯이 삽화는 보체스 파지나룸에 대한 읽는 사람의 기억을 지탱해준다.

현대의 읽기, 특히 학문적이고 전문적인 유형의 읽기는 컴퓨터나 관광객의 활동이다. 보행자나 순례자의 일이 아니다. 차의 속도와 도로의 따분함과 정신 사나운 광고판 때문에 운전자는 감각적 박탈 상태에 빠지며, 이 상태는 책상에 앉자마자 급하게 매뉴얼이나 정기간행물을 넘길 때도 계속된다. 카메라를 든 관광객과 마찬가지로 오늘날의 학생은 기념사진을 찍기 위해 복사기로 간다. 그는 사진, 삽화, 그래프의 세계에 살고 있고, 여기에서는 채식이 있는 문자 풍경의 기억은 이미 다가갈 수 없는 것이 되어버렸다.

12세기 동안 행과 그 채식의 내재적 일관성은 사라진다.[46] 행이 문단의 구축 요소로 바뀌면서, 세밀화는 환상적 피조물의 곡예단으로, 종종 페이지의 알파벳 구성 요소를 침범하고 압도할 듯한 정글로 바뀐다.[47] 클레르보의 베르나르는 몇 번의 설교에서 이런 광포해진 영들의 감각적 침범을 몰아내려고 시도한다. 그는 주교가 목자로서 평신도를 돌보려고 제공하는 기도서에는 채식이 들어올 자리가 있다고 인정한다. 그러나 감각에 호소하는 화려한 장식은 아직 영이 깨어나지 않은 사람들에게 감각적인 헌신이나 경건함을 조성한다고 주장한다. 또 수사가 영적으로 읽으려고 준비한 필사본의 채식에는 강하게 반대한다. 수사는 수도원에 들어오면서 이 세상의 무리를 넘어선 곳으로 들어왔기 때문이다.[48] 1134년에는 시토 수도회의 전체 총회에서 머리문자도 평범하게 한 색깔로만 쓸 것을 요구한다.[49] 그러나 이런 금지 요구는 주목을 받지 못했다. 시대의 조류를 완전히 거스르는 것이었기 때문이다.

휴대용 책

고딕 후기 필사본의 세밀화는 종종 독립적인 예술작품이다. 가끔 문자는 그림의 틀에 불과한 것처럼 보인다. 도시의 부가 늘어나는 시기에 책은 사적 소유의 대상이 된다. 세밀화는 그것을 소유한 사람의 부의 지위를 높인다.[50] 그러나 물리적 실체로서의 '책'의 사유화는 추가로 나타난 일군의 테크놀로지의 비약이 없었다면 불가능했다.

12세기에는 성경이 하나의 큼지막한 물체가 될 수 있다고는 생각하지도 못했다. 성경은 전에도 그랬듯이 그때도 여전히 별도의 두꺼운 책들을 한데 모아놓은 것이었다. 이 책들은 크기도 다 다르고, 용도도 다 달라, 성스러운 책들을 하나의 정전으로 보여줄 때만 가끔 모아놓았다. 복음서는 사제의 북쪽에 있는 낭독대에 놓여, 부제는 그것을 읽을 때 어둠과 추위와 이교도의 지역을 마주 봐야 했다. 사도서간은 맞은편에 놓아, 성구 낭독자가 읽었다. 따라서 당연한 일이지만, 이것들은 별권의 책이었다. 성가대 한가운데 있는 강대에는 『시편』을 펼쳐놓았다. 모세5경은 보통 예언서들과는 다른 별도의 표지로 덮여 있었다.

이렇게 성경이 기능적으로 나뉘어, 따로 묶이고 따로 장식된 물체가 되는 데에는 단순히 테크놀로지와 관련된 이유도 두 가지가 있었다. 완전한 성경을 한 권으로 장정하기에는 페이지로 이용할 수 있는 재료가 너무 두껍고 무거웠으며, 사용하는 글자가 너무 커서 한 권으로 묶을 만한 페이지 분량에 다 들어갈 수가 없었다. 13세기에 이르러서야 손으로 쓰는 글자들이 모든 성경을 한 권으로 만들 수 있을 만큼 작아졌다. 단어 생략형의 빈번한 사용도 글을 이렇게 압축하는 데 도움이 되었다. 그렇다 해도 13세기 성경은 무게가 대개 5킬로그램에 가까웠다. 이렇게 끌고 다녀야 할 만큼 무거운 것을 진짜 휴대용 성경으로 바꾸기 위해서는 다른 테크닉들이 개발되어야 했다.

중세 내내 양피지는 글을 계속 보존하기 위한 표준적인 면面이었다. 가죽과 달리 양피지는 무두질을 한 가죽이 아니라, 씻고, 털을 깎고, 기름을 제거하고, 늘려서 말린 가죽이었다. 양피지를 만들려면 송아지, 염소, 어린 양, 큰 양의 매끄럽게 다듬은 가죽을 띠처럼 길게 잘라야 한다. 고대에는 이 띠를 둘둘 말았다. 양피지에는 수직의 단 형태로 기록을 했고, 읽는 사람은 그 단들 가운데 두 개만 펼쳤다. 이 두루마리는 가끔 원통형 보관함에 담아 두었다. 중세에는 법적이고 전례적인 목적 때문에 이런 두루마리를 그대로 두었다. 그러나 2세기에 이미 양피지를 사각형으로 자른 다음 한두 번 접고 장정을 하여 코덱스 — 우리가 책이라고 부를 만한 것이었다 — 로 만들기 시작했다.

양피지의 품질은 이용된 동물의 나이, 씻고 말리는 과정의 속도, 늘인 가죽을 반달꼴이나 원형의 칼로 긁어 내는 섬세함에 달려 있었다.[51] 12세기에 다루기 쉬운 책으로 나아가는 데 핵심은 새로운, 더 얇은 '고급' 양피지를 제작하는 것이었다. 이것은 태어나지 않은 양의 가죽으로 만들었는데, 명반明礬을 이용하여 세심하게 무두질을 하고 섬세한 결이 있는 속돌로 조심조심 부드럽게 다듬었다. 이 테크닉은 비용이 많이 들어갔으며, 그 결과물은 보석 여러 개를 받을 값어치가 있었다.

이 새로운 테크놀로지가 알려지자마자 유럽에 종이가 다시 나타났다. 그 전에 이집트인은 세심하게 제작한 갈대 섬유질을 땋은 파피루스를 이용했다. 이것은 침전시킨 것이 아니라 손으로 겹겹이 쌓은 결과물이었다.[52] 이것을 펄프가 된 섬유소의 부유물을 침전시켜 얻어낸 물질, 최적의 상태로 말하자면 넝마 — 이것이 플라스틱, 즉 종이가 된다 — 와 혼동하면 안 된다. 중국에서는 기원전 100년에서 서기 100년 사이의 언젠가에 종이 제작 과정을 찾아냈다. 한반도와 일본에서는 600년경 이 기술을 익혔다. 대상大商을 이끌고 트란스옥시아나Transoxiana까지 들어가던 아랍 상인들은 중국 장인들에게서 종이 제작 기술을 배웠다.[53] 그들은 이 기술을 북아프리카로, 이어 스페인으로 가져갔으며, 1100년경 스페인의 사트비아Xátvia에 유럽 최초의 종이 공장이 세워졌다. 현존하는 유럽 최초의 종이 문서는 애들레이드Adelaide 백작 부인이 1109년, 나중에 시칠리아의 왕이 되는 아들 로제Roger에게 쓴 편지다. 이 편지는 스페인에서 구술했지만, 그리스어와 아라비아어 문자로 기록되어 있다. 이 양피지의 새로운 경쟁자는 스페인을 거쳐 막 대학이 문을 열던 시점에 파리에 이르렀다.

잉크 또한 편하고 쉬운 필기에 기여했다. 고대 이집트 잉크와 전통적인 중국 잉크는 현재의 수채 물감과 비슷하게 만들었다. 식물성 염료나 등잔 검댕을 고무 용액에 띄우는데, 이것은 마르면 글을 쓰는 면에 달라붙었다. 기원전 4세기에는 금속을 주원료로 하는 잉크가 발명되었다. 이것은 금속염(일반적으로 철이나 구리)과 타닌 — 떡갈나무 껍데기나 쓸개즙을 끓여서 얻는다 — 의 용액이다. 타닌은 종이에서 마를 때 착색제 역할을 하며, 화학적 반작용을 통해 그 흔적이 글을 쓰는 면에 고정된다. 싸고 가벼운 새 필기장이 없었다면, 또 착색 잉크를 쉽게 구할 수 없었다면, 학자식 공부는 유행할 수 없었을 것이다.[54]

그러나 문자 크기와 페이지 무게의 감소, 새로운 생략형 표현만으로는 아직 책을 휴대용으로 만들기에 불충분했다.[55] 우선 작은 종잇장들을 꿰매 읽는 사람의 손에서 활짝 펼쳐지게 만드는 새로운 방법을 찾아내야 했다. 또 받침대 위에 펼치는 것이 아니라 손에 쥐는 책이 처음으로 탄생하려면 새로운 유연한 표지를 만들어야 했다. 책이 고정된 물체에서 이동 가능한 물체로 바뀌었다는 상징은 보따리 책, 즉 보이텔부흐Beutelbuch의 제작에서 드러난다.[56]

페이지와 책의 형태를 이렇게 다시 만드는 것이 읽기의 행동학과 의미론에, 따라서 사고에 미친 영향은 인쇄의 영향보다 근본적이다. 12세기 또는 13세기의 페이지는 오늘날에도 여전히 같은 절차에 의해 재생산되고 있는데, 인쇄의 주된 결과는 이 절차를 기계화한 것이었다.

1240년에 이르자 책은 기본적인 면에서 후고가 바라보던 책보다는 우리가 오늘날 당연시하는 물체에 훨씬 가까워졌다.

일곱

책에서 텍스트로

12세기 말에 이르면 책은 우리 시대까지 유지되는 상징성을 띠게 된다. 책은 전례 없는 종류의 물체, 눈에 보이지만 만질 수는 없는 물체, 앞으로 내가 **책 중심적 텍스트**라고 부르는 것의 상징이 된다.[1] 알파벳의 오랜 사회사에서 이런 발전의 영향에 비견될 만한 것은 오직 두 가지 사건밖에 없다. 하나는 완전한 표음문자의 도입인데, 이것은 기원전 400년경 일어난 일로 이로써 그리스어는 말하는 사람이 되새겨볼 수 있는 언어가 되었다.[2] 또 하나는 15세기 인쇄술의 확산으로, 이로써 **텍스트**는 문학적이고 과학적인 새로운 세계관의 강력한 틀이 되었다.

테크닉이 의도한 도구적 영향보다는 그 상징적 영향에 관심이 있고, 또 알파벳 테크놀로지를 연구하는 테크놀로지 역사가라면 1150년경 텍스트를 하나의 물체로 만든 수공업적 테크닉과 이 물체를 스탬프로 찍어내게 되는 1460년경의 기계적 테크닉을 신중하게 구별해야 한다. 이것을 염두에 두면, 아주 세련된 방식으로 작동되는 필사 테크닉들을 모아놓은 아주 수수한 것이 유럽 문화의 태도에 어떤 변화, 필사본에서 인쇄물로 이동하는 것과는 분명하게 구별되는 변화를 낳은 것이 보인다. 이후 수백 년 동안 탁월한 물체로서의 텍스트는 그 역사에서 초기의 이 두 순간을 분명히 구분하라고 요구한다.

페이지는 책 중심 텍스트가 되었으며, 책 중심 텍스트는 학자의 정신을 규정했다. 텍스트-정신의 관계는 고대 그리스의 문학과 철학 문화에서 알파벳 기록이 그랬던 것처럼 인쇄 문화의 필수적 기초가 되었다. 지금까지 이 점은 지적되지 않았다. 300년 뒤 인쇄에 적합한 물체를 만든 것이 필사 혁명이라는 가설을 분명하게 다룬 책은 한 권도 없었다. 어지간한 분량의 글조차 없었다. 이 에세이는 그런 공백을 메우려는 것이다.

내 관점이 대체로 옳다면, 몇 가지가 뒤따른다. 추상이 책 중심 텍스트라는 형식으로 실체화한 것은 이 긴 기간 — 이 기간은 또 '대학의 시대' 또는 '책 읽기의 시대'라고 부를 수도 있다 — 의 정신적 공간에 통일성을 부여하는 감추어진 근원적 은유로 볼 수 있다. 인쇄의 발명과 확산으로 이 책의 시대 — 13세기 책 중심 텍스트의 창조에서 시작되었다 — 에는 일군의 특징들이 추가되면서, 근원적 은유로서의 책 텍스트가 새로운 세계관의 강력한 결정 요소가 되었다.[3] 이 시기는 하나의 시대지만 크게 두 부분으로 나뉜다. 첫 부분에서는 책이 서기들이 손으로 글을 써서 만든 것이었으며, 두 번째 부분에서는 손으로 조판한 원형原型을 기계적으로 재생산한 것이었다.[4]

대상으로서의 텍스트의 역사를 향하여

알파벳의 사회사에서는 읽기, 쓰기, 말하기, 생각하기에서 텍스트 이전과 텍스트 이후 사이에 산맥이 놓여 있다. 이 두 정신적이고 행동적인 패턴들 사이의 분수령이 이 에세이의 주제였다. 그 구분은 밀먼 패리Milman Parry가 1926년 호메로스의 구전성에 관한 논쟁을 시작한 뒤로 우리에게 익숙해진 다른 구분들 — 예를 들어 구전 역사와 기록된 역사, 서사시 전통과 읽고 쓰는 전통, 표의적 표기 대 알파벳 표기, 장식 대 삽화 — 과 일치하지 않는다. 힘주어 말하지만, 이 구분을 필사의 과학 대 인쇄가 규정한 과학으로 혼동하지 말아야 한다.

이제 15세기에 벌어진 일을 다시 생각할 필요가 있다. 엘리자베스 아이젠슈타인Elizabeth Eisenstein이 이끄는 대로, 보통은 인쇄로의 이행을 알파벳의 사회사에서 주요한 전환점으로 본다.[5] 그녀의 관점에 따르면, 시, 산문, 천문학 표, 해부학 그림의 전달을 위해 신뢰할 수 있는 텍스트를 만들려면 활판 인쇄는 필수 전제 조건이었다. 인쇄된 텍스트라는 표준화된 특징, 이로 인해 가능해진 특성과 색인이 없었다면 인문학도 과학도 이전 시기의 학문적 노력과 구분되는 특징들을 얻지 못했을 것이다. 이 모든 것은 확실하다. 내가 제시하는 해석은 이런 견해에 문제를 제기하는 것이 아니라, 이것을 다른 관점에서 보고, 그래서 이 견해를 풍부하게 만든다. 내 말이 옳다면, 활자의 발명은 많은 것을 포괄하는 매우 중요한 시대, 책 중심 텍스트 시대의 역사 **안에서** 눈에 두드러진 사건이다. 내가 제안하는 대로 역사를 보는 강조점을 바꾸면, 과거의 정신적 구성에 대한 새로운 통찰을 얻을 수 있을 뿐 아니라, 알파벳의 사회사에서 우리가 사는 동안 벌어지고 있는 또 하나의 획기적 변화 — 알파벳 테크닉이 커뮤니케이션이라는 불쾌한 공기 속으로 해체되는 것 — 에 관해서도 새로운 방식으로 이야기할 수 있다.[6]

바로 여기에서 사람들이 물체로서의 텍스트의 역사에 관심을 집중하지 않았던 이유를 찾을 수 있다. 여러 세대의 역사가들을 배출한 인본주의적 전통은 텍스트라는 기반 위에서 나타난 현상이다. 텍스트가 물리적 물체, 즉 문서Schriftstück에서 멀어지면서, 자연 자체가 읽어야 할 대상에서 묘사할 대상으로 바뀌었다. 설명과 해석은 세계라기보다는 텍스트에 대한 작용이 되었다. 그러다가 이제야 자연을 암호화된 정보로 다시 생각하게 되면서,

'세계의 가독성'에 대한 역사가 연구의 쟁점으로 떠오를 수 있게 되었다.[7]

『디다스칼리콘』에서는 양피지 표면의 텍스트를 밝히는 것은 여전히 읽는 사람의 눈의 루멘이다. 100년 뒤 보나벤투라가 존경하는 선배 후고에 대해 이야기할 때 텍스트는 이미 페이지 위로 둥둥 뜨기 시작했다. 텍스트는 사본을 원본과 구분하는 공간을 통하여 의미 있는 기호들을 실어 나르는 일종의 배가 되어가는 중이었다. 이 배는 여기저기에 닻을 내린다. 그러나 텍스트와 페이지의 이런 분리에도 불구하고 텍스트는 책 안에 항구를 유지하고 있다. 책은 또 은유적으로 텍스트를 위한 항구 역할을 하며, 텍스트는 여기에 의미를 내려놓고 보물을 드러낸다. 수도원이 신성한 책의 문화를 위한 세계였듯이, 이제 대학이 새로운 책 텍스트를 위한 제도적 틀이자 상징적 교사로서 등장하게 되었다.

약 20세대 동안 우리는 책의 후원으로 양분을 얻어왔다. 나 또한 돌이킬 수 없이 딱딱한 책의 땅에 뿌리를 내리고 있다. 수도원 경험 덕분에 나는 렉티오 디비나가 어떤 느낌인지 알게 되었다. 하지만 읽기에 파묻혀 보낸 평생을 생각해보면, 초기 기독교 대가에게 손을 맡기고 페이지를 순례하고자 하는 나의 시도는 렉티오 스피리탈리스에 참여했다 해도 대부분 기도대가 아니라 책상에서 이루어지는 렉티오 스콜라스티카lectio scholastica만큼이나 텍스트적인 것이었다고 생각한다. 책 중심 텍스트는 내 고향이며, 책 읽는 사람들의 공동체는 나의 '우리' 안에 포함되어 있다.

그러나 이 고향은 전구 몇 개가 초를 대체하기 시작했을 때 내가 태어난 집이 그랬던 것처럼 구식이 되어버렸다. 모든 컴퓨터에는 데이터, 대체, 역전, 즉시 인쇄로 가는 새로운 고속도로를 열겠다고 약속하는 불도저가 웅크리고 있다. 새로운 종류의 텍스트가 내 학생들의 사고방식을 규정하는데, 그것은 아무런 닻이 없는 프린터 출력물, 은유라고 주장할 수도 없고 저자의 손에서 나온 원본이라고 주장할 수도 없는 프린터 출력물이다. 유령선에서 나오는 신호처럼 그 디지털 사슬은 스크린에서 자의적인 폰트 형태를 이룬다. 나타났다 사라지는 유령들이다. 의미의 항구를 찾아 책에 다가가는 사람들은 점점 줄어든다. 물론 일부에게는 책이 여전히 경이와 기쁨, 당혹과 쓰디쓴 후회를 주지만, 더 많은 사람들에게 — 안타깝게도 — 그 정당성은 **정보**를 가리키는 은유에 있을 뿐이다.

책 텍스트의 시대에 안전하게 박혀 있던 우리 이전 사람들은 그 역사적 출발점을 조사할 필요가 없었다. 게다가 존재하는 것은 무엇이든 어떤 면에서는 **텍스트**라는 구조주의적 가정이 그들의 안정성을 강화해주었다. 그러나 두 발이 각각 새로운 분수령의 양쪽을 딛고 있다는 것을 아는 사람들에게는 이제 그것이 사실이 아니다. 그들은 책 중심주의의 잔해로 고개를 돌려 자신이 성장한 확실성의 도서관에 있는 고고학을 탐사할 수밖에 없다. 책 중심 독자에게는 역사적 출발점이 있으며, 그들의 생존은 이제 책 중심 텍스트의 역사적 허약성을 이해하는 데 지적인 기초를 둔 도덕적 과제로 인식될 수 있다.

텍스트의 추상

책이 **자연**의 지시자에서 **정신**의 지시자로 전환된 것은, 많은 부분 서로 구별되지만 은근히 관련이 있는 두 가지 혁신 때문이었다. 하나는 필사본의 페이지들로부터 텍스트를 완전히 떼어낸 것이고, 또 하나는 수천 년간 라틴어에 묶여 있던 문자를 분리해낸 것이다.

텍스트는 이제 책과 구별되는 어떤 것으로 볼 수 있었다. 텍스트는 눈을 감고도 시각화할 수 있는 대상이었다. 인쇄기의 움직임에 의해 만들어지는 활자가 아니라 서기가 손에 쥔 펜이 이러한 새로운 실체를 창조했다. 약 두 타dozen의 새로운 시각적 관습이 낡은 문자 두 타를 전례 없는 구성물의 건축용 블록으로 이용했다. 이 12세기 필사 규칙들이 적용됨으로써 일련의 문자들 — 단어나 행 — 은 그 뒤로 페이지가 대표하는 공허 위에 추상적인 건축적 환영을 만들어내게 되었다. 페이지는 단어들이 뿌리를 내리는 땅이라는 특질을 잃었다. 새로운 텍스트는 책의 얼굴 위의 허구였으며, 책에서 떨어져 나와 자율적으로 존재했다. 이 새로운 책 중심 텍스트는 물질적 존재가 있기는 했지만, 보통 사물처럼 존재하지 않았다. 이것은 **말 그대로** 여기에도 저기에도 없었다. 오직 그 그림자만 이 또는 저 구체적인 책의 페이지에 나타났다. 그 결과 책은 이제 자연이나 신을 내다보는 창이 아니었다. 이제 읽는 사람이 피조물이나 초월자에게 다가가는 투명한 광학 장치가 아니었다. 책은 여전히 광학 도구이기는 했지만, 마치 볼록 렌즈가 오목 렌즈로 대체된 것처럼 180도 전환이 이루어졌다. 우주적 실재의 상징으로부터 생각의 상징이 생겨났다. 이제 책이 아니라 텍스트가 생각이 모이고 거울에 비추어지는 물체가 되었다.

이런 대뇌의 혁명은 진공 속에서 일어나지 않았다. 바로 보편적인 것들의 본질을 놓고 뜨겁게 논쟁을 벌이던 — 바로 이 수십 년의 기간 동안 — 시토 수도원과 교회법에 의해 만들어진 도시의 학교에서 일어났다. 딕타토르는 양피지를 말의 정원으로 조경해놓았다. 새로운 종류의 사상가와 아욱토르는 자신의 손과 빠른 필기체로 숨마라는 성당을 지을 건축 부지의 터를 닦았다. 그는 펜과 잉크와 종이를 들고 당시 학교에서 논의되던 것과 유사한 추상화 과정을 구현했다. 책 중심 텍스트는 기록되는 방식에서나 읽히는 방식에서나 법, 철학, 신학에 새로 접근하는 방법이 전제하는 정신적 지형을 반영하고, 표현하고, 다시 강화하고, 정당화했다.

체누는 12세기를 에타스 보이티우스aetas boetiana(보이티우스의 시대. -옮긴이)라고 불렀다.[8] 그는 우리에게 이 시기 동안 수도원에서 이 로마 현자의 손을 통해 그리스 철학자들을 받아들였다는 사실을 일깨워준다. 그러나 보이티우스는 라틴어로 글을 쓰면서 아리스토텔레스가 구분했던 것을 혼동했다. 아리스토텔레스의 두 단어를 보이티우스는 모두 압스트락티오abstractio라고 번역했다. 첫 번째 단어는 chorizein인데, 이것은 '분리하다'라는 뜻이다. 아리스토텔레스는 이것을 전문적인 용어로 사용하며, 보통 플라톤의 이상과 현실의 분리를 비판적으로 지칭한다. 압스트락티오로 번역된 다른 말은 aphairesis로, 아리스토텔레스의 용어에서 이것은 '떼어놓음' 또는 '괄호 안에 넣음' 정도의 의미다.[9] 이 말은 범주를 설정하는 정신에 의해 물질적 대상이 따로 놓이는 정신적 과정을 가리킬 때 일관되게 사용된다. 예를 들어 발은 이것을 오직 길이 측정으로서만 생각하는 수학자에 의해 괄호 안에 들어간다. 초기 스콜라철학자들이 이런 구분을 재도입하고 개념적 사고를 형식적 떼어놓기의 과정으로 이해하는 데에는 한 세대 이상이 걸렸다.

추상화abstraction는 12세기 초 사상가들 대부분에게는 쟁점이 아니다. 이 용어는 캔터베리의 안셀무스Anselm of Canterbury의 작업에 대한 현대의 색인에는 나오지도 않는다.[10] 안셀무스는 통찰이 생겨나는 방식을 설명해야 할 때는 정신이 신성한 빛으로 환하게 밝혀지는 것과 관련된 아우구스티누스의 한두 구절을 인용하여 자연에 대한 신의 관념을 사람들에게 이해시킨다. 나중에 중세의 보에티우스파인 아벨라르[11]는 꼭 후고와 마찬가지로 개념형성이 압스트락티오와 어떤 관계가 있다는 것을 당연하게 받아들인다. 그러나 이들 또한 여전히 보이티우스의 영향하에서 **분리하는 것**을 **괄호 안에 넣은 것**과 혼동하고 있다. 그들은 후고와 마찬가지로 새벽 전의 빛이 약한 시기에 태어났다. 그러나 후고는 페이지에서 반대의 증거를 보았음에도, 나의 귀나 너의 귀가 아니라 우리 눈을 위한 읽기라는 제3의 길이 있을 수밖에 없다는 것을 알았다. 그래서 겉으로 주장하지는 않으면서도 추상화에 의한 인식을 설명하는 새로운 방법에 이미 헌신하고 있었으며, 장차 스콜라철학자들이 아랍과 비잔틴의 필사본에서 도움을 받아 아리스토텔레스의 그리스 사상에 접근하면서 일반적 가르침이 될 내용의 윤곽을 미리 보여주었다. 이 점에서 후고의 생각 분석은 읽기 분석과 통한다.

링과와 텍스투스textus*

책이라는 은유의 변화를 논의할 때 또 한 가지 염두에 두어야 할 점이 있다. 텍스트가 페이지에서 벗어남과 동시에 문자 또한 라틴어의 전통적 속박에서 풀려났다는 것이다. 스물네 개의 문자가 일차적으로 눈에 보이는 한 가지 구축물을 위해 사용되는 순간, 이들은 마침내 그와 동시에 현대 독자의 생각에는 이 문자들이 원래 만들어진 목적으로 보이는 것—살아 있는, 입에서 나오는 언어의 소리를 기록하는 것—에 이용되었다. 사람들은 라틴 문자들이 존재하는 기간 내내 오직 한 가지 링과, 즉 라틴 링과만 의미했다는 사실을 너무 쉽게 잊는다. 'L'이라는 문자는 대략 링과, 리베르liber, 루멘의 첫소리를 가리켰지만, 절대 토착어의 발화를 가리키지는 않았다. 12세기 중반이 되자 'L'이라는 문자가 Liebe, love, 혹은 lust(Liebe는

* 텍스트. -옮긴이

독일어로 사랑이고 love와 lust는 영어로 각각 사랑과 욕망이다. - 옮긴이)의 첫소리도 뜻할 수 있게 되었다. 텍스트가 양피지의 물질성으로부터 멀어지자 페이지는 "입을 다물었다." 문자는 이제 행에서 소리를 끌어내는 서기의 손길이 아니었다. 이렇게 페이지에서 입을 다물게 되자 문자들은 비非라틴어 발화의 일상적 기록에도 이용할 수 있게 되었다. 토착어 기록의 급증, 적어도 로마 알파벳으로 쓴 기록의 급증은 페이지에 대한 책 중심적 태도의 보편화와 일치한다. 동시에 책이 이제 상징으로 받아들여지면서, 하나의 책으로서의 자연, 유일한 언어로서의 라틴어를 분명하게 가리키는 일은 사라지게 되었다. 이런 두 가지 틀 안에서 1,200년 이후 이루어진 책의 상징적 벡터 역전을 이해해야 한다.

"만물은 잉태 중이다"

상징으로서의 문서Schriftstück의 벡터 역전은 길고, 복잡하고, 여러 겹인 은유 전통에 주목할 것을 요구한다. 고대 이후 책은 표의문자, 속성, 암호로 사용되었다.[12] 이미 메소포타미아에서 두루마리는 운명의 은유였으며, 이런 상징은 서쪽으로, 그리스로 건너갔다. 『그리스 신화』에서 생명은 다 풀리면 마지막 행의 끝 부분에 나오는 서기의 화려한 장식체 글자가 드러나는 두루마리에 비유된다.[13] 이탈리아의 에트루리아의 중심부에서는 지하의 세 노파 파르카이Parcae가 운명을 좌우한다. 아트로포스Atropos는 인간의 운명을 자아내고, 클로토Klotho는 자은 실을 거두며, 라케시스Lachesis는 그것을 재고, 생명이 끝에 이르면 돌이킬 수 없게 실을 잘라버린다. 고대 후기에 이 동굴 같은 작업실은 사무국으로 표현되는데, 여기에서는 한 아름다운 여자가 별점을 구술하며, 두 번째 여자는 메모를 하고, 세 번째 여자는 각 인간의 운명을 낭독한다.[14] 파르카이는 이제 운명의 지배자들이 아니다. 관료적 행정가들이 되었다.

이 '운명의 책' 또는 '책으로서의 생명'은 바빌로니아Babylonia에서 유래한 '생명의 책'과 구별되어야 한다. '생명의 책'은 천상의 인구조사 보고서 역할을 하여, 생존하도록 선택받은 자들을 나열한다. 이따금씩 이 명단은 서기의 주석을 포함하며, 각 사람이 저승에 갈 때 따라가는 빚의 기록이 된다.[15] 얕은 부조들은 두루마리를 다른 세상의 지배자의 부속물로서 보여준다.[16]

따라서 고대에 두루마리는 은유일 뿐 아니라 부속물이다. 이것은 통치자의 표지가 된다. 두루마리는 왕이 구술하는 법과 마찬가지로 왕의 손에 있다. 여기에서 책은 신성한 힘보다는 이 세상에서의 힘의 표시다. 구약은 책을 운명, 출석부, 부채 기록부의 은유로 사용하지만, 부속물로 사용하지는 않는다. 고대 지중해의 기독교 이전의 왕 가운데 손에 책이나 두루마리를 쥔 사람은 없다. 이 점에서 그리스도는 유일무이하다. 그리스도 혼자만 신성한 부속물을 갖고 있고, **그래서** 두루마리를 휘두른다. 그는 곧 말**이며**, 동시에 책을 **드러낸다**. '말'이 '책'에서 '육肉'이 된다. 쓰기는 '동정녀의 자궁에 강잉降孕'하는 과정에 대한 알레고리가 된다. 따라서 물체로서의 책에 대한 전례적 숭배가 생긴다.

아우구스티누스는 이 은유를 더 풍부하게 만든다. 그는 운명, 출석부, 부채 기록부라는 세 가지 의미를 넘어서서, 전례 없는 구분을 한다. 그는 책을 하느님의 두 가지 계시의 상징으로 만든다. "하느님은 책을 두 권 썼는데, 한 권은 창조의 책이고 또 한 권은 구속救贖의 책이다."[17] 그의 시대에 이르면 책의 물리적 외형은 이미 두루마리에서 **코덱스**, 즉 지금도 우리에게 익숙한, 잘라서 쌓아 묶은 페이지로 바뀐다. 이런 모습으로 책은 중세에 하느님의 두 가지 선물을 표현하는 암호, 모든 지식의 두 가지 구분되는 출처가 되었다. 후고는 자신의 글을 통해 늘 아우구스티누스의 문장으로 돌아간다.

후고는 이 아우구스티누스의 구절로부터 가장 사

랑스러운 표현을 하나 끌어낸다. Omnis natura rationem parit, et nihil in universitate infecundum est.[18] "모든 자연은 의미를 잉태하고 있으며, 우주 만물 가운데 불임인 것은 없다." 후고의 이 문장에서 수백 년에 걸친 기독교의 은유는 완전한 성숙에 이른다. 하느님에 의해 깨달음을 얻어 페이지의 행들을 읽는 사람은 의미를 낳으려고 그곳에서 기다리는 피조물을 만난다. 책의 이러한 존재론적 지위는 기독교 수도원 생활을 읽기의 삶으로 이해하는 열쇠를 제공한다. 스투디움 레젠디가 지혜를 찾는 효과적이고 오류 없는 방식인 이유는 만물이 의미를 잉태하고 있다는 사실에 근거하고 있으며, 이 의미는 읽는 사람이 빛으로 끌어내주기를 기다리고 있을 뿐이다. 자연은 그냥 책과 비슷한 것이 아니다. 자연 자체가 책이며, 인간이 만든 책은 그 유사물이다. 인간이 만든 책을 읽는 것은 산파의 행동이다. 읽기는 추상화의 행동이기는커녕 오히려 육화의 행동이다. 읽기는 출산을 거드는 육체적인 행동, 몸의 활동으로, 순례자는 페이지들을 거치며 만나는 만물이 의미를 낳는 것을 목격한다.

12세기 초기에 리브룸 마누 팍툼librum manu factum(손으로 만든 책. -옮긴이)은 우리의 구원, 즉 '구속자'의 책, 그리고 창조의 책, 즉 하느님의 손가락의 움직임을 따라 쓴 책에 이어 세 번째 종류의 책에 불과하다.

omnis mundi creatura
quasi liber, et pictura
nobis est, et speculum.[19]

창조의 만물은 우리에게 책, 그림, 거울로 주어진다.[20]

후고의 시대에 상징, 유추, 은유로서의 책은 무엇보다도 **읽기**의 상징이며, 이것은 감수분열적 현실 판독으로 개념화되고 경험된다. 읽는 사람은 이런 판독에 의해 산파처럼 만물이 잉태하고 있는 의미, 즉 '하느님의 말씀'이 — 하느님의 눈에 보이지 않는 빛 속에서 — 태어나게 한다.

Tres sunt libri: primus est quem fecit homo de aliquo, secundus quem creavit Deus de nihilo, tertius quem Deus genuit: Deum de se Deo. Primus est opus hominis corruptibile; secundus est opus Dei quod numquam desinit esse, in quo opere visibili invisihilis sapientia creatoris visibiliter scripta est; tertius, non opus Dei sed sapientia, per quam fecit omnia opera sua Deus.[21]

세 권의 책이 있다. 첫째는 인간이 뭔가로 만드는 책

이고, 둘째는 하느님이 무에서 창조하는 책이고, 셋째는 하느님이 자신에게서 낳은 책, 하느님의 하느님이다. 첫 번째 책은 인간의 부패하는 작품이며, 두 번째는 절대 존재를 멈추지 않는 하느님의 작품이며, 여기에서는 눈에 보이는 작품이 창조주의 보이지 않는 지혜를 눈에 보이게 기록하고 있다. 세 번째 책은 하느님의 작품이 아니라, 하느님이 자신의 모든 작품을 만든 지혜다.[22]

옮긴이의 말

이반 일리치의 얇지만 만만치 않은 이 책은 머나먼 12세기의 수도자 성 빅토르의 후고가 쓴 『디다스칼리콘』을 해설하고 거기에 자신의 생각을 덧붙인 것이지만, 사실 매우 현대적인 관심에서 출발하고 있다. 그것은 다름 아닌 책을 중심으로 이루어지던 읽기 방식의 변화다. 물론 이것은 컴퓨터의 영향하에서 21세기를 살아가는 사람이라면 모두가 느끼는 것이다. 특히 옮긴이를 포함하여 책이라는 물체에 찍힌 활자를 읽는 데 익숙한 상태에서 오랜 세월을 보내다가 어느 순간부터 완전히 새로운 방식의 읽기를 경험해야 했던 사람들이라면 지금 뭔가가 분명하게, 또 근본적으로 달라지고 있다는 사실을 실감하고 있을 것이다. 모두가 느끼고 있다는 점에서, 또 뭔가 근본적이라는 점에서 거대하다고도 말할 수 있는 이 변화를 우리는 어떻게 받아들여야 할까.

일리치는 우선 현재 나이 든 세대가 얼마 전까지만 해도 당연하게 받아들이던 책이라는 것 자체가 태초부터 존재하던 것이 아니라는 점을 인식하는 데서 출발하자고 말한다. 즉 책을 통한 읽기라는 것 자체가 인류의 역사에서 어느 한 시기에 집중적으로 이루어진 일이며, 따라서 책의 역사성을 인식하게 되면 현재 우리에게 일어나고 있는 변화의 역사적 성격도 어느 정도 짐작할 수 있다고 보는 것이다. 이를 위해 일리치는 책을 통한 읽기가 시작되던 시점으로 우리를 안내하는데, 그것이 바로 12세기이다. 후고는 바로 우리와 마찬가지로 읽기의 역사에서 벌어진 격변을 경험했던 사람이고, 또 누구보다 그 변화에 민감하게 반응했던 사람이다.

여기서 한 가지 흥미로운 점은 일리치가 우리를 서양에서 인쇄술이 본격적으로 자리를 잡았던 15세기로 데려가지 않는다는 것이다. 일리치가 누누이 강조하듯이, 인쇄술의 보급은 중요한 사건이기는 하지만, 사실 이것은 12세기에 필사자들이 이루어놓은 변화를 기계화한 것에 지나지 않기 때문이다. 수백 년 동안 읽기를 지배해온 책 중심 읽기 — 일리치는 이것을 그전의 수사식 읽기와 구분하여 학자식 읽기라고 표현하기도 한다 — 는 15세기가 아니라 12세기에 시작되었으며, 거기에는 두 가지가 요인이 있었다. 하나는 텍스트가 페이지에서 벗어나는 것이고, 또 하나는 알파벳이 라틴어에서 벗어나는 것이었다. 그전까지 텍스트는 양피지의 페이지와 하나였고, 알파벳은 라틴어와 하나가 되어 오직 라틴어 기록에만 사용되었다. 그러나 12세기에 이르러 텍스트는 페이지로부터 분리되었고, 알파벳은 라틴어 이외의 언어를 기록하기 시작했다. 여기에서 오늘날의 책이 탄생했다.

물론 이것은 읽는 방식의 변화를 초래했다. 그전에는 수도원에서 수사들이 온몸을 사용하여 중얼거리며 읽는 것이 전형적인 읽기 방식이었는데, 그 이후에는 학자들이 소리 없이 읽는 것이 전형적인 읽기 방식이 되었다. 읽기의 변화는 세상을 보는 눈의 변화이기도 하여, 그전에 읽기에 담겨 있던 모든 기독교적 상징성은 사라져버렸다. 후고는 기본적으로 이 변화의 분수령에서 그전 시대에 속해 있었지만, 앞날을 예감했다. 그것이 바로 일리치의 입장이기도 하다. 일리치는 책 중심 읽기에 속해 있지만, 근본적인 변화를 예감하고 있고, 그것이 바로 이 책을 쓴 이유이기도 하다. 우리라고 다를까? 따라서 우리도 일리치를 따라 근본적인 질문을 할 필요가 있다. 도대체 글을 읽는다는 것은 무엇이며, 지금 일어나고 있는 변화는 무엇을 의미하는가? 그리고 이 근본적인 질문에 대한 일리치의, 또 후고의 답에 귀를 기울여볼 필요가 있다.

주

—

머리말

1. 칠레에서의 우이도브로의 정치 활동에 관한 정보는 René de Costa, Vincente Huidobro, 『The Careers of a Poet』(Oxford: Clarendon Press, 1984), pp. 2, 15, 106을 보라. 시 전문은 Vincente Huidobro, 『Obras completas』, vol. 1(Santiago de Chile: Zig-Zag, 1964), p. 353에서 볼 수 있다.
2. George Steiner, 「The End of Bookishness?」 in the 《Times Literary Supplement》, 1988년 7월 8-16일, p. 754.

하나_지혜를 향한 읽기

1. Jerome Taylor, 『The Didascalicon of Hugh of St. Victor: A Medieval Guide to the Arts』, 머리말과 주석을 곁들여 라틴어를 번역(New York and London: Columbia University Press, 1961). 앞으로 다음과 같이 인용된다—『DT』, 책(로마 숫자), 장(아라비아 숫자).

   Michel Lemoine, 『Hugo de Sancto victore. L'art de lire: Didascalicon』 (Paris: Éditions du Cerf, 1991)도 함께 보라. 이 프랑스어 번역은 애정이 담긴 세련된 노동의 산물로, 서문은 성 빅토르 수도원에 살던 후고와 같은 시대 사람들에 대한

간결하면서도 충실한 소개를 겸한다.

Charles Henry Buttimer, 『Hugonis de Sancto Victore Didascalicon, De Studio Legendi: A Critical Text』, dissertation by Brother Charles Henry Buttimer, M.A. (Washington, D.C.: The Catholic University Press, 1939). 앞으로 다음과 같이 인용된다 — 『DB』, 책(로마 숫자), 장(아라비아 숫자).

Jacques Paul Migne, 『Patrologiae cursus completus, sive bibliotheca universalis …… omnium sanctorum patrum』, Series Latine, 221 vol. (Paris: 1844-64). 이 시리즈를 인용할 때는 다음과 같은 약어를 사용할 것이다 — 『PL』(patres latini라는 뜻이다), 권, 세로 단. 이따금씩 페이지의 네 부분을 A에서 D까지 알파벳으로 나타낼 것이다. 후고의 글 가운데 이용 가능한 최고의 판본은 이 시리즈의 vols. 175-77에 수록되어 있다. (『Patrologia graeca』도 마찬가지 방식으로 『PG』로 인용된다).

참조 없이 라틴어에서 옮기거나 요약한 부분은 필자가 직접 한 것이다.

2. Joseph de Ghellinck, 「La Table des matière de la première édition des oeuvres de Hughes de St. Victor par Gilduin」, 『Recherches de sciences religieuses』 1 (1910): 270-85, 289-96.
3. 디다스칼리카는 그리스 말이다. 이 말은 '가르치는 일'이라고 번역하는 것이 최선일지도 모르겠다. 원래 이 말은 그리스의 합창 훈련 과정에 사용되었는데, 헬레니즘 시대 그리스어에서 다른 또 하나의 의미를 얻었다. 도시 문서보관소에 보관된 광고 전단과 운동 경기의 공식 목록이라는 뜻이다. 비잔틴 시대 그리스어에서는 '학문적인 일'이 지배적인 의미였다. 중세 저자들은 의식적으로 이 단어를 학문적 용어로 사용한다.

4. "나는 아이들에게 상아 글자를 장난감으로 주어 배움을 자극하는 …… 관행이 아주 좋다고 생각한다. …… 그 글자를 보고, 만지고, 이름을 붙이는 것은 즐거운 일이다. …… 아이가 다양한 글자의 형태를 알게 되는 즉시 …… 이 글자들을 가능한 한 정확하게 나무 판에 새겨, 철필로 그 홈을 따라 쓸 수 있게 한다. …… 아이가 이 고정된 윤곽을 더 자주 더 빠르게 따라 쓰게 되면 손가락도 안정될 것이다. …… 훌륭한 사람들은 일반적으로 무시하지만, 글자를 빠르게 잘 쓰는 기술은 우리의 목적에 비추어 하찮은 것이 아니다." 이 구절은 쿠인틸리아누스가 서기 85년경 교사에서 은퇴하면서 쓴 '웅변의 기술'에 관한 첫 책에 나온다. 탁월한 교육자인 쿠인틸리아누스는 '훌륭한 제자들'이 글자를 잘 쓰는 것을 상대적으로 중요하게 여겼는데, 나는 이것을 김나지움에 다니던 시절 최고의 교사들이 가장 재능 있는 학생들에게 속기를 능숙하게 해야 한다고 강조하던 일과 비교하지 않을 수 없다.
5. Ludwig Ott, 「Hugo von St. Viktor und die Kirchenvater」, 『Divus Thomas』 3 (1949): 180-200, 293-332. 후고의 저술에 정통한 보나벤투라(Bonaventure)는 후고가 죽고 나서 100년 뒤 교부들에 관한 스승의 지식에 놀랐다. 그에게 후고는 '새로운 아우구스티누스'였지만, 후고는 또한 그레고리(Martin Gregory)와 위(僞) 디오니시우스의 목소리로 이야기를 했다. 아우구스티누스는 사변 신학에서 후고의 스승이었고, 그레고리는 실천적 응용에서 스승이었으며, 디오니시우스는 신비주의적 묵상에서 스승이었다(『De reductione artium ad theologiam 5, Opera omnia』 [Claras Aquas, 1882-1902], V, 321B).
6. 후고가 메모를 하고 책을 써나가는 방법은 Heinrich

Weisweiler, 「Die Arbeitsmethode Hugos von St. Viktor. Ein Beitrag zum Entstehen seines Hauptwerkes De sacramentis」, 『Scholastik』 20-24 (1949): 59-87, 232-67에 연구되어 있다.

7. Joseph de Ghellinck, 『L'Essor de la littérature latine au XIIe siècle』 (Museum Lessianum; Desclée de Brouwer, 1957): 후고의 문체는 "달콤하고 세련됐지만, 아벨라르(Pierre Abaelard)의 당당한 어법과는 대조를 이루는 겸손함이 있다. 그는 그 세기에 가장 감동적이고 매력적인 작가 가운데 하나다. …… 물론 그의 문체는 시인과 플라톤에서 아리스토텔레스와 문법학자들에 이르기까지 고전시대 저자들의 인용을 엮어 놓은 아벨라르의 경우보다 발랄하지는 못하다. …… 후고의 문체는 신중한 열정 속에 섬세하고 생기가 있어, 그의 제자들이 쉽게 모방할 수 없었던 방식으로, 영혼의 내적 작용[scruter les états d'âme]을 묘사할 수 있다." (p. 50).
후고는 같은 구절을 수도 없이 고쳐 쓰면서 힘겹게 글을 만들어내기 때문에 그의 복잡한 사고가 그 모든 농담(濃淡)을 잃지 않고 적절히 표현된다. 그는 완전하고 정확하고 신중하면서도 우아하게 자신을 표현하는 데 자주 성공을 거두었다. 그도 그것을 안다. 그는 성공을 거두었을 때는 주저 없이 힘겹게 증류한 그 문장을 반복하고, 다른 맥락에도 이식한다.

8. Roger Baron, 『Science et sagesse chez Hugues de Saint-Victor』 (Paris: P. Lethielleux, 1957)는 빅토르의 후고의 과학과 지혜에 관한 주요한 연구다. 아우구스티누스의 지혜 개념이 후고에게 중점적으로 중요하긴 하지만, 두 사람의 영성에서 지혜는 다른 자리를 차지한다. 지혜에 헌신하는 아우구스티누스의 열정은 삼위일체의 제2위에 집중되어 있다. 반면 로마네스크 말기 신비주의자인 후고의 열정은 하나님의 육화된 신성에 집중되어 있다. 이 때문에 질송(E. Gilson)은 아마 "후고

의 논평은 흥미로운 면이 있기는 하지만 그에게서는 아우구스티누스처럼 강력한 지혜 분석은 찾아볼 수 없다[Maglré l'intérêt des notations de Hugues, on ne trouvera pas chez lui d'analyse de la sagesse aussi pousse que celle de Saint Augustin]" (『Introduction à l'étude de Saint Augustin』 [Paris, 1943], pp. 149-163)고 판단했을 것이다.

9. 후고가 아우구스티누스에게 붙인 이 주석은 『De tribus diebus』에서 찾아볼 수 있는데, 미뉴(Jacques Paul Migne)는 『디다스칼리콘』, 7장(『PL』 176, 834)으로 잘못 인쇄했다.

10. 지혜가 예술과 과학 안에 거하며, 렉토르 아르티움(lector artium)이 스투디움에 자신을 바친다는 것은 아주 분명하다. Omnium autem humananrum actionum seu studiorum, quae spaientia moderatur, finis et intentio ad hoc spectare debet, ut vel naturae nostrae reparetur integritas vel defectuum, quibus praesens subiacet vita, temperatur necessitas(『DB』 I, 5, p. 12). "따라서 이들처럼 '지혜'가 관장하는 모든 인간 행동과 추구의 목적이나 의도는 우리 본성의 완결성을 회복하는 것, 또는 현재 우리 삶의 조건이 될 수밖에 없는 약함을 덜어내는 것으로 향해야 한다." (『DT』, pp. 51-52).

Sermo 11; 『PL』 177, 922-24: Duodecim autem sunt quae de sanatione humani generis nobis exponere proposuimus. Aegrotus, medicus, vulnera, medicina, vasa, antidota, diaeta, dispensatores, locus, tempus, sanitates, gaudia de ipsis sanitatibus recuperatis …… Antidota sunt septem dona Spitirus sancti, spiritus sapientiae et intellectus, spiritus consillii et fortitudinis, spiritus scientiae et pietatis, spiritus timoris Domini …… ut simus per timorem humiles, per pietatem misericordes, per scientiam discreti, per fortitudinem invicti, per consilium providi, per intellectum cauti, per sapientiam maturi. Timor expellit elationem, pietas crudelitatem, scientia indiscretionem, fortitudo debilitatem, consilium improvidentiam, intellectus incautelam, sapientia stultitiam. O quam bona antidota, quibus tam mala curantur apostemata! "우리는 인류를 치유하는 일과 관련된 열두 가지를 이야기하고 싶다. 병자, 의사, 상처, 약, 도구, 해독제, 식단, 간호사, 장소, 시간, 건강, 그리고 건강의 회복에 따르는 기쁨이 있다. …… 해독제는 성령의 일곱 은혜로, 지혜와 이해의 영, 조언과 용기의 영, 지식과 경건의 영, 주를 두려워하는 영이다. …… 우리는 두려운 마음에 겸손하고, 경건한 마음에 자비롭고, 지식을 통해 신중하고, 용기를 통해 강하고, 조언을 통해 도움이 되고, 이해하면서 조심스러워지고, 지혜를 통해 성숙해질 수 있다. 두려움은 자만을 쫓아내고, 경건은 잔혹을, 지식은 경솔을, 용기는 약함을, 조언은 경박을, 이해는 편협을, 지혜는 어리석음을 쫓아낸다. 오, 그런 악한 배교를 치료하다니 얼마나 좋은 해독제인가!"

11. 나는 여기에서 주로 1130년경 이 시대 특유의 독특한 방식으로 북유럽의 상징 세계와 상호작용하는 '알파벳 테크놀로지'에 관심이 있으며, 세계 인식의 변화가 다시 테크놀로지의 선택을 촉진하고 그 방향을 제시한 방식에도 관심이 있다. 알파벳을 하나의 테크놀로지로 보고 그에 접근하는 이런 방식은 월터 옹(Walter Ong)에게서 빌린 것이다. 이 문제에 관한 그의 생각에 대한 가장 간단한 소개는 Walter Ong, S. J., 『Orality and Literacy: The Technologizing of the Word』 (London: Methuen, 1982)에서 찾아볼 수 있다. 이것은 브라이언 스톡(Brian Stock)의 중요한 연구인 『The Implications of Literacy: Written Language and Models of Interpretation in the Eleventh and Twelfth Centuries』 (Princeton: Princeton University

Press, 1983)를 이끈 것과는 다른 질문이다. 나는 '텍스트'라는 개념의 역사적 형성, 그리고 12세기 중반 이 개념의 단절에 관심이 있다. 스톡에게 '텍스트'는 분석적 범주로서 페이지, 또는 소리 내어 말하는 모든 구조화된 담론을 포함한다. 스톡의 관심은 구술 문화와 기록 문화의 요소들이 서로 상호작용하여, '그 나름으로 사회 커뮤니케이션의 또 다른 체계를 재구축하는' 방식을 연구하는 데 있다.

12. Pierre Courcelle, 「Étude critique sur les commentaires de la 'Consolation' de Boéce(IX-XV siècles)」, 『Archives d'histoire doctrinale et littéraire du moyen âge』 12, Paris(1939): 6-140을 보라.

13. Boethius: 『De consolatione philosophiae』, Ⅲ, 10. Taylor, 『DT』, p. 175에 인용.

14. Henri-Irénée Marrou, 『Saint Augustin et la fin de la culture antique』, 4판(Paris: Boccard, 1958). 아우구스티누스는 그리스어로 쓰지 않고, 오로지 라틴어로만 철학 전체를 형성한 첫 주요 사상가다. 그의 문체는 로마제국 말기와 그 철학자들의 분위기에 깊이 물들어 있다. 그는 암송과 수사를 높이 평가하며, 재치 있는 즉답에서 기쁨을 느끼고, 소리 내어 읽는 데 익숙하며, 라틴어 렉토르에 주로 귀를 기울였다. 그는 자신의 뿌리가 이런 제국 말기의 라틴 분위기에 있다는 것을 완전히 의식한 상태에서 교회에 들어간다.

15. 보이티우스는 콘스탄티누스 뒤에, 로마의 아니키(Anici) 귀족 가문에서 태어났다. 그는 아테네에서 성장했으며, 그리스어에 완벽하게 정통했다. 510년에 집정관으로 봉직한 뒤 비잔티움과 공모하여 테오도리크를 폐위시키려는 전복 음모를 짰다고 고발당하여, 로마제국에 교회가 공식적으로 자리를 잡고 나서 200년 뒤에 '마법' 혐의 — 백과사전적 교양

이 있는 사람에 대한 예외 없는 혐의였다 — 로 수감되었다.

16. 에밀 말(Émile Mâle)은 당시 보이티누스가 "고대의 지혜가 담긴 창고이자 당대의 교육자로서 숭배받았다"라고 말한다(『L'Art religieux du 13e siècle en France』, 5판. [Paris: Armand Colin, 1923], vol. 1, p. 92). 중세 말기 동안 보이티누스는 단테가 베르질리우스에게 부여한 것과 다르지 않은 신비한 후광을 얻었다. 그는 '두 세계 사이에 선 현자'였다. 장 드 묑(Jean de Meun)은 『장미 이야기(Roman de la Rose)』 뒤에 후기로 『철학의 위안』을 번역하여 덧붙였다. 초서(Geoffrey Chaucer)는 이 번역을 통해 보이티우스를 알게 되었고, 그가 '모든 성직자들 가운데 첫 번째'라고 인정했다.

17. 『DT』, pp. 175-76은 이 문장에서 후고가 전거로 삼은 사람들, 그리고 그를 전거로 삼은 12세기 후반의 저자들을 짧게 개관하고 있다.

18. É. Gilson, 『From Aristotle to Darwin and Back Again: A Journey in Final Causality, Species, and Evolution』 (Notre Dame, Indiana: University of Notre Dame Press, 1984). 이 책은 늙고 박학한 중세학자가 쓴 목적론적 인과론(목적이 있는 변화)의 재미있는 역사다.

19. Robert Javelet, 「Sens et réalité ultime selon Hugues de Saint-Victor」, 『Ultimate Reality and Meaning』 3, no.2 (1980): 84-113.

20. Marie-Dominique Chenu, 「Notes de lexicographie philosophique médiévale: disciplina」, 『Revue des sciences philosophique set théologiques』 25 (1936): 686-92. Henri Irénée Marrou (「Doctrina et disciplina dans la langue des pères de l'Église」, 《Bulletin du Cange》 10 (1934): 5-25)는 독트리나와 디스키플리나가 3세기와 4세기의 교회 라틴어로 통합되면서 나타난

의미의 변화를 다룬다. 이때 고전 라틴어에서는 파이데이아(paideia, 그리스어: 양육)의 번역어로 사용된 단어 디스키플리나가 '교정' 또는 '안내'를 뜻하게 되었다. '일반적 교양'을 뜻하던 독트리나는 '우월한 지식'과 지혜 쪽으로 변했다.

21. 『DB』 Ⅲ, 13, p. 63: Sapientior omnibus eris, si ab omnibus discere volueris. qui ab omnibus accipiunt, omnibus ditiores sunt. nullam denique scientiam vilem teneas, quia omnis scientia bona est. "누구에게서나 기꺼이 배우려 하면 누구보다 지혜로워질 것이다. 모든 사람으로부터 얻는 사람이 가장 부유하다. 마지막으로, 모든 배움은 선하니 어떤 배움도 경멸하지 마라." (『DT』, p. 96).

22. 『DB』 Ⅲ, 13, p. 62: Platonem audistis, audiatis et Chrysippum. in proverbio dicitur: Quod tu non nosti, fortassis novit Ofellus [Horace Sat. 2. 2. 2 참조]. nemo est cui omnia scire datum sit, neque quisquam rursum cui aliquid speciale a natura accepisse non contingerit. prudens igitur lector omnes libenter audit, omnia legit, non scripturam, non personam, non doctrinam spernit. indifferenter ab omnibus quod sibi deesse videt quaerit, nec quantum sciat, sed quantum ignoret, considerat. hinc illud Platonicum aiunt: Malo aliena verecunde discere, quam mea impudenter ingerere [Isidore of Seville, 『Sententiae』 2. 38. 3; 『PL』 83, 639B]. "너는 플라톤의 말은 들었다! — 이제 크리시푸스(Chrysippus)의 말을 들어도 좋다! '네가 모르는 것을 오펠루스(Ofellus)는 알지 모른다'는 속담이 있다. 모든 것을 아는 능력이 주어진 자는 없으며, 자연으로부터 특별한 재능을 받지 못한 자도 없다. 따라서 지혜로운 학자는 기꺼이 모든 사람의 말을 듣고, 모든 것을 읽고, 어떤 글도, 어떤 사람도, 어떤 가르침도 낮추어 보지 않는다. 차별 없이 누구에

게서나 자신에게 부족한 것을 보며, 자신이 얼마나 많이 아는가가 아니라 얼마나 모르는가를 생각하기 때문이다. 이런 이유로 사람들은 플라톤의 다음과 같은 말을 되풀이한다. '나는 나 자신의 생각을 부끄러운 줄 모르고 밀어붙이기보다는 다른 사람이 하는 말을 겸손하게 듣고 배우겠다.'" (『DT』, p. 95).

23. 『DT』 Ⅲ, 13, pp. 94-97.

24. 『DT』 Ⅲ, 16, p. 99.

25. 『DT』 Ⅲ, 18, p. 100.

26. Robert Bultot, 「Cosmologie et contemptus mundi」, 『Recherches de théologie ancienne et médiévale』, Numéro Special 1, Mélanges de théologie de littératures médiévales offerts à Dom Hildebrand Bascuoa, O.S.B. (Louvain, 1980). 수련의 이상과 이 시기의 과학에서 수립된 자연의 '사실' 사이의 관계는 너무나 탐사되지 않았다. 눈에 보이는 모든 현실을 구성하는 4원소와 관련하여, 기성 교조는 '흙'에 가장 무겁고, 낮고, 또 영적인 것과 거리가 먼 영역의 역할을 할당했다. 월하의 구 전체는 '땅'을 이루며, 지혜를 사랑하는 사람이라면 이곳에서 낯선 곳에 온 듯한 느낌을 받아야 한다. 『DB』 I, 7, p. 14: item, superlunarem, propter lucis et quietis tranquilitatem, elysium, hunc autem propter inconstantiam et confusionem rerum fluctuantium, infernum nuncupabant. "또 달 위의 세계는 그 빛과 고요에서 오는 영원한 정적 때문에 엘리시움(elysium, 이상향. -옮긴이)이라고 불렀고, 달 아래 세계는 유동적인 사물들의 불안정성과 혼란 때문에 하계, 즉 인페르눔(infernum)이라고 불렀다." (『DT』, p. 54). 뷜토(Bultot)는 마크로비우스(Macrobius)에서 비드(Bede)를 거쳐 아퀴나스(Aquinas)에 이르기까지 인페르눔의 나그네라는 철학자의

이러한 이미지를 검토한다. 다른 문헌에 관해서는 『DT』, p. 190, n. 56도 참고하라.

27. 테일러는 이 인용이 Ovid, 『Epistulae ex Ponto』 1. 3. 35-36에서 나오는 것임을 확인했다.

28. 『DT』 Ⅲ, 19, p. 101.

29. G. 크레마스콜리(Cremascoli)(『Exire de saeculo. Esami di alcuni testi della spiritualité benedettina e francescana』 [sec. 13-14], Quaderni di Recherche Storiche sul Primo Movimento Francescano e del Monachesimo Benedettino 3 [Edizioni Rari Nantes, 1982])는 초기 프란체스코 수도회에서 고향을 떠나 예수를 따르라는 의무를 더 물리적인 의미로 해석했다는 데 주목한다. 더 오래된 수도회의 구성원들은 계속 '자구적' 해석보다는 '문학적' 해석을 고수한다.

30. Gerhart H. Ladner, 「Homo viator: Medieval Ideas on Alienation and Order」, 『Speculum』 42 (1967): 233-59. 방랑자의 삶은 "그 나름의 스타빌리타스(stabilitas, 안정. -옮긴이)가 있는, 근본적으로 기독교적인 생활방식으로서 매우 존중받게 되었다." (p. 242).

31. K. Emery, 「Reading the World Rightly and Squarely: Bonaventure's Doctrine of the Cardinal Virtues」, 『Traditio』 39 (1983): 183-218. 부록의 제목은 'Bonaventure and Hugh of St. Victor: Scripture, Prime Matter and the Illumination of Virtue'이다. "세상을 연속적으로 비추는 것은 의(justice)의 태양이 인간 심성의 세계를 점차 비추는 것 — 이것은 먼저 정화하는 덕, 그다음에는 묵상을 낳는다 — 을 보여주는 교훈적 유추를 제공한다."
이것이 후고가 『De sacramentis Christianae fidei』, I, 1, cap. 12; 『PL』 176, 195D-96A에서 말하는 방식이기도 하다.

Quia omnis anima quandiu in peccato est, quasi in tenebris est quibusdam et confusione. Sed non potest evadere confusionem suam et ad ordinem justitiae formamque disponi, nisi illuminetur primum videre mala sua, et discernere lucem a tenebris, hoc est virtutes a vitiis, ut se disponat ad ordinem et conformet veritati. Hoc igitur anima in confusione jacens sine luce facere non potest; et propterea necesse est primum ut lux fiat, ut videat semetipsam, et agnoscat horrorem et turpitudinem confusionis suae, et explicet se atque coaptet ad illam rationabilem dispositionem et ordinem veritatis. Postquam autem ordinata fuerint omnia ejus, et secundum exemplar rationis formamque sapientiae disposita, tunc statim ineipiet ei lucere sol justitiae; quia sic in repromissione dictum est: Beati mundo corde; quoniam ipsi Deum videbunt [Mt. 5. 8]. Prius ergo in rationali illo mundo cordis humani creatur lux, et illuminatur confusio ut in ordinem redigatur. Post haec cum fuerint purificata interiora ejus, venit lumen solis ciarum et illustrat eam. Non enim digna est contemplari lumen aeternitatis, donec munda et purificata fuerit; habent quodammodo et per materiam speciem, et per justitiam dispositionem. "영혼은 죄 안에 있는 한, 혼란과 어둠 속에서 산다. 영혼은 먼저 불을 밝혀 그 악을 보고, 빛과 어둠을 구별해야, 즉 덕과 악덕을 구별해야, 그래서 질서 쪽에 자리 잡고 진리와 일치해야, 혼란을 제거하고 의(justice)의 질서와 형식에 다가갈 수 있다. 그러나 혼란에 빠진 영혼은 빛 없이는 이 일을 할 수 없다. 따라서 먼저 빛이 있어, 영혼이 자신을 보고 그 혼란의 공포와 수치를 인식하고, 그 자신을 이해하고, 그런 다음 진리의 이성적 성향과 질서로 손을 뻗을 필요가 있다. 이렇게 영혼이 자신의 모든 면의 질서

를 잡고, 이성의 모범과 지혜의 형식을 따라 자리를 잡으면, 의의 태양이 곧 밝게 비추기 시작한다. 따라서 다음과 같은 약속이 나온다. 마음이 청결한 자는 복이 있나니 그들이 하나님을 볼 것임이요[마태복음 5:8]. 사람 마음을 청결하게 하면 이성적인 [영혼] 안에 빛이 먼저 창조되고, 혼란이 비추어지고, 그 결과 질서가 회복된다. 이 모든 것이 끝나 그 내부의 장소들이 정화되었을 때, 태양의 맑은 빛이 나와 영혼을 비춘다. 영혼이 청결해지고 정화되기 전에는 영원한 빛을 묵상하는 것은 쓸모없다. 이런 상태는 어떤 의미에서는 물질처럼 막연한 성격을 갖고 있다가 의를 통해 그 적절한 형식을 부여받는다."

32. 지혜는 무엇보다도 마음 안에 있다. 그러나 동시에 대상 안에도 있다. 후고는 『De unione corporis er spiritus』(『PL』 177, 287A-B)에서 원소 불을 다루는데, 섬세함과 이동성이라는 점에서 흙, 물, 공기와 구별하고, 그것을 사피엔티아 비탈리스(sapientia vitalis)라고 부르며 영과 특별한 관계가 있다고 강조한다. 영적 빛의 실체적 성격에 관한 중세의 사변들은 단테가 시적으로 요약해놓았다.

33. Gerhart H. Ladner, 「The Concept of the Image in the Greek Fathers and the Byzantine Iconoclastic Controversy」, in 『Dumbarton Oaks Papers』 7 (1953), pp. 1-34 (독일어 역 『Der Mensch als Bild Gottes』, Leo Scheffczyk 편[Darmstadt: Wissenschaftliche Buchgesellschaft, 1969], pp. 144-92); and W. Schone, 「Die Bildgeschichte der christlichen Gottesgestalten in der abendländischen Kunst」, in his book, 『Das Gottesbild im Abendland』 (Berlin: Eckart, 1959).

34. 서양 회화에서 그려진 빛에 대한 이러한 통찰은 Wolfgang Schone, 『Uber das Licht in der Malerei』 (Berlin: Mann, 1954)

에 자세히 설명되어 있다. 성상의 발광은 동방 기독교, 특히 그리스 정교 전통에서 신학적 사유의 중심 주제였다. 이 점에 관해서는 숀보른(C. von Schonborn)의 뛰어난 연구 『L'Icône du Christ. Fondements théologiques élaborés entre le 1e et le 2e Concile de Nicée』(325-987), 2판., Collection Paradosis (Fribourg: Éditions de l'Université de Fribourg, 1976)를 참조하라. 또 더 일반적인 연구로는 L. Ouspensky, 『La Théologie de l'icône dans I'Église Orthodoxe』(Paris: Cerf, 1980)를 참조하라.

35. 후고와 성 베르나르를 비롯한 12세기 철학자-신비주의자들에게는 토마스 아퀴나스의 말과는 달리 Deus in sua beatitudine, 즉 "하느님은 영원히 쉬시기"보다는 "갈망하고 계신다", Deus desiderans.

36. Gudrun Schleusener-Eichholz, 『Das Auge im Mittelalter』, 2 vols., Munsterische Mittelalterschriften 35 (Munich: Fink, 1985)는 중세의 눈과 시력에 관한 주요한 자료다. '빛나는 눈', pp. 129-87; '영혼의 실명', pp. 532-92; 비유로 사용된 눈, pp. 849-87; 무엇보다도 내적인 눈과 외적인 눈, pp. 931-1010을 보라. 후고는 이 마지막 대목에서 두드러지게 나타난다.

37. 후고의 동시대 사람들의 경험인 살아낸 몸은 유추의 가장 중요한 자료다. 『Sermo』 21; 『PL』 177, 937A-C: Homo quandiu in justitia perstitit, sanus fuit; sed postquam per culpam corruit, gravem languorem incidit. Et qui ante culpam in omnibus spiritualibus membris suis habuit sanitatem, post culpam in omnibus patitur infirm itatem. Clamet igitur, necesse est: sana me domine, et sanabor. Sed nunquid est dicendus homo habere membra spiritualia? Habet membra spiritualia, scilicet virtutes. Sicut enim exterius membris sibi convenientibus formatur, sic interius virtutibus sibi concordantibus mirabiliter

disponitur et ordinatur; et ipsa membra corporis virtutes figurant substantiae spiritualis. Caput significat mentem. …… Oculi designant contemplationem. Quomodo namque oculis corporis foris visibilia cernimus, sic radiis contemplationis invisibilia speculamur. Per nares discretiones accipimus. Naribus etenim odores ac fetores discernimus, et ideo per nares virtutem discretionis non inconvenienter significamus. Aures exprimunt obedientiam, eo quod audiendi obediendique sunt instrumentum. Os insinuat intelligentiam. Sicut enim cibum ore recipimus, ita virtute intelligentiae pastum divinae lectionis captamus. Dentes vero significant meditationem, quia sicut dentibus receptum cibum comminuimus, ita meditationis officio panem lectionis acceptum subtilius discutimus ac dividimus. "사람은 의를 지킬 때는 건강했다. 그러나 죄에 빠진 후로 심각한 병에 걸렸다. 죄를 짓기 전에는 영적 부위들이 모두 건강했던 사람이 죄를 지은 뒤에는 그 모든 곳이 약해졌다. 따라서 외침이 필요하다. 주여, 나를 치료하소서, 그러면 내가 건강해질 것입니다. 하지만 인간에게 영적 부위가 있다고 말할 수 있을까? 그렇다, 바로 덕목들이다. 사람의 외부가 적절한 신체 부위로 구성되듯, 내부는 적절한 덕목들로 멋지게 모양을 갖추어 질서를 이룬다. 그리고 바로 신체 부위들이 비유적으로 이러한 영적 존재의 덕목을 표현하고 있다. 머리는 정신을 나타낸다. …… 눈은 관조를 말한다. 신체의 눈으로 눈에 보이는 것들을 보듯이, 관조의 빛을 통해 보이지 않는 실재를 어느 정도 알 수 있다. 우리는 코를 이용해 구별을 할 수 있다. 콧구멍으로 좋은 냄새와 나쁜 냄새를 구별할 수 있기 때문이다. 따라서 코로 분별의 덕목을 나타내는 것은 어울리지 않는 일이 아니다. 귀는 듣고 순종하는 데 유효하다는 점

에서 순종을 표현한다. 입은 지성을 암시한다. 입으로 음식을 받아들이듯이, 경건한 읽기에서 얻는 양분을 지성의 힘으로 받아들이기 때문이다. 이는 묵상을 나타낸다. 이로 음식을 씹듯이, 묵상의 힘으로 읽기에서 얻는 생명의 양식으로부터 미묘한 맛을 음미할 수 있기 때문이다."

38. 피에르 쿠루셀(Pierre Courcelle) (『Connais-toi toi-même, de Socrate à Saint Bernard』, 3 vols. [Paris: Études Augustiennes, 1974])은 이른바 이 델포이 격언을 크세노폰이 처음 언급했을 때부터 성 빅토르 학파에게 받아들여지기까지의 전 과정을 특별한 학식과 풍부한 자료 인용을 바탕으로 검토하고 있다.
『DB』 I, 1, p. 4: Immortalis quippe animus sapientia illustratus respicit principium suum et quam sit indecorum agnoscit, ut extra se quidquam quaerat, cui quod ipse est, satis enesse poterat. scriptum legitur in tripode Apollinis: gnothi seauton, id est, cognosce te ipsum. "그러나 그의[인간의] 불멸의 정신은 '지혜'가 빛을 비추어주면 자신의 원리를 보게 되고, 자기 내부에 있는 것이 자신에게 충분할 수도 있는데 외부에서 어떤 것을 구하는 것이 얼마나 어울리지 않는지 인식하게 된다. 델포이의 청동 제단에는 이렇게 적혀 있다. gnothi seauton, 즉 '너 자신을 알라'." (『DT』, p.46).

39. Colin D. Morris, 『The Discovery of the Individual, 1050-1200』 (London: The Church Historical Society S.P.C.V., 1972), pp. 2-19. 이 책은 감탄할 만한 방식으로 학문적 연구 장치에 의존하지 않고 독자들을 최근의 학문적 성과와 연결시키려고 노력한다. 저자는 '어떤 면에서는 20세기의 문제와 완전히 다르다고는 할 수 없는 문제들과 직면한' 사회에서 우리가 지금은 당연하게 여기게 된 개념을 탐사한다. 이브 콩가르(Yves

Congar)는 주요한 서평에서 이 책의 훌륭한 장점들을 인정하지만, 12세기가 발견하여 새로운 형태의 우정과 결혼, 읽기와 사유, 풍자와 고백에서 표현하고 있는 '개인'은 여전히 하나의 종교적 우주에 깊이 박힌 채 남아 있으며, 새로운 의미의 개인성은 이런 정신적 우주에 유기적으로 삽입됨으로써만 해석이 가능하다고 강조한다(「Review of 『Discovery of the Individual』, by Colin D. Morris」, 『Revue des sciences philosophiques et théologiques』 57 [1973]: 305-7). 따라서 12세기 후반 동안 아주 강해졌던 새로운 의미의 개인성 또한 훗날 서양사의 특징이 된 개인성과는 의미가 완전히 다르다. 비판자들, 특히 바이넘(Caroline Walker Bynum)에 대한 저자의 응답은 Colin D. Morris, 「Individualism and Twelfth-Century Religion: Some Further Reflections」, 《Journal of Ecclesiastical History》 31 (1980): 195-206을 참조하라.

40. Pierre Michaud-Quantin, 『Études sur le vocabulaire philosophique du moyen âge』 (Rome: Ateneo, 1970). 이 저자는 「Collectivités médiévales et institutions antiques」, 『Miscellanea Medievalia』 1 (1962): 240-52에서 울피안(Ulpian) 같은 로마의 법학자에 대한 12세기의 혁신적 논평과 관련하여 '도덕적 인격' 개념의 형성을 검토한다. 고전시대 로마법으로 회귀하는 현상이 나타나면서, quod omnes tangit, ab omnibus debet approbari(모두와 관련된 것은 모두의 승인을 받아야 한다)라고 말하는 아욱토리타스에 의해 개인과 개인이 공동체의 형성에서 차지하는 위치에 대한 완전히 새로운 개념이 도입되었다는 것이다.

41. 12세기와 13세기는 거울을 비유로 사용하는 방식이 의미심장한 변화를 겪었던 시기로 꼽힌다. Wilhelm Wackernagel (「Uber den Spiegel im Mittelalter」, 『Kleinere Schriften』 1 [1872]:

128-42)와 Odo Casel, O.S.B. (『Vom Spiegel als Symbol』, Nachgelassene Schriften, zusammengestellt von Julia Platz [Maria Laach: Ars Liturgica, 1961])는 많은 주요한 구절들을 모아 놓았다. Jurgis Baltrušaitis (『Essai sur une légende scientifique: le miroir. Revélations, sciencefiction et fallacies』 [Paris: Elmayan-Seuil, 1978])는 다양한 중세 거울 모티브를 그들이 속한 더 긴 전통과 연결시킨다. G. F. Hartlaub, 『Zauber des Spiegels: Geschichte und Bedeutung des Spiegels in der Kunst』 (Munich: Pieper, 1951)는 예술에서의 거울 표현과 중세 이래 그림에서 비유로서의 거울이 진화한 방식을 다룬 모범적인 작업이다.

42. Friedrich Heer, 『Der Aufgang Europas: Eine Studie zu den Zusammenhängen zwischen politischer Religiositat, Frommigkeitstil und dem Werden Europas im 12. Jahrhundert』 (Vienna: Europaische Verlagsanstalt, 1949)에는 12세기 중반 동안 "신정주의적 질서라는 프로크루스테스의 침대(procrustean bed)에서 벗어나는" 이런 현상에 관한 흥미진진한 몇 장(章)이 수록되어 있는데, 여기에서는 유럽사에서 다른 어느 시기도 상대가 되지 않는 격변이 대중적 지각 범주에서 일어나는 상황을 이야기하고 있다(예를 들어 pp. 9-20).

43. Jean Leclercq, 「Monchtum und Peregrinatio im Fruhmittelalter」, 『Römische Quartalschrift』 55 (1960). 스타빌리타스 인 페레그리나티오네(stabilitas in peregrinatione)에 관해서는 p. 47을 보라.

44. 문헌으로는 Colin D. Morris, 『Discovery of the Individual』, 특히 pp. 6-10과 Caroline Walker Bynum, 「Did the Twelfth Century Discover the Individual?」, 《Journal of Ecclesiastical History》 31 (1980): 1-12를 보라.

45. W. H. Auden, 『About the House』 (London: Random House,

1966). p. 16.

46. Paul Mus (「The Problematic of Self, West and East」, 『Philosophy and Culture, East and West. 13e conference internationale des philosophes occidentaux et orientaux, Juillet』 1959, LA. Moore 편 [Honolulu, 1959])는 '자신을 의식하는' 서양의 개인적 자아의 등장과 사회적 맥락 안에서 자신에 대한 계획을 갖게 되는 동양의, 주로 인도의 개인적 자아 사이의 근본적 차이를 강조한다. 같은 저자의 『India Seen from the East: Indian and Indigenous Cults in Champa』, Monash Papers on South East Asia 3 (Melbourne: Monash University Press, 1975)와 Louis Dumont, 「A Modified View of our Origins. The Christian Beginnings of Modern Individualism」, 『Religion』 12 (1982): 1-27도 보라. 뒤몽(Dumont)은 독립적이고 자율적인 개인에 대한 인도의 평가와 기독교-서양의 평가 사이의 대비도 강조한다. 서양에서 개인의 특징은 교회의 영향 하에서 본질적으로 비사회적인 '도덕적' 존재를 중심으로 유럽의 세속적 제도가 건설되었다는 점이다.

47. Peter Dronke, 『Poetic Individuality in the Middle Ages. New Departures in Poetry 1000-1150』 (Oxford: Clarendon Press, 1970)과 이를 보완하는 Peter Dronke, 『Women Writers of the Middle Ages: A Critical Study of Texts from Perpetua (230) to Marguerite Porete (1310)』 (Cambridge: Cambridge University Press, 1984)를 참조하라. 드롱케(Dronke)는 이 시기에 지속된 로맨틱한 동기들과 개인의 자기 반영의 새로움 양쪽을 모두 강조한다. 개인은 고난 속에서 자신에 관해 사유하는 존재, 실패를 경험하는 존재, 비극적 인물로 표현된다.

48. C. T. Onions, 『The Oxford Dictionary of English Etymology』 (New York: Oxford University Press, 1966), 'parson' 항목을 보라.

49. Jean Leclercq, 「Monchtum und Peregrinatio」.

50. 『De modo dicendi et meditandi』 (『PL』 176, 877B): Dicta sapientium quaerat, et semper coram oculis mentis quasi speculum vultus sui tenere ardenter studeat.

51. 『De arca Noe morali』, Ⅱ, 12; 『PL』 176, 643D-644A(이 구절은 7장 마지막에 라틴어와 영어로 인용되어 있다). 프란체스코 학파는 삼위일체의 제2위를 책으로 표현한 후고의 어법을 빌려갔다. Bonaventure, 『De ligno vitae』 46 (『Opera omnia』 Ⅷ, 84B): Sapienia scripta est in Christo Jesu tamquam in libro Vitae, in quo omnes thesauros sapientiae et scientiae recondidit Deus Pater. "지혜는 '생명의 서'처럼 그리스도 예수 안에 적혀 있으며, '하느님 아버지'는 그 안에 지혜와 지식의 모든 보물을 감추어두었다."; 『In Feria』 Ⅵ in 『Parascheve, Sermo』 2 (『Opera omnia』 Ⅸ, 263B, 26SB): Liber Sapientiae est Christus, qui scriptus est intus apud patrem, cum sit ars omnipotentis Dei; et foris quando carnem assumpsit. Iste liber non est apertus nisi in cruce; istum librum debemus tollere, ut intelligamus arcana sapientiae Dei …… multi istum librum tenent clausum, et sunt insipientes. "'지혜의 책'은 그리스도이며, 그리스도는 내적으로는 '아버지'와 함께 기록되었으니 그리스도는 전능하신 하느님의 작품이기 때문이다. 외적으로는 육을 입으셨다. **이 책은 오직 십자가에서만 펼쳐진다.** 하느님의 지혜의 비밀을 알려면 이 책을 읽어야만 한다. …… 많은 이들이 이 책을 닫아두는데, 그들은 어리석다."

52. Boethius, 『In Porphyrium dialogi』 Ⅰ, 3; 『PL』 64, 10D에서 인용. 『DT』, p. 195, n. 1을 보라.

53. 「Epistola prima ad Ranulphum de Mauriaco」, 『PL』 176, 1011A-B: Quod Charitas numquam excidit. Dilecto fratri

R. Hugo peccator. Charitas numquam excidit. Audieram hoc et sciebam quod verum erat. Nunc autem, frater charissime, experimentum aceessit, et scio plane, quod charitas numquam excidit. Peregre profectus eram, et veni ad vos in terram alienam; et quasi aliena non erat, quoniam inveni amicos ibi. Sed nescio, an prius fecerim an factus sim. Tamen inveni illic charitatem, et dilexi eam; et non potui fastidire, quia dulcis mihi erat, et implevi sacculum cordis mei, et dolui quod angustus inventus est. Et non valuit capere totam; tamen implevi quantum potui. Totum implevi quod habui, sed totrim capere non valui, quod inveni. Accepi ergo, quantum capere potui et onustus pretio pretioso, pondus non sensi, quoniam sublevabat me sarcina mea. Nunc autem, longo itinere confecto, adhuc sacculum meum plenum reperio, et non excidit quidquam ex eo: quoniam charitas numquam excidit. "자비는 결코 끝이 없다. 나의 친애하는 형제 라눌프(Ranulph)에게 죄인 후고로부터. 자비는 결코 끝이 없다. 나는 처음 이 말을 듣고 그것이 진실임을 알았다. 하지만 이제, 친애하는 형제여, 자비가 결코 끝이 없다는 것을 완전히 알게 되는 개인적인 경험을 하게 되었다. 내가 외국인이고 그대를 낯선 땅에서 만났기 때문이다. 그러나 그곳에서 친구들을 찾았기에 그 땅이 정말로 낯선 것은 아니었다. 나는 내가 친구들을 사귀었는지 아니면 내가 친구가 되었는지 알지 못한다. 하지만 나는 그곳에서 자비를 찾았고 그것을 사랑했다. 그것이 내게 달콤했기에 물리지 않았으며, 그것으로 내 마음을 채웠고, 내 마음에 아주 적게밖에 담지 못해 슬펐다. 나는 있는 것을 다 받아들이지 못했다 — 하지만 할 수 있는 대로 많이 채웠다. 내가 가진 모든 공간에 꽉 채웠지만 내가 찾은 것이 모두 들어가지는 않았다. 그래서 내

가 받아들일 수 있는 것을 받아들이고, 이 귀중한 선물로 묵직해졌지만 그것이 전혀 짐으로 느껴지지 않았다. 가득 찬 내 마음이 나를 지탱했기 때문이다. 이제 긴 여행을 끝낸 뒤 내 마음은 여전히 따뜻하고, 선물도 전혀 잃지 않았다. 자비는 결코 끝이 없기 때문이다."

Ludwig Ott, 『Untersuchungen zur theologischen Briefliteratur der Fruhscholastik unter besonderer Berücksichtigung des Viktorinischen Kreises』 (Munster: Aschendorff, 1932), p. 350, n. 5는 이 편지에 관한 고문서적 정보를 제공한다.

54. 성교가 시작된 것은
1963년
(이건 나에게는 좀 늦은 거였네) —
『채털리』 판매 금지가 끝나고
비틀스의 첫 LP가 나오기 전이었네.

Philip Larkin, 『High Windows』 (New York: Farrar Straus and Giroux, 1974).

55. Hugh, 『In Hierarchiam coelestem』 6; 『PL』 175, 1036D: Si minus excitor ad cognitionem, incitabor ad dilectionem. Et erit interim dilectio ipsa refectio, donec ex ea oritatur contemplatio. "비록 아는 것에는 그렇게 흥분하지 않는다 해도 사랑에는 마음이 강하게 움직인다. 그 사랑은 나를 새롭게 하여 마침내 거기에서 관조가 생긴다."

56. J. M. Décanet, 「Amor ipse intellectus est」, 『Revue du moyen âge latin』 (1945): 368.

57. Adèle Fiske, 「Paradisus Homo amicus」, 『Speculum』 40 (1965): 426-59.

58. 그는 우정을 해석하는 오랜 전통 안에 서 있다. est autem hic amor sapientiae, intelligentis animi ab illa pura sapientia illuminatio, et quodammodo ad seipsam retractio atque advocatio, ut videatur sapientiae studium divinitatis et purae mentis illius amicitia (『DB』 I, 2, p. 7). "더욱이 지혜에 대한 이런 사랑은 이해하는 정신에 그 순수한 지혜가 빛을 비추어 주는 것이며, 어떤 면에서는 인간의 정신을 그 자신에게로 끌어오고 다시 불러오는 것이어서, 지혜의 추구는 그 신성이나 순수한 정신과 나누는 우정처럼 보인다." (『DT』, p. 48).

59. 『De arca Noe morali』, Ⅳ, 6; 『PL』 176, 672C-D: Electi autem dum temporalia Dei beneficia recolunt, ad agnitionem aeternorum proficiunt. Reprobi per visibilia ab invisibilibus cadunt; electi autem per visibilia ad invisibilia ascendunt …… De operibus conditionis per opera restaurationis, ad conditionis et restaurationis auctorem ascendunt. Ascensus autem isti non extrinsecus, sed intrinsecus cogitandi sunt, per gradus in corde de virtute in virtutem dispositos. "선택받은 사람들은 하느님의 일시적인 혜택을 곰곰이 생각하며 영원한 혜택에 대한 지식으로 나아간다. 버림받은 자들은 보이는 것들에 의해 보이지 않는 것으로부터 떨어진다. 하지만 선택받은 자들은 보이는 것에 의해 보이지 않는 것으로 올라간다. …… 가치 있는 일을 통해 인간 조건으로부터 올라서서 조건과 가치의 '창조자'에게로 올라간다. 그러나 이런 상승은 외적이 아니라 내적인 것으로 생각해야 한다. 마음을 계속 더 강하게 하여 덕에서 덕으로 나아가는 것이기 때문이다." (『Hugh of Saint-Victor; Selected Spiritual Writings』, a Religious of C.S.M.V 역. [New York: Harper and Row, 1962], p. 138). 또 『DT』, p. 168 (n. 91), p. 173(n. 168)을 보라. 그리고 『De Laude Charitatis』 (『PL』 176, 972-73A)을 보라. Dic mihi, o cor humanum, utrum magis eligis, semper gaudere cum hoc saeculo, an esse semper cum Deo? quod plus diligis, hoc potius eligis. audi ergo, ut aut corrigas dilectionem, aut non differas electionem. Si mundus iste pulcher est, qualis putas est pulchritudo ubi Creator mundi est? Dilige ergo ut eligas, dilige melius ut eligas salubrius. Dilige Deum, ut eligas esse cum Deo, ergo per dilectionem eligis. Sed quo plus diligis, eo citius pervenire cupis, et festinas ut apprehendas, ergo per dilectionem curris, et per dilectionem apprehendis. Item quo plus diligis, eo avidius amplexaris, ergo per dilectionem frueris. "말해다오, 오 인간의 마음이여, 이 세상을 영원히 즐기는 쪽을 택할 것이냐, 아니면 늘 하느님과 함께 있는 쪽을 택할 것이냐? 너는 네가 더 사랑하는 것을 택하게 될 것이다. 따라서 네 사랑을 교정하거나, 선택을 미루지 않도록 들어라. 이 세상이 아름답다면, 세상의 창조자가 계신 곳의 아름다움은 어떨 것이라고 상상하느냐? 따라서 선택할 수 있도록 사랑하라. 잘 선택할 수 있도록 더 잘 사랑하라. 하느님과 함께 있는 것을 선택할 수 있도록 하느님을 사랑하라 — 그러면 사랑으로부터 선택하게 될 것이다. 더 사랑할 때 네가 사랑하는 자에게 더 빨리 이르기를 바라게 될 것이고, 거기에 더 빨리 이르려고 서두를 것이고, 따라서 사랑을 통하여 달려가고, 사랑을 통하여 그에게 이를 것이다. 더 사랑할수록, 더 열심히, 사랑의 기쁨 안에서 그를 포옹하게 될 것이다."

둘 _ 질서, 기억, 역사

1. 『DB』 VI, 3, p. 114: Parvis imbutus tentabis grandia tutus. 테일러는 더 수수하게 번역했다. "작은 것들에 터를 잡으면 모든 것을 얻으려고 노력해도 무방할 것이다." (『DT』, p. 136).

2. Marbodus, 『De ornamentis verborum』, Prologus; 『PL』 171, xxxx.

3. Roger Baron, 「Notes biographiques sur Hugues de Saint-Victor」, 『Revue d'histoire ecclésiastique』 51 (1956): 920-34.

4. 밤의 천궁도. 후고에게는 평생 시간을 읽을 기회가 없었다는 데 주목하라. 시계와 사분의는 아직 알려지지 않았다. 항성 서른여섯 개가 호로스코피(horoscopi), 즉 시간 관찰자였다. 그래서 후고는 별을 지켜보며 밤을 보냈는데, 이것이 그에게는 '시간을 관찰하는' 것이었다. 12세기 신학자에게 별을 지켜보는 것이 어떤 상징적 의미를 갖는지는 Marie Thérèse de Alverny, 「Astrologues et théologiens au XIIe siècle」, in 『Mélanges offerts à Marie-Donzillique Chenu』, Bibliothèque Thomistique 37. (Paris: Vrin, 1967), pp. 31-50을 보라.

5. 『DB』 VI, 3, pp. 114-115.

6. Gerhart H. Ladner, 「Medieval and Modern Understanding of Symbolism: A Comparison」, 『Speculum』 54 (1979): 223-56(현재는 『Images and Ideas in the Middle Ages』, vol. 1 [Rome, 1983] 에도 수록. 이 장에서 인용 페이지 번호는 『Speculum』에 실린 글에 해당한다)을 보라. 이슬람의 질서 인식이 상징주의에 관한 서양의 관념에 끼친 영향에 대한 논평으로는 다음을 참조하라. Marie Thérèse d'Alverny, 「L'Homme comme symbole. Le microcosme」, 『Simboli e simbologia nell'alto Medioevo, 3-9 aprile, 1975』, Settimane di studio 26, vol. 1 Spoleto: Centro Italiano per i studi sull'Alto Medio Evo, 1976. Pp. 123-83.

7. Friedrich Ohly, 「Die Suche in Dichtungen des Mittelalters」, 『Zeitschrift fur deutsche Altertumskunde』 94 (1965): 171-84.

8. Wolfgang Harms, 『Homo viator in bivio: Studien zur Bildlichkeit des Weges』, Medium Aevum 21 (Munich: Fink,

1970).

9. Ladner, 「Medieval and Modern」, p. 243.

10. W. Muri, 『Symbolon: wort-und sachgeschichtliche Studie』, Beilage zum Jahresbericht über das Städtische Gymnasium in Bern (Bern, 1931).

11. Ladner, 「Medieval and Modern」, p. 241, 위 디오뉘시오스의 구절 요약, 『De Coelesti hierarchia』, cap. 2; 『PG』 3, 137, 144.

12. Symbolum est collatio formarum visibilium ad invisibilium demonstrationem (In 『hierarchiam coelestem』 2 [ad cap 1]; 『PL』 175, 941B).

13. Ladner, 「Medieval and Modern」, p. 241.

14. 같은 책, p. 252.

15. 『DB』 V, 2, p. 96: Divina Scriptura ita per Dei sapientiam convenienter suis partibus aptata est atque disposita, ut quidquid in ea continetur, aut vice chordarum spiritualis intelligentiae suavitatem personet, aut per historiae seriem, et literae soliditatem mysteriorum dicta sparsim posita continens, et quasi in unum connectens, ad modum ligni concavi super extensas chordas simul copulet, earumque sonum recipiens in se, dulciorem auribus referat, quem non solum chorda edidit, sed et lignum modulo corporis sui formavit …… saepe tamen in una eademque littera omnia simul reperiri possunt, sicut historiae veritas et mysticum aliquid per allegoriam insinuet, et quid agendum sit pariter per tropologiam demonstret. "'신성한 경전'은 모두 '신의 지혜'를 통하여 그 모든 부분이 아주 적절하게 조정되고 배치되어 있어 그 안에 무엇이 들어 있건 현처럼 울리며 영적인 이해의 달콤함을 맛보게 해준다. 즉, 역사적 서사나 문자의 흐름이 만들어내는 내용 여기저기에 박힌

신비한 발언들을 모은 다음, 말하자면 이것들을 연결하여 하나의 물체로 만든다. 팽팽하게 당겨진 현 아래 둥글게 휜 나무처럼 단번에 모든 것을 묶는 것이다. 그리고 그 현들의 소리를 자기 안으로 받아들여 그 소리를 우리 귀에 더 달콤하게 들리도록 반사한다 — 이 소리는 현만으로는 낼 수 없다. 나무도 그 몸의 형체로 소리를 만드는 데 기여한다. …… 그러나 똑같은 문자의 흐름 속에서 모든 것이 함께 발견되는 일도 많다. 역사의 한 가지 진실이 알레고리의 방법으로 어떤 신비한 의미를 암시하면서, 동시에 비유의 방법으로 우리가 행동해야 할 바를 보여주는 경우다." (『DT』, p. 121).

16. 신의 지혜는 피조물의 아름다움을 통해 드러난다. 이것이 『De tribus diebus』, 특히 3장의 주요 주제 가운데 하나다. Universus enim mundus iste sensibilis quasi quidam liber est scriptus digito Dei, hoc est virtute divina creatus, et singulae creaturae quasi figurae quaedam sunt …… divino arbitrio institutae ad manifestandam invisibilium dei sapientiam …… qui autem spiritualis est et omnia dijudicare potest, in eo quidem quod fors considerat pulchritudinem operis, intus concipit quam miranda sit sapientia creatoris (『De tribus diebus』 3; 『PL』 176, 814B, C). "이 분별력 있는 세계 전체가 신의 손으로 쓴, 다시 말해서 신성한 힘으로 창조한 책과 같다. 개별 피조물은 …… 신성한 뜻이 신의 보이지 않는 것들의 지혜를 표현하기 위해 만들어놓은 …… 비유와 같다. …… 영성을 갖추어 만물을 판단하는 사람은 겉으로는 이루어진 것의 아름다움을 보면서 속으로는 창조주의 지혜가 얼마나 놀라운지 알게 된다."

17. 중세 아르테스 문헌이 초기에서 후기로 나아가는 과정에 관해서는 Bernhard Bischoff, 「Eine verschollene Einteilung der

Wissenschaften」, 『Archives d'histoire doctrinale et littéraire du moyen âge』 33 (1958): 5-20; Franz H. Bauml, 「Der Ubergang mundlicher zur artes-bestimmten Literatur des Mittelalters. Gedanken und Bedenken」, in 『Fachliteratur des Mittelalters. Festschrift Gerhard Eis』 (Stuttgart, 1968), pp. 1-10을 보라. 장인의 기예를 포함한 모든 기예는 지혜를 낳는다. "하지만 오직 이론적인 것만이 사물의 진실을 연구하기 때문에 우리는 그것을 지혜라고 부른다." (『DT』 Ⅱ, 18, p. 73). Solam autem theoricam, propter speculationem veritatis rerum, sapientiam nominamus (『DB』 p. 37). "그러나 지식을 목표로 삼는 다른 모든 일도 이런 지혜 탐색이라고 일컬어질 수 있다. 논리학은 수사법과 관련을 맺는다. 윤리적이고 기계적인 과학들은 행동이나 일의 장소와 관련을 맺는다." (circumspectio morum et operum: 『DB』 Ⅱ, 18, p. 37). [Has] tres …… id est ethicam, mechanicam, logicam congrue ad sapientiam referre possumus (ibid.). "이 셋, 즉 윤리학, 역학, 논리학은 지혜라고 불러도 무방할 것이다."

18. 제롬 테일러(『DT』, pp. 3-39)는 후고가 『디다스칼리콘』을 구축한 방법을 가능한 최선의 방법으로 명확하게 정리하고 있다. 또한 Jean Châtillon, 「Le 『Didascalicon』 de Hugues de Saint-Victor」, in 『La Pensée encyclopédique au moyen âge』 (Neuchâtel: Baconnière, 1966), pp. 63-76을 보라. 그것이 수사 신부들에게 미친 영향은 Berhard Bischoff, 「Aus der Schule Hugos von St. Viktor」, in 『Aus der Geisteswelt des Mittelalters』, A. Lang, J. Lecher, and M. Schmaus 편 (Beiträge zur Geschichte der Philosophie und Theologie des Mittelalters 3, 1; Munster, 1935), pp. 246-50, 또 Jean Châtillon, 「De Guillaume de Champeaux à Thomas Gallus: Chranique littéraire et doctrinale de l'école

de Saint-Victor」, 『Revue du moyen âge latin』 8 (1952): 139-62, 그리고 「Les Écoles de Chartres et de Saint-Victor」, in 『La scuola nell' Occidente Latino nell' alto medio evo』, 2 vols., Settimane di Studio 19 (Spoleto: Centro Italiano per i studi sull' Alto Medio Evo, 1972), vol. 2, pp. 795-839 등 여러 곳에서 다루어지고 있다.

19. 이 전통에서 차지하는 후고의 위치에 관해서는 다음을 참조하라. M. Grabmann, 『Die Geschichte der scholastischen Methode』, vol. 1, 2판 (Freiburg, Br.: Herder, 1957), pp. 28-54와 235-60; Gillian R. Evans, 『Old Arts and New Theology: The Beginnings of Theology as an Academic Discipline』 (Oxford: Clarendon, 1980), 그리고 「A Change of Mind in Some Scholars of the Eleventh and Early Twelfth Century」, in 『Religious Motivation: Biographical and Sociological Problems for the Church Historian』, D. Baker 편(Oxford: Blackwell, 1978), pp. 27-37; Jean Châtillon, 「Les Écoles de Chartres et de St. Victor」, in 『La scuola nell' Occidente Latino nell' alto media evo』, 2 vols., Settimana di Studio 19 (Spoleto: Centro Italiano per i studi sull' Alto Medio Evo, 1972), pp. 795-839; Berhard Bischoff, 「Eine verschollene Einteilung der Wissenschaften」, 『Archives d' histoire doctrinale et littéraire du moyell âge』 33 (1958): 5-20.

20. 이 일곱 개 분리에 대한 지금까지의 가장 종합적이고 철저한 조사는 Josèphe Marietan, 『Le problème de la classification des sciences d'Aristote à St. Thomas』 (Paris: Félix Alcan, 1901)이다. 나의 주제는 후고의 인성학, 잠재적 현상학, '읽기'의 은유학의 역사적 장소다. Berhard Bischoff, 「Eine verschollene Einteilung der Wissenschaften」, 『Archives d'histoire doctrinale et litteraire du moyen âge』 33 (1958): 5-20은 그 나름으로 아

르테스의 분리를 검토한다. 후고는 이 틀 안에서 시엔티아 메카니카(scientia mechanica)를 개념화할 때 독특한 면모를 보인다. Peter Sternagel, 『Die Artes Mechanicae im Mittelalter: Begriffs- und Bedeutungsgeschichte bis zum Ende des 13. jh.』, Munchener Historische Studien. Abt. Mittelalterliche Geschichte, J. Sporl 편, vol. 2 (Kallmunz: Michel Lassleben, 1966)도 참고하라. 나는 Ivan Illich, 『Shadow Work』 (London: Boyars, 1981), pp. 33-36, 75-95에서 시엔티아 메카니카는 자연을 연구하여 인간이 그것을 어떻게 모방할 수 있는지 드러낸다는 후고의 독창적인 생각을 다루었다.

21. 『DT』 Ⅲ, 3, p. 87.
22. 『DB』 Ⅲ, 3, p. 53: statim singula corde parata haberent.
23. 「Hugh of St. Victor: De tribus maximis cireumstantiis gestorum」, 『Speculum』 18 (1943): 484-93, 윌리엄 그린(William M. Green)이 처음 편집. 전통 속에서의 후고의 위치에 대해서는 G. A. Zinn, 「Hugh of St. Victor and the Art of Memory」, 『Viator』 5 (1974): 211-34를 보라: "지금까지 성 빅토르의 후고는 중세의 고전적 기억 기술 전통의 발달에 기여한 사람으로 인정받지 못했다." (p. 211).
24. 아르카(arca)-뭔가를 두는 장소. 궤, 상자, 돈궤. 또는 관이나 노아의 방주. 수도원의 아르카는 보물을 담는 성물실에 두었다. 여기에는 전례(典禮)를 위한 성배와 제의, 귀중한 상자에 담긴 성자의 두개골이나 여러 가지 뼈가 주를 이루는 유골, 그리고 이런 것들 외에 책도 있었다. 11세기에 들어서야 책은 별도의 특별한 궤, 문서 보관소에 담기 시작한다. 그리고 이 세기 말에야 별도의 도서실이 일반화된다.
25. Hugh, 『De tribus maximis circumstantiis gestorum』 (Green, p. 484). 후고의 친구 리보의 엘레드(Aelred of Rievaulx)는 『De

anima』, bk. 2, c. 3에 이렇게 쓰고 있다. Est enim memoria quasi ingens quaedam aula, continens quasi innumerabiles thesauros, diversarum scilicet rerum corporalium imagines per sensus invectas. "기억은 헤아릴 수 없이 많은 보물 상자가 보관되어 있는 거대한 집과 같아, 각각의 상자에는 감각에 의해 안으로 들어온 사물들의 이미지가 담겨 있다." (Aelred of Rivaulx, 『Opera omnia』, vol. 1, A. Hoste, O.S.B., and C. H. Talbot 편, Corpus Christianorum Continuatio Medievalis [Turnhout: Brepols, 1971], p. 707.)

26. 『DB』 VI, 3, p. 114: Haec enim quattuor praecipue in historia requirenda sunt, persona, negotium, tempus et locus. "이것이 역사에서 특별히 구해야 할 네 가지이기 때문이다 — 인물, 이루어진 일, 시간, 장소." (『DT』, p. 136). 『De tribus maximis circumstantiis gestorum』 (Green, p. 491, lines 16-19)에는 이렇게 나온다.: Tria sunt in quibus praecipue cognitio pendet rerum gestarum, id est, personae a quibus res gestae sunt …… loca in quibus gestae sunt, et tempora quando gestae sunt. Haec tria quisquis memoriter animo tenerit, inveniet se fundamentum habere bonum. "이루어진 일에 대한 지식은 주로 세 가지에 달려 있는데, 그것은 행동하는 인물, …… 장소, 시간이다. 이런 것을 기억에 단단히 담아두고 있는 사람은 누구든 자신이 튼튼한 기초 위에 서 있다는 사실을 알게 될 것이다."

27. 『De tribus』 (Green, p. 488, lines 11-12): Confusio ignorantiae et oblivionis mater est; discretio autem intelligentiam illuminat et memoriam confirmat. "혼란은 무지와 망각의 어머니다. 하지만 분별은 지성을 빛내고 기억을 확인해준다."

28. Hanc autem cogitationem et hunc modum imaginandi domesticum habe usitatum (『De tribus』, Green, p. 489, lines 24-

25).

29. 예를 들어 Frances Yates, 『The Art of Memory』 (Chicago and London: University of Chicago Press, 1966)를 보라. 그녀는 우연히 후고의 존재를 주목했지만, 그의 역사적 특이성에 대해서는 어떤 통찰도 보태주지 않는다. Gillian R. Evans, 「Two Aspects of Memoria in the Eleventh- and Twelfth-Century Writings」, 『Classica et medievalia』 32 (1971-80): 263-78. 그녀는 아우구스티누스 이후부터는 정신 능력의 일부인 기억에 대한 연구와 암기에 대한 연구를 구별해야 한다는 점에 주목하면서, 그동안 이 점이 무시되어왔다고 이야기한다.

30. Joachim Ehlers, in 『Hugo von St. Victor: Studien zum Geschichtsdenken und zur Geschichtsschreibung des 12. Jahrhunderts』, Frankfurter historische Abhandlungen 1973 (Wiesbaden: Steiner)은 이 점을 인식한다. 12세기 성당 건축은 메모리아의 상징적 우주를 공적으로 창조해낸 것으로 이해할 수 있다. 이것은 이스토리아의 기억을 엄숙하게 기념한다. 따라서 14세기에 개별적으로 이루어진 기억 기술의 르네상스는 '신앙의 시대'가 쇠퇴한 결과로 보인다. Martha Heyneman, 「Dante's Magical Memory Cathedral」, 『Parabola』 11 (1986): 36-45을 보라. 성당을 내면화된 메모리아의 모델로 이용한 훨씬 뒷날의 흥미로운 예는 Bernhard Bischoff, 「Die Gedachtniskunst im Bamberger Dom」, in 『Anecdota Novissima』 (Stuttgart: Hiersemann, 1984), pp. 204-11에 나와 있다.

31. 문자 이전의 기억에 대한 연구의 역사를 파악하고 싶다면 우선 B. Peabody, 『The Winged Word: A Study in the Technique of Ancient Greek Oral Composition as Seen Principally through Hesiod's Works and Days』 (Albany: State University of New

York Press, 1975) 1장의 주석들과 Albert Lord, 「Perspectives on Recent Work on Oral Literature」, in 『Oral Literature: Seven Essays』, J. Duggan 편 (Edinburgh: Scottish Academic Press, 1975), pp. 1-24를 참조하라.

32. James A. Notopoulos, 「Mnemosyne in Oral Literature」, 『Transactions of the American Philosophical Association』 69 (1938): 465-93.

33. 여기에서부터 이어지는 몇 문단의 내용은 Eric A. Havelock, 『The Literate Revolution in Greece and Its Cultural Consequences』, Princeton Series of Collected Essays (Princeton: Princeton University Press, 1982)에 대한 매우 간접적인 논평이다.

34. 『Metaphysics』 l, 4, 985b, 5-18. Richard McKeon 편, 『The Basic Works of Aristotle』, Introduction by R. McKeon (New York: Random House, 1941).

35. Havelock, 『Literate Revolution』, p. 9.

36. 『Phaidros』, 『Ion』.

37. H. Blum, 『Die antike Mnemotechnik』, Spudasmata, Studien zur klassischen Gesetzgebung 15 (Hildesheim: Olms, 1969).

38. 쿠인틸리아누스는 두 개의 명언을 지어냈는데, 그 명언과 플리니우스의 의견은 다음에서 찾아볼 수 있다. Helga Hajdu, 『Das mnemotechnische Schrifttum des Mittelalters』 (Amsterdam: E. J. Bonset, 1967), p. 27. Original edition, Leipzig, 1936.

39. Hajdu, 『Das Mnemotechnische Schrifttum』.

40. Alcuin, 『Dialogus de rhetorica et virtutibus』, opusculum tertium, n. 328; 『PL』 101, 941A-B. 또 Harry Caplan, 영역이 첨부된 『Rhetorica ad Herrenium. De ratione dicendi』

(Cambridge, Mass.: Harvard University Press, 1954)도 참조하라.

41. R. L. Benson and G. Constable 편, 『Renaissance and Renewal in the Twelfth Century』(Cambridge, Mass.: Harvard University Press, 1982).

42. 다음은 기억과 관련한 12세기 참고서들의 훌륭한 모음집이다. C. Meier, 「Vergessen, erinnern. Gedachtnis im Gott-Mensch-Bezug. Zu einem Grenzbereich der Allegorese bei Hildegard von Bingen und anderen Autoren des Mittelalters」, in 『Verbum et Signum』, M. Fromm 등 편. (Munich: Fink, 1975), pp. 143-94.

43. 스파임, 즉 시간-공간이라는 용어는 아인슈타인에게서 가져왔다.
성 빅토르의 학교에서 역사의 질서를 잡는 제도로서의 '교회'에 대해서는 다음을 참조하라. Jean Châtillon, 「Une Écclésiologie médiévale: L'idée de I'Église dans la théologie de l'école de Saint-Victor au XIIe siècle」, 『Irénikon』 22 (1949): 395-411. 심지어 신화적 사건도 이 '역사'에 들어갈 수 있었다: Marie-Dominique Chenu, 「Involucrum: le Mythe selon les théologiens médiévaux」, 『Archives d'histoire doctrinale et littéraire du moyen âge』 30 (1955): 75-79.

44. G. A. Zinn, Jr., 「Historia fundamentum est: The Role of History in the Contemplative Life According to Hugh of St. Victor」, in 『Contemporary Reflections on the Medieval Christian Tradition: Essays in Honour of Ray C. Petry』, G. H. Shriver 편 (Durham, N.C.: Duke University Press, 1974), pp. 135-58.

45. 『DB』 VI, 3, p. 116: Habes in historia quo Dei facta mireris, in allegoria quo eius sacramenta credas, in moralitate quo perfectionem ipsius imiteris. "너는 역사에서는 신의 행동을 찬

양할 수단을 갖고 있으며, 알레고리에서는 신의 신비를 믿을 수단을 갖고 있으며, 도덕에서는 그의 완전을 모방할 수단을 갖고 있다." (『DT』, p. 138). 후고가 이론적 사유의 출발점이자 기초로 인정하는 유일한 사실은 '성경'에 자구적으로 묘사되어 있으나 전례 역년 전체에 걸쳐 냉소적으로 기념되고 있는 역사적 사건들이다. 『DB』 Ⅵ, 3, p. 117: Vide quia, ex eo quo mundus coepit usque in finem saeculorum, non deficiunt miserationes Domini. "세상이 시작되던 때로부터 시대들이 끝날 때까지 신의 자비가 느슨해지지 않는 것을 보라." (『DT』, p. 139). 후고는 『De vanitate mundi』, Ⅲ; 『PL』 176, 724D-725A에서 자신의 생각을 라티오(ratio), 즉 이성(R.)과 아니마(anima), 즉 영혼(A.) 사이의 대화의 형태에 집어넣고 이렇게 말한다: A. Valde admiror, et stupeo in memetipsa cum dispositionem divinam in rebus transactis considero, quoniam ex ipsa rerum praetereuntium ordine nescio quo pacto fixam quamdam providentiam attendo. R. Quid mirum? Quia enim Deus nobis per opera sua loquitur, quid aliud quam vocem loquentis ad nos percipimus, cum oculos mentis nostrae ad consideranda mirabilia ejus aperimus? A. "일어난 사건들에서 신성한 경향을 찾으려고 할 때 나는 정말이지 놀라고 심지어 망연자실한다. 이런 일들이 일어난 방식 자체로부터는 섭리의 내재적 작용을 아는 데 도움이 될 만한 어떤 규칙도 파악할 수 없기 때문이다. R. 왜 궁금해하는가? 하느님은 자신이 한 일을 통하여 우리에게 말하기 때문에 우리에게 말씀하시는 하느님의 목소리 외에는 달리 인식할 것이 없다. 마음의 눈을 뜨고 그의 놀라운 행위를 바라보기만 하면 된다."

46. Gillian R. Evans, 「Hugh of St. Victor on History and the

Meaning of Things」, 『Studia Monastica』 25 (1983): 223-34: "『창세기』에 관해서 쓰면서 후고는 모세가 역사의 저자(이스토리오그라푸스(historiographus))라고 설명한다. 그는 세상의 시작으로부터 야곱이 죽을 때까지를 역사(texens historiam)로 설정한다. 따라서 『창세기』를 읽을 때는 두 가지를 찾아야 한다. 하나는 veritas rerum gestarum, 즉 사건들의 진실이고, 또 하나는 forma verborum(말의 형태. -옮긴이)이다. '사물의 진실은 말의 진실을 통해 알듯이, 거꾸로 사물의 진실이 알려질 때 우리는 더 쉽게 말의 진실을 알 수도 있다. 역사적 서술을 통하여 우리는 사물에 대한 더 높은 이해에 올라설 수 있기 때문이다.' (『PL』 175, 32-33: Quia per istam historicam narrationem ad altiorum rerum intelligentiam provehimur.) '역사적으로' 엄격하게 말하기와 '자구적으로' 엄격하게 말하기 사이에서 발생하고 있는 구분이 경전에서 말의 의미와 사물의 의미를 구분하는 핵심과 아주 가까운 것으로 보인다." (p. 232). Herbert Grundmann, 「Die Grundlagen der mittelalterlichen Geschichtsanschauung」, 『Archiv fur Kulturgeschichte』 24 (1934), reprinted in Grundmann, Geschichtsschreibung im Mittelalter (Göttingen: Vandenhoeck, 1978)도 함께 보라.

47. Ehlers, 『Arca significat ecclesiam』, pp. 121-87.

48. 『Arca Noe morali』, Ⅳ, 2; 『PL』 176, 666B-C: Deinde consideremus deorsum in mundo isto magnam quamdam, et horribilem omnium rerum confusionem, et infinitam humanarum mentium distractionem; sursum autem apud Deum perpetuam et inconcussam stabilitatem. Post haec imaginemur quasi humanum animum de hoc mundo sursum ad Deum ascendentem, et in ascendendo magis semper ac magis in unum sese colligentem, et tunc spiritaliter videre poterimus formam arcae nostrae, quae in imo lata fuit, et sursum in angustum surrexit …… Similiter enim nos de hoc profundo, de hac convalle lacrymarum per quaedam incrementa virtutum, quasi per quosdam gradus in corde nostro dispositos, ascendentes paulatim in unum colligimur, quousque ad illam simplicem unitatem, et veram simplicitatem, aeternamque stabilitatem, quae apud Deum est, pertingamus. "그렇다면 여기 아래 이 세상에 나타나는 모든 현상의 정말 크고 끔찍한 혼란, 그리고 사람들 정신 속의 무한한 착란을 생각해보자. 그러나 저 위에는 하느님과 더불어 영원한 부동의 안정성이 있다. 그렇다면 이 세상으로부터 하느님에게로 올라가는 인간 정신, 올라가면서 계속 점점 더 침착해지고 단순해지는 인간 정신을 상상해보라. 그렇게 하면 우리는 영적으로 우리 방주의 형태를 볼 수 있을 것이다 — 이 방주는 저 아래 깊은 곳은 넓고, 위로 높이 솟아오르며 좁아진다. …… 마찬가지로 마음이 점점 더 강건해지고 덕이 점점 자라게 되면 이 깊은 곳 — 이 눈물의 골짜기 — 으로부터 올라가면서, 우리는 조금씩 우리 자신 안으로 더 모아지고 통일되어, 마침내 그 단순한 통일성과 진정한 단순성, 하느님에게서 발견되는 영원한 안정성에 이르게 된다."

49. 죄의 대홍수로 생겨난 혼란 위를 둥둥 떠가는 방주의 이미지가 궁전을 대체하면서 메모리아라는 개념 자체가 변화를 일으킨다. 방주는 구약에서 예시로 나타나고, 그리스도의 도래를 통해 세상의 현실로 바뀌고, 묵시록을 향해 둥둥 떠가는 그물처럼 짜인 사건들을 나타낸다. 후고는 이 구원의 배 안에서 피난처를 구한다. 『Arca Noe morali』, Ⅳ, 7; 『PL』 176, 672D-673A: Et sicut in diebus Noe aquae diluvii universam terram operuerunt, sola autem arca aquis superferebatur, et non solum mergi non paterat, verum etiam quanto amplius aquae intumescebant, tanto altius in sublime elevabatur, ita et nunc intelligamus in corde hominis concupiscentiam hujus mundi esse, quasi quasdam aquas diluvii arcam vero, quae desuper ferebatur, fidem Christi, quae transitoriam delectationem calcat, et ad ea quae sursum sunt, aeterna bona anhelat. "노아의 시대에 큰물이 온 땅을 덮고 방주 혼자 물 위로 떠올라 가라앉지 않았을 뿐 아니라 실제로 물 높이보다 더 높이 올라갔다. 사람의 마음속에서 이 세상의 욕망은 말하자면 큰물이고 그 위로 올라가는 방주는 그리스도에 대한 믿음임을 보도록 하자. 이 믿음은 덧없는 쾌락을 밟고 서서 저 위에 있는 그 영원한 은혜을 갈망한다." (『Hugh of Saint- Victor, Selected Spiritual Writings』, Religious of C.S.M.V. 역 [New York: Harper and Row, 1962], pp. 138-39). 사람들이 마음속에서 이 세상에 욕심을 품는 것은 말하자면 대홍수다. 읽는 사람의 마음속에 이스토리아의 방주가 건설되면 구원의 역사 안에 그를 위한 피난의 장소가 생긴다. 『Arca Noe morali, Ⅳ, 8; 『PL』 176, 675 B-C: Sola ergo navis fidei mare transit, sola arca diluvium evadit, et nos si salvari cupimus non solum ipsa in nobis sit, sed nos in ipsa oportet maneamus …… In omni enim homille, hoc diluvium est; vel potius omnis homo in hoc diluvio est, sed boni in eo sunt sicut ii, qui in mari portantur a navibus, mali vero in eo sunt sicut naufragi, qui volvuntur in fluctibus. "신앙의 배만이 이 바다를 건너며, 오직 방주만 홍수를 넘어선다. 구원을 얻고 싶으면 우리 안에 방주가 있는 것으로는 충분하지 않다. 우리도 그 안에 그대로 있어야 한다. …… 이것은 모든 사람 안에 있는

홍수이기 때문이다. 아니, 모두가 홍수 안에 있기 때문이다. 그 안의 선한 것은 배 안에서 바다를 가로지르는 것과 같고, 악한 것은 난파하여 바다 밑으로 끌려 들어가는 것과 같다." 후고의 시대에 이르기까지 회화 예술은 노아의 방주를 예형론(豫刑論)적 구도로 표현했지 항해에 적합한 배로 표현하지는 않았다. 이것이 12세기에 변했다. 이런 도상적 변화에 대해서는 다음을 참조하라. Don Cameron Alien, 「The Legend of Noah: Renaissance Rationalism in Art, Science, and Letters」, 『Illinois Studies in Language and Literature』 23, 2-3 (1949): 155ff. 또한 Joachim Ehlers, 「Arca significat ecclesiam: ein theologisches Weltmodel aus der ersten Halfte des 12. Jahrhunderts」, in 『Jahrbuch des Institutes fur Fruhmittelalterforschung der Universitat Munster』, vol. 6 (1972), pp. 121-87도 보라.

50. G. A. Zinn, 「Hugh of St. Victor and the Ark of Noah: A New Look」, 『Church History』 40 (1971): 261-72. 후고는 '문자 자체'를 정식 연구 주제로 삼으려 한다. 그는 혼자서도 더 깊은 의미를 담을 수 있는 그런 사건들의 질서를 뽑아내고 시각화하기 위해 경전의 행들을 자구적으로 이해하려 한다. 후고는 "이 더 깊은 의미라는 꿀을 끌어내기 전에" 자구적 의미, 즉 "꿀을 담고 있는 벌집의 밀랍"을 철저히 이해하기를 고집한다. (p. 272). 읽는 사람의 마음속에 재건설된 노아의 방주는 이렇게 그에게 달콤한 기억이 담긴 벌집을 일깨운다.

51. 후고의 독창성은 정신 안에 이 방주를 정신적으로 구축한 다음, 정신의 집에 살듯이 그 안에서 살라고 읽는 사람에게 요구하는 데 있다. 12세기 전반에는 우주가 시간의 축으로서의 '거룩한 역사'로 표현될 수 있다는 생각이 아주 흔하다. Friedrich Ohly (「Die Kathedrale als Zeitraum: zum Dom

von Siena」, in Friedrich Ohly, 『Schriften zur mittelalterlichen Bedeutungsforschung』 [Darmstadt: Wissenschaftliche Buchgesellschaft, 1972], pp. 171-273)는 이런 관념이 시에나 성당의 건축과 장식에 어떻게 표현되고 있는지 아주 자세히 검토한다. 성당의 내부 건축, 세상의 시각적 표현, 교회 입구의 도상적 프로그램은 모두 신성한 역사의 시간 축을 물질화하려는 의도로 구축되었다.

중세의 지도 또한 비슷한 목적에 이용되었다. Anna Dorothea von den Brincken (「Mappa Mundi und Chronographie. Studien zur imago mundi des Mittelalters」, 『Deutsches Archiv fur Erforschung des Mittelalters』 24 (1968): 118-86, 특히 pp. 125-61)은 지도의 목적이 우주 역사의 과정과 역사적 공간의 전체성을 동시에 보여주는 것임을 드러낸다(den Ablauf der Weltgeschichte in Verbindung mit einer Beschreibung des ganzen historischen Raumes darzustellen).

12세기 아주 많은 교회에 있던 입구의 팀파눔(tympanum, 아치와 상인방 사이의 조각된 장식판)도 목적이 같았다. 예를 들어 Joseph Anton Endres, 『Das Jakobsportal in Regensburg und Honorius Augustodunensis. Ein Beitrag zur Ikonographie und Liturgiegeschichte des 12. Jahrhunderts』 (Kempten: Kosel, 1903)를 보라. 이런 입구는 호노리우스(Honorius Augustodunensis) — 12세기 초 대/소 우주의 일치를 가장 분명하게 밝힌 논문의 저자 — 의 이마고 문디(imago mundi, 세상의 모습. -옮긴이)를 돌로 바꾼 것이다.

52. 『DT』 Ⅵ, 2, p. 135.

53. 『DB』 Ⅵ, 2, p. 113. 『DT』, pp. 222-23, nn. 3 and 9.

54. Henri de Lubac, 「Hugues de Saint-Victor: les mamelles trop pressées」, in Henri de Lubac, 『Exégèse médièivale: les quatre

sens de l'écriture』, Vol. 1 (Paris: Aubier, 1961), pp. 301-17.

55. 『DT』 VI, 10, pp. 148-49. 후고는 이 문장을 Cicero, 『De oratore』 2. 9. 38에서 바로 가져왔다.

56. 『DT』 VI, 3, p. 136. Quorum scientia formae asini similis est. noli huismodi imitari (『DB』, p. 114).

57. 『DT』 VI, 3, pp. 135-36. Ut videlicet prius historiam discas et rerum gestarum veritatem, a principio repetens usque ad finem quid gestum sit, quando gestum sit, ubi gestum sit, et a quibus gestum sit, diligenter memoriae commendes …… neque ego te perfecte subtilem posse fieri puto in allegoria, nisi prius fundatus fueris in historia (『DB』, pp. 113-14).
Marie-Dominique Chenu, 「La Décadence de l'allégorisation. Un témoin, Gamier de Rochefort」, in 『L'Homme devant Dieu. Mélanges de Lubac』, Vol. 2 (Paris, 1964), pp. 129-36. 이렇게 성경의 역사를 문자 그대로 읽을 것을 고집하는 것은 시토 수도회 2세대의 많은 저자들의 특징이었던, 거칠 것 없는 도덕적 유추 경향과 모순된다.

58. 『De scripturis』, cap. 5; 『PL』 175, 14-15A.

59. 『DB』 VI, 4, p. 118: Solidus est cibus iste, et, nisi masticetur, transglutiri non potest. "그런 음식은 딱딱하여, 잘 씹지 않으면 삼킬 수 없다." (『DT』, P. 139).

60. 『De sacramentis』, I, prol., cap. 4; 『PL』 176, 185: Historia est rerum gestarum narratio, quae in prima significatione litterae continetur; allegoria est cum per id, quod factum dicitur, aliquid aliud factum sive in praeterito, sive in praesentia, sive in futuro significatur. Tropologia est, cum per id quod factum dicitur, aliquid faciendum esse significatur.

셋_수사의 읽기

1. 나투라(natura), 엑세르치티움(exercitium), 디스키플리나 세 가지인데, 그 상대적 중요성은 라틴의 교육 전통에서 논의되고 있다. 그 가운데도 Cicero, 『De oratore』, 1. 4. 14; Quintilian, 『Institutio oratoria』, Ⅲ, v. 1; Augustine, 『De civitate Dei』, 11. 25; Boethius, 『In topica Ciceronis commentaria』, VI, 『PL』 64, 1168C를 보라. 이 세 가지 가운데 나투라는 정신의 타고난 자질, 잉제니움(ingenium)을 가리킨다. 후고가 나투라라는 용어를 사용하는 방식에 관해서는 후고 자신의 나투라에 대한 장을 보라. 『DB』 I, 10과 『DT』, pp. 193-95의 주석. 후고는 더 일반적인 '기술', 즉 아르스라는 말 대신 디스키플리나라는 말을 사용하는데, 이 때문에 디다스칼리카에서 미래의 웅변가가 요구하는 읽기 기술로부터 수사가 추구하는 도덕적 우수성으로 초점이 이동한다는 점이 두드러져 보인다.
2. Mores cum scientia componant, "올바른 생활 방식을 공부와 결합해야 한다." 라틴어 모레스(mores)는 '도덕성'보다는 '습관'이나 '생활 방식'에 훨씬 가깝다.
3. 『DT』 Ⅲ, 6, p. 90. Tria sunt …… necessaria: natura, exercitium, disciplina. in natura consideratur ut facile audita percipiat et percepta firmiter retineat; in exercitio, ut labore et sedulitate naturalem sensum excolat; in disciplina, ut laudabiliter vivens mores cum seientia componat (『DB』, 57).
또 후고의 『De meditando seu meditandi artificio』; 『PL』 176, 993A-998A도 보라. 여기서는 명상에 관하여 일련의 간결한 논평을 하고 있다.
4. Cogitatio frequens cum consilio (『DT』, p. 92; 『DB』, p. 59).

나라면 "묵상은 의도적이고 지속적인 생각이다"로 옮길 것 같다. 콘실리움(consilium)이라는 말에 포함된 내적 안내의 의미는 현대적인 '계획'보다 '의도성'이라는 말에 가깝다. 후고는 성령의 선물에 관한 글에서 콘실리움을 덕의 개화로 다루고 있다. A. Gardeil, in 「Dons du Saint Esprit」(『Dictionnaire de théologie catholique』, vol. 4, cols 1728-81 [Paris: Letouzey, 1939])는 이 교의의 역사와 후고가 이런 진화에 기여한 바를 추적한다. 이런 일곱 가지 선물은 아리스토텔레스가 정의한, 그리고 거룩한 사람들에게 하느님이 거저 주는 선물로서 나타나는 타고난 덕의 '개화'로 생각되고 있다. 후고는 이 선물을 『De quinque septenis seu septenariis』(『PL』 175, 405A-414A); 『Summa sententiarum』, ch. 17 (『PL』 176, 114D-116D); 『De sacramentis』, bk. Ⅱ, pt. 13, chs. 1-6 (『PL』 176, 525A-531C)에서 다루고 있다. 로저 바론(Roger Baron)은 소품인 『De septem donis spiritus sancti』가 독립적인 작품이라고 주장하며 『Hugues de Saint- Victor. Six opuscules spirituels』 (Paris: Les Editions du Cerf, 1969), pp. 120-33에 프랑스어 번역과 함께 싣고 있다. 미뉴는 그것이 『De quinque』(410C-414A)의 마지막 장이라고 생각한다. 또 Marie-Thérèse d'Alverny, 「La Sagesse et ses sept filles. Recherches sur les allégories de la philosophie et des arts libéraux du Ⅸ° siècle」, in 『Mélanges F. Grat』, vol. 1 (Paris, 1946), pp. 245-78도 보라.

5. 『DT』 Ⅲ, 10, pp. 92-93. Meditatio principium sumit a lectione, nullis tamen stringitur regulis aut praeceptis lectionis. delectatur enim quodam aperto decurrere spatio, ubi liberam contemplandae veritati aciem affigat, et nunc has, nunc illas rerum causas perstringere, nunc autem profunda quaeque penetrare, nihil anceps, nihil obscurum relinquere. principium ergo doctrinae est

in lectione, consummatio in meditatione (『DB』, p. 59).

6. 『DT』 Ⅲ, 10, p. 93. Quam si quis familiarius amare didicerit eique saepius vacare voluerit, iucundam valde reddit vitam, et maximam in tribulatione praestat consolationem (『DB』, p. 59).

7. 『DB』 Ⅲ, 14, p. 64: Studium quaerendi ad exercitium pertinet.

8. 같은 책: In quo [studio] exhortatione magis quam doctrina lector indiget.

9. 같은 책, p. 65: Sola Abisac Sunamitis senem David calefecit quia amor sapientiae etiam marcescente corpore dilectorem suum non deserit.

10. 『DB』 Ⅵ, 3, p. 115: Omnia disce, videbis postea nihil esse superfluum. coarctata scientia iucunda non est. 이 대목 전체를 보면 다음과 같다(테일러의 번역과 함께): Sicut in virtutibus, ita in scientiis quidam gradus sunt. sed dicis: 'multa invenio in historiis, quae nullius videntur esse utilitatis, quare in huiusmodi occupabor?' bene dicis. multa siquidem sunt in scripturis, quae in se considerata nihil expetendum habere videntur, quae tamen si aliis quibus cohaerent comparaveris, et in toto suo trutinare coeperis, necessaria pariter et competentia esse videbis. alia propter se scienda sunt, alia autem, quamvis propter se non videantur nostro labore digna, quia tamen sine ipsis ilia enucleate sciri non possunt, nullatenus debent negligenter praeteriri. omnia disce, videbis postea nihil esse superfluum. coartata scientia iucunda non est. "덕의 경우와 마찬가지로 학문에도 단계가 있다. 하지만, 알다시피 나는 아무 쓸모 없어 보이는 역사에서 많은 것을 발견한다. 왜 내가 이런 종류의 일로 계속 바빠야 하나? 말 잘했다. 경전에는 그 자체로 보자면 찾아볼 가치가 전혀 없는 것처럼 보이지만, 그것과 결합되어 있는 다

른 것들에 비추어 보면, 또 전체적인 맥락에서 평가하기 시작하면, 들어맞을 뿐 아니라 필수적임을 알게 되는 것들이 사실 많다. 어떤 것들은 그 자체를 위해 알아야 하지만, 어떤 것들은 그 자체로는 애쓸 가치가 없어 보여도 이것이 없으면 방금 말한 것들을 완전하게 알 수가 없기 때문에 절대 부주의하게 빠뜨리면 안 된다. 모든 것을 배워라. 나중에 가면 어떤 것도 불필요하지 않다는 것을 알게 될 것이다. 빈약한 지식은 기분 좋은 것이 아니다." (『DT』, p. 137).

11. "Oh that I had wings like a dove! For then I would flyaway, and be at rest." (King James Version) "만일 내게 비둘기같이 날개가 있다면 날아가서 편히 쉬리로다"(한글 번역은 개역성서.-옮긴이).

12. 인용에 대해서는 Joseph Balogh, 「Voces Paginarum」, 『Philologus』 82 (1926-27): 84-109, 202-40을 보라.

13. 또는 W. McCulloch, 『Embodiments of Mind』 (Cambridge: MIT Press, 1965), pp. 387-98에서 주장하듯이 자신의 뇌를 '잉크가 묘사할 수도 있는' 어떤 상태로 생각하기도 한다.

14. Giles Constable, 「Monachisme et pèlerinage du moyen âge」 『Revue historique』 101 (1977): 3-27.

15. Ore sine requie sacra verba ruminans (Peter the Venerable, 『De Miraculis』 Ⅰ, 20; 『PL』 189, 887A)

16. In morem apis. psalmos tacito murmure continuo revolvens (『Vita Joannis abbatis Gorziensis』; 『PL』 137, 280D).

17. 그는 계속해서 말한다. "모호한 대목이면 그것은 음식이다. 공부를 통해 부수고 씹어서 양분을 얻는다. 분명한 대목이면 그것은 음료다. 읽는 순간 흡수한다." Scriptura enim sacra aliquando nobis est cibus, aliquando potus. Cibus est in locis obscurioribus, quia quasi exponendo frangitur, et manden

do glutitur. Potus vero est in locis apertioribus, quia ita sorbetur sicut invenitur. Book 1, no. 29, Gregory the Great, 『Morales sur Job』, First part, bks. 1 and 2. Intro. by Robert Gillet, O.S.B. (Paris: Editions du Cerf, 1975), p. 208.

18. Mel quippe invenire est sancti intellectus dulcedinem degustare. Ch. 5, bk. 16, 『In expositionem beati Job moralia』; 『PL』 75, 1124C.

19. Huic voci Dei tui, dulcior; super mel et favum, si praeparas aurem interiorem …… vacante interno sensu …… 「Epistola 107 ad Thomam Praepositum de Beverla」, 『PL』 182, 248C. C. Gindele (「Bienen-, Waben- und Honigvergleiche in der fruhen monastischen Literatur」, 『Review of Benedictine Studies』 6-7 (1977-78): 1-26 [1981년 판])은 초기 기독교 이래 오랜 은자의 집으로부터 수사들의 새로운 공동체가 나타날 때마다 양봉의 언어에서 가져온 영적 경험의 은유가 나타난다는 점에 주목한다.

고대에 꿀은 벌이 모으는 천상의 이슬과 같다고 생각했다. 설탕은 거의 알려져 있지 않았으며, 꿀이 가장 강렬한 달콤함을 제공했고, 사과가 그다음이었다. 달콤함의 반대는 지옥과 쓸개즙의 쓴맛이다. W. Armknecht, 『Geschichte des Wortes 'suß'; bis zum Ausgang des Mittelalters』, Germanische Studien 171 (Berlin: Ebering, 1936).

20. Tota hac nocte concaluit cor meum intra me, et in meditatione mea exarsit ignis. 「Sermo in festo omnium sanctorum」, 『Sermones』; 『PL』, 183, 454C.

21. Legite eam, quia omni melle dulcior, omni pane suavior, omni vino hilarior invenitur. 「Sermo 38」, 『Sermones ad fratres in eremo commorantes』; 『PL』 40, 1304. 또 『Chronicon

Centulense』 Ⅳ 10 (『PL』 174, 1319B)와 Ⅳ 26도 비교하라: Divini verbi favos sibi congerebat "그는 직접 '거룩한 말씀'의 벌집을 한데 모았다." (같은 곳, 1346). '달콤함'은 일차적으로 혀, 귀, 심지어 손에 느껴지는 기분 좋은 경험을 가리킨다. 첫 천 년 동안 기독교 저자들 사이에서 이 말은 '말씀'의 맛에 사용된다. 중세 후기에 가서야 어떤 음식의 내적 품질로 의미가 이동한다. 이제 꿀은 '하느님의 말씀'만큼 달콤하지는 않지만, 거의 설탕만큼 달콤하다. Friedrich Ohly, 「Geistige Suße bei Otfried」, in Friedrich Ohiy, 『Schriften zur mittelalterlichen Bedeutungsforschung』 (Darmstadt: Wissenschaftliche Buchgesellschaft, 1977), pp. 93-127, esp. pp. 98-99; J. Ziegler, 『Dulcedo Dei. Ein Beitrage zur Theologie der griechischen und lateinischen Bibel』, Alttestamentliche Abhandlungen 13, 2 (Munster: Aschendorfsche Verlagsbuchhandlung, 1937); W. Armknecht, 『Geschichte des Wortes』 "suß."

22. Vos estote animalia munda et ruminantia, ut fiat sicut scriptum est; Thesaurus desiderabilis requiescit in ore sapientis. 「Sermo in festo omnium sanctorum」, 『Sermones』; 『PL』 183, 455C. 되새김질을 하는 짐승들은 '깨끗하다'고 믿었다. 묵상하는 수사를 풀을 뜯는 암소, 양, 염소에 비하는 것은 늘 변함없는 모티프로 남아 있다. Jean Leclercq (『L'Amour des lettres et le désir de Dieu: initiation aux auteurs monastiques du moyen âge』 [Paris: Cerf, 1957]; 『The Love of Learning and the Desire for God』 [New York: Fordham Univ. Press, 1982]로 번역되어 있다)는 12세기 필사본인 저자 불명의 『마리아론Mariale』(마리아에 대한 성서. -옮긴이)을 인용한다, Paris B.N. lat. 2594 f. 58v: Monachus in claustro iumentum est Samaritani in stabulo: huic foenum apponitur in praesepie dum assidue ruminando imitatur memoria Jesu Christi. "수도원의 수사는 마구간에 있는 사마리아인의 짐승과 같다. 마구간에 있는 짐승에게는 건초를 준다. 마찬가지로 수사도 예수 그리스도의 기억을 열심히 씹어 양분을 얻는다." 하우세르(Irénée Hausherr)는 같은 맥락에서 한 그리스 수사를 인용한다. "어떤 노인이 말했다. 목자는 양 떼에게 먹기 좋은 꼴을 주지만, 양 떼는 눈에 띄는 잡초도 많이 먹는다. 그러다 목이 따가운 쐐기풀을 삼키게 되면 쐐기풀의 쓴맛이 사라질 때까지 새김질을 할(anamerychatai) 풀을 찾는다. 마찬가지로 경전에 대한 묵상은 악마의 공격에 대항하는 사람들에게 좋은 치료법이다." (『The Name of Jesus』 [Kalamazoo: Cistercian Publications, 1978], p. 176).

23. Suaviter rumino ista, et replentur viscera mea, et interiora mea saginantur, et omnia ossa mea germinant laudem. 「Sermo 16」, 『Sermones in Cantica Canticorum』; 『PL』 183, 849C.

24. 12세기 동안 읽기에 수반되는 영적 경험의 신체적 반영에 점점 주의를 기울이게 되었다. 카를 라너(Karl Rahner)의 「La Début d'une doctrine des cinq sens spirituels, chez Origène」, 『Revue d'ascétique et de mystique』 13 (1932): 113-45는 이런 교의의 뿌리를 다룬다. 그의 「La doctrine des sens spirituels au moyen âge, en particulier chez Saint Bonaventure」, 『Revue d'ascétique et de mystique』 13 (1932): 263-99는 훗날의 인식과 설명을 검토한다.

25. 맛과 냄새는 분명하게 구별하지 않았으며, 애정을 갖고 생각하거나 묵상적 읽기를 하는 동안 느끼는 감정을 묘사하기 위해 훨씬 더 생생하게 표현되었다. 냄새나 향기에 사용될 수 있는 어휘는 현대 유럽어보다 중세의 토착

어에 훨씬 풍부했다. Artur Kutzelnigg, 「Die Verarmung des Geruchswortschatzes seit dem Mittelalter」, 『Muttersprache』 94 (1983-84): 328-46.

26. Pliny 17. 169. A. Ernout and A. Meillet, 『Dictionnaire etymologique de la langue latine: histoire des mots』 (Paris: Librarie C. Klincksieck, 1932), 『pagina and pagus』; Pliny, 『Natural History』, vol: 5, H. Rackham 역(Cambridge: Harvard University Press, 1971), p. 116. 래컴(Rackham)은 여기서 파지나가 포도 시렁에 싸인 사각형 안에 함께 놓인 네 줄의 포도를 가리키는 용어로 사용된다고 설명한다.

27. 수사의 읽기에 대해 가장 읽기 쉬우면서도 밀도 높게 묘사한 책은 여전히 Jean Leclerq, 『Love of Learning』, especially 「Lectio and Meditatio」, pp. 15-17인데, 여기에 이 두 일화와 출처가 나온다.

28. 『Dictionnaire étymologique』, s.v. lego, legere. 「To love」, 디리제레(di-ligere)는 같은 어근에서 왔다. Ạ 'di' et 'lego,' quasi sit eligere aliquem e multis …… "'di'와 'lego'에서 왔는데, 마치 많은 사람 중 누군가를 골라내는 듯하다." (Aegidio Forcellini, 『Lexicon totius latinitatis』, orig pub. 1864-1926; repr. Bologna, 1965). Isidore of Seville은 말한다. "어떤 사람들은 'to love'는 우리에게 자연스럽게 다가오는 반면 'to be affectionate'[diligere]는 오직 선택에서 온다고 말했다." Alii dixerunt amare nobis naturaliter insitum, diligere vera electione (『Differentiarum sive de proprietate sermonum』, 1. 17; 『PL』 83, 12A-B).

29. 베르길리우스와 키케로는 이러한 관련을 강조한다. 『Dictionnaire étymologique』.

30. 마테르(mater)에서 나왔으며, 이는 나무의 주요 부분으로,

건축 자재의 뜻으로 사용되었다.

31. F. Kluge, 『Etymologisches Worterbuch der deutschen Sprache』 18판 (Berlin: De Gruyter, 1960). 문자에 해당하는 독일어는 Buchstab(e). Stab = rod, twig: the vertical trace of the rune이다. 룬 문자가 나무판이나 돌판이 아니라 양피지에 기록되면서, 문자를 조립해서 만들 수 있는 단어가 등장했다. 읽는다는 뜻의 독일어 단어 'lesen'은 모은다, 고른다, 들어 올린다는 뜻의 'lesan'에서 왔다. 'Buchstaben lesen'은 룬 문자로 덮인 막대를 모은다는 뜻을 담고 있으며, 이는 점을 치는 행동과 연결된다.

32. B.Calati, 「La lectio divina nella tradizione monastica benedettina」, 『Benedictina』 28 (1981): 407-38은 좋은 안내가 된다. 또 A. Wathen, 「Monastic Lectio: Some Clues from Terminology」, 『Monastic Studies』 12 (1976): 207-16; P. C. Spahr, 「Die lectio divina bei den alten Cicterciensern. Eine Grundlage des cisterciensischen Geisteslebens」, 『Analecta Cisterciensia』 34 (1978): 27-39; M. Van Aasche, 「Divinae vacari lectioni」, 『Sacris Erudiri』 1 (1948): 13-14도 참조하라.

33. 현대 독자가 일, 노동, 노고 같은 표현에 주어지는 의미를 포착하기 어렵다는 점에 관해서는 Ivan Illich, 『Shadow Work』 (London: Boyars, 1981), Bibliographic Note, pp. 122-52를 보라.

34. 그리스와 러시아 교회에서는 말과 호흡이 결합하여 중얼거리는 기도를 이루고, 이것은 오늘날까지도 '평생에 걸친 순례'의 방식으로 인정되고 존중받는다. Hausherr, 『The Name of Jesus』, 그리스 수사들의 전통에서의 중얼거림에 관해서는 특히 p. 174를 보라.

35. Leclercq, 『Love of Learning』에 이런 생활 방식과 그 진화의 이야기가 나오고 또 자세히 설명되어 있다.

36. George Steinet, 「Our Homeland the Text」, 『Salmagundi』 66 (1985): 4-25.

37. B. Gerhardson, 『Memory and Manuscript: Oral Tradition and Written Transmission in Rabbinic Judaism and Early Christianity』 (Uppsala: Gleerup, 1961).

38. Steiner, 「Homeland」, p. 12.

39. 그는 'Corporage'라는 용어를 사용한다: 『La Manducation de la parole』 (Paris: Gallimard, 1975).

40. Marcel Jousse, 『L'Anthropologie du geste』 (Paris: Gallimard, 1974). 주스는 베이루트(Beirut)에 배치된 프랑스인 예수회 수사로서, 평생 셈족 속담의 체현을 연구했다. 그는 우선 움직임과 기억의 관련을 탐사했고(「Le Style oral rythmique et mnémotechnique chez les verbo-moteurs」, 『Archives de Philosophie』 2 (1924): 1-240) 그런 다음 목소리의 리듬에 상응하는 이런 움직임의 비대칭적이고, 상호적인 성격을 연구했다(「Le Bilatéralisme humain et l'anthropologie du langage」, 『Revue anthropologique』, Aug.-Sept. 1940, pp. 1-30). 1920년대 후반 젊은 밀먼 패리(Milman Parry)는 그의 영향을 받고 구전성에 관한 이론을 개척해나갔다.

41. 『DT』 Ⅲ, 10, p. 93. 앞의 '주 6'을 보라.

42. 현대 영어와 마찬가지로 고전 라틴어에도 '자유, 면제, 면역'이라는 뜻을 가진 명사 바카티오(vacatio)가 있었다(『Oxford Latin Dictionary』). 후고가 사용한 것은 이 명사가 아니라 이에 상응하는 동사다.

43. Rufinus, 『Historia Monachorum』 1; 『PL』 21, 391B.

44. Seneca, 『Ad Serenum de otio (Dialogi 8)』, 7. 1: Praeterea tria genera sunt vitae …… unum voluptati vacat, alterum contemplationi, tertium actioni.

45. Postremo …… de otio meo modo gaudeo; quod a superfluarum cupiditatum vinculis evolavi …… quod quaero intentissimus veritatem. "마침내 …… 이제 나는 나의 자유 시간을 즐긴다; 나는 불필요한 욕망의 속박에서 벗어났으며 …… 나는 오로지 진실을 찾는다 ……." 『Contra academicos』, Bk. 2, ch. 3; 『Oeuvres de Saint Augustin』 vol. 4, R. Jolivet, ed. and trans. (Paris: Desclée de Brouwer, 1948), p. 66

46. Deificari …… in otio. St. Augustine, 「Letter 10」. Georges Folliet, 「『Deificari in otio』 Augustin, Epistola X, 2」, in 『Recherches augustiniennes』, vol. 2, Georges Folliet 편(Paris: Etudes augustiniennes, 1962), pp. 225-36을 보라. St. Augustine, 『Letters』, vol. 1, Sister Wilfred Parsons, S.N.D. 역 (Washington: Catholic University of America Press, 1951), pp. 23-25를 보라.

47. Sic ergo, dilectissimi, diligite otium, ut vos ab omni terrena delectatione refrenetis et memineritis nullum locum esse, ubi non possit laqueos tendere. Letter 48, to Eudoxius, 『Epistolae Sancti Augustini』, Al. Goldbacher 편, vol. 34 (Prague: Bibliopola academiae litterarum caesareae vindobonensis, 1895), pp. 137-40.

48. Otium meum non impenditur nutriendae desidiae, sed percipiendae sapientiae …… ego requiesco a negotiosis actibus, et animus meus divinis se intendit affectibus. 「Tractus 57」, 『Tractatus in Johannis evangelium』; 『PL』 35, 1791.

49. 『DT』 Ⅲ, 10, p. 93. Ea enim maxime est, quae animam terrenorum actuum strepitu segregat, et in hac vita etiam aeternae quietis dulcedinem quodammodo praegustare facit (『DB』, p. 59).

50. 합리적인 세계는 늘 무엇보다도 이스토리아의 세계다: "후고가 글에서 보여주는 역사의 의미는 12세기 사회의 특정

한 집단, 즉 수사와 수사 신부의 특징을 지녔다. 역사는 자유 학문 안에 그 자리가 없었고, 따라서 훗날의 대학 교과과정에도 포함되지 않았다. …… 학교 교사는 역사적 틀을 갖춘 렉티오 디비나의 통합적 성경 읽기 관행에서 멀어져 체계적이고 객관적인 방식으로 신학적 주제들을 포괄하는 쿠에스티오네스(quaestiones) 묶음을 중심으로 삼는 프로그램으로 옮겨가는 경향이 있었다. …… 아벨라르는 ……역사적 경제의 모든 개념과 단호히 결별하고 디비니타스(divinitas)로 나아갔다. …… 논리적 일관성을 유지하기 위해서는 여러 시대에 걸친 신앙의 진술이 변함없어야 했는데, 이것은 후고가 받아들이던 입장과 반대되는 것이었다. …… 변증가에게 동사의 시제는 필수적이 아니라 부수적인 것이었다." (G. A. Zinn, Jr., 「Historia fundamentum est: The Role of History in the Contemplative Life According to Hugh of St. Victor」, in 『Contemporary Reflections on the Medieval Christian Tradition. Essays in Honor of Ray C. Petry』, ed. by G. H. Shriver [Durham, N.C.: Duke University Press, 1974]), pp. 135-58.

51. 『DT』 Ⅲ, 10, p. 93. Cumque iam per ea quae facta sunt eum qui fecit omnia qllaerere didicerit et intelligere, tunc animum pariter et scientia erudit et laetitia perfundit, unde fit ut maximum in meditatione sit oblectamentum (『DB』, pp. 59-60).

52. Jean Leclercq, 「Les Caractères traditioneles de la lectio divina」, in 『La Liturgie et les paradoxes chréitiens』 (Paris, 1963), pp. 243-57; Jacques Rousse and Herman Joseph Sieben, 「Lectio divina et lecture spirituelle」 in 『Dictionnaire de spiritualité』, vol. 9, cols. 470-84 (Paris: Beauchesne, 1975). 이 글의 첫 부분은 명시적으로 내가 여기서 묘사하고 있는 변화를 다룬다. 중세 성기 시토회 수도원에 베네딕트회 전통이 들어온 것에 대해서

는 P. C. Spahr, 「Die lectio divina bei den alten Cisterciensern. Eine Grundlage des cisterciensischen Geisteslebens」, 『Analecta Cisterciensia』 34 (1978): 27-39를 보라. 그 이전의 역사에 대해서는 U. Berlière, 「Lectio divina」, in 『L'Ascèse bénédictine des origines à la fin du 12e siècle』, Collection Pax (Maredsous, 1927)를 보라.

53. 다음 문장을 예로 들 수 있다. 『De arca Noe morali』, Ⅳ, 6; 『PL』 176, 672C: Reprobidum temporalibus inhiant, cognitionem aeternorum perdunt. Electi autem, dum temporalia Dei beneficia recolunt, ad agnitionem aeternorum proficiunt. "타락한 사람은 일시적인 것들을 좇아 숨을 헐떡이지만 영원한 것에 대한 인식을 잃어버린다. 하지만 선택받은 자들은 하느님의 일시적인 혜택을 깊이 생각하여 영원한 것들에 대한 지식으로 나아간다." (『Hugh of St. Victor, Selected Spiritual Writings』 a Religious of C.S.M.V. 역 [New York: Harper and Row, 1962], p. 138).

54. 후자의 경우 페이지는 '대상' — 독일어로는 게겐슈탄트(Gegen-stand) — 이 되며 그 내용은 제재가 된다. L. Dewan, 「Obiectum. Notes on the Invention of a Word」, 『Archives d' histoire doctrinale et littéraire de moyen âge』 48 (1981): 37-96은 1220년 경 오비엑툼(obiectum, 능력을 발휘하게 하는 대상. -옮긴이)이라는 말이 사용된 단계를 살핀다.

넷_라틴어 '렉티오'

1. Jan Pinborg, 『Die Entwicklung der Sprachtheorie im Mittelalter』, Beitrage zur Geschiehte der Philosphie und Theologie des Mittelalters vol. 42, fasc. 2 (Münster:

Aschendorfsche Verlagsbuchhandlung, 1979), pp. 58-59. Jan Pinborg, 『Medieval Semantics. Selected Studies on Medieval Logic and Grammar』, Collected Studies Series 195, ed. Sten Ebbesen (London: Variorum Reprints, 1984)도 참조하라.

2. Karl Heisig, 「Muttersprache: Ein romanistischer Beitrag zur Genesis eines deutschen Wortes und zur Entstehung der deutsch-französischen Sprachgrenze」, 『Muttersprache』 22 (1954): 144-74. 로마인들은 어떤 사람의 출신을 드러내는 파트리우스 세르모(patrius sermo), 즉 아버지의 방언을 알고 있었다. 모성과 말이 처음 묶인 것은 9세기 말 라인 강 상류를 따라 고르츠(Gorz)의 수도원과 이웃한 수도원들 사이에 영토 분쟁이 생겼을 때였다. '모어'라는 표현은 12세기 문서에서는 거의 사용되지 않으며, 늘 링과, 즉 라틴어와 구분되는 말의 형식, 즉 세르모를 나타낸다.

3. Franz H. Bauml, 「Der Ubergang mundlicher zur artesbestimmten Literatur des Mittelalters. Gedanken und Bedenken」, in 『Fachliteratur des Mittelalters. Festschrift Gerhard Eis』 (Stuttgart, 1968), pp. 1-10; Franz H. Bauml and Edda Spielmann, 「From Illiteracy to Literacy: Prologomena to a Study of the Nibelungenlied」, in 『Oral Literature; Seven Essays』, Joseph J. Duggan 편(London: Scottish Academic Press, 1975), pp. 62-73.

4. 중세에 대중의 미사 참여의 역사를 간결하게 다룬 책으로는 A. Franz, 『Die Messe im deutschen Mittelalter. Beitrage zur Geschichte der Liturgie und des religiosen Volkslebens』 (Freiburg, Br.: Herder, 1902)를 들 수 있다.

5. 시토 수도회에서는 묵언이 엄격하게 강제되어 복잡한 수화가 만들어졌다. Robert Z. Barakat, 『The Cistercian

Sign Language: A Study in Non-Verbal Communications』, Cistercian Studies Series No. 11(Kalamazoo, Michigan: Cistercian Publications, 1975)를 보라.

6. 수도원에서 보내는 시간들의 역사에 관한 입문서로는 Josef A. Jungmann, 『Christian Prayer through the Centuries』(New York: Paulist Press, 1978)를 보라. 더 오래된 풍부한 문헌에 관한 소개로는 Henry Leciercq, 「Bréviaire」, in 『Dictionnaire d'archéologie chrétienne et de Liturgie』, vol. 2, cols. 1262-1316 (Paris: Letouzey, 1925)을 보라.

7. P. Riché, 「La Vie quotidiènne dans les écoles monastiques d'après les colloques scolaires」, in 『Sous la règle de Saint Benoit』, Hautes études médiévales et modernes 47 (Geneva, 1981), pp. 417-26.

8. 라틴어 교회 노래의 역사에 대한 일반적 소개로는 Willi Apel, 『Gregorian Chant』(Champaign: University of Illinois Press, 1958)를 보라. 그 음악학적 고고학에 대한 소개로는 Henry Leciercq, 「Chant romaine et grégorien」, in 『Dictionnaire d'archéologie chrétienne et de Liturgie』, vol. 3, cols. 256-311 (Paris: Letouzey, 1913)을 보라. 이를 보완하려면 A. Gatard, 「Chant Grégorien du 9e au 12e siècle」, in 『Dictionnaire d'archéologie chrétienne et de liturgie』, vol. 2, col. 311-21 (Paris: Letouzey, 1913)을 보라.

9. 용어에 관해서는 George Grove, 『A Dictionary of Music and Musicians』(New York: Macmillan, 1880), 특히 vol. 2, pp. 760-69를 보라.

10. 같은 책, vol. 1, p. 17.

11. C. Gindele, 「Die Strukturen der Nokturnen in den lateinischen Monchsregeln vor und um St. Benedikt」, 『Revue bénéedictine』

64 (1954): 9-27.

12. Lucas Jocqué, and Ludovicus Milis 편, 『Liber ordinis Sancti Victoris Parisiensis』, Corpus Christianorum: Continuatio Medievalis 41 (Turnhout: Brepols, 1984), pp. 136-38.

13. Potest tamen frater, quo circuit, facto modesto signo, infirmos, si dormierint, excitare (같은 책, pp. 138-40).

14. F. Gasparri 편, 「L'Enseignement de l'écriture à la fin du moyen âge: à propos du Tractus in omnem modum scribendi, ms 76 de l'abbaye de Kremsmunster」, 『Scrinium』 3 (1979): 243-65, table 3.

15. 중국 전통에서 서예를 공부하는 학생은 표의문자를 암기하지만 언어를 배우려 하지는 않는다. 산스크리트를 기록하기 위해 만든 음절 체계인 데바나가리(Devanagari)의 기초를 배우는 학생은 전통적으로 자신의 발화 기관이 다양한 소리와 산디(sandhi, 合字)를 만들어내는 방식에 관심을 집중할 것을 요구받는다. 셈족 언어인 히브리어와 아랍어를 배우는 학생은 수도원 학생의 경험에 다가간다. 그러나 물론 억양, 모음 소리를 나타내는 기호를 따라 그리거나 관조하지는 않는다.

16. Carlo Battisti, 「Secoli illetterati. Appunti sulla crisi del latino prima della riforma carolingia」, 『Studi Medievali』 (1960): 369-96. E. Pulgram, 「Spoken and Written Latin」, 『Language』 26 (1950): 458-66에 따르면 천 년 이후 라틴어를 발음하는 방식은 라틴어 철자법에 아무런 영향을 주지 못하게 되었다. 또 Roger Wright, 「Speaking, Reading and Writing Late Latin and Early Romance」, 『Neophilologus』 60 (1976): 178-89도 참조하라.

17. 저자와 나눈 대화에서.

18. Ivan Illich, 『Shadow Work』 (London: Boyars, 1981). 특히 1492년에 출간된 구어 유럽어의 첫 문법을 다룬 네브리하(E. A.

de Nebrija)의 『Gramdtica Castellana』 2장과 3장을 보라.

다섯_학자의 읽기

1. Joseph de Ghellinck, 「La Table des matières de la première édition des oeuvres de Hughes de St.-Victor」, 『Recherches des sciences religieuse』 1 (1910): 270-96. 인시피트에 의한 『디다스칼리콘』 첫 언급.
2. R. Goy, 『Die Uberlieferung der Werke Hugos von Sankt Viktor. Ein Beitrag zur Kommunikationsgeschichte des Mittelalters』, Monographien zur Geschichte des Mittelalters 14 (Stuttgart, 1976). 후고의 필사본 전체에 대한 주요한 연구.
3. 여전히 즐거운 마음으로 읽을 수 있는 글인 Charles H. Haskins, 「The Life of Medieval Students Illustrated by Their Letters」, 『The American Historical Review』 3 (1897-98): 203-29.
4. Multi sunt quos ipsa adeo natura ingenio destitutos reliquit (DB, p. 1).
5. Licet suam hebetudinem non ignorent (『DB』, p. 1).
6. Studio insistentes (『DB』, p. 1).
7. 『DT』, preface, p. 43.
8. 서문을 여는 문장은 저자가 자기 책을 변호하는 것처럼 들리는데, 그것을 촉발한 것은 코르니피치우스(Cornificius)파라고 부르는 이상하고 — 거의 알려지지 않은 — 학문 파벌인 듯하다. 그들은 공부-수행은 능력이 없는 사람들에게는 쓸모가 없고, 능력이 있는 사람들에게는 불필요하다고 주장했다. Daniel McGarry, 『The Metalogicon of John of Salisbury』 (Berkeley: University of California Press, 1955), pp. 9-33을 보라.

9. 『DT』, preface, p. 43. 『DB』, praefatio, p. 1: nescire siquidem infirmitatis est, scientiam vera detestari, pravae voluntatis.

10. 『DB』, praefatio, p. 1: non eadem tamen omnibus virtus aut voluntas est per exercitia et doctrinam naturalem sensum excolendi. 『DT』, preface, p. 43. 엑세르치티움(exercitium), 엑세르치티아(exercitia)의 의미에 대해서는 Jean Leclercq, 「Exercices spirituels; antiquité et haut moyen âge」, in 『Dictionnaire de spiritualité』, vol. 4, cols. 1903-8 (Paris: Beauchesne, 1960)을 보라.

11. 네고치아: 네그-오티움(neg-otium)은 자유 시간, 즉 오티움의 부정이다. 이런 맥락에서 이것은 자유 시간에 참여하는(vacat) 수사의 생활 방식과는 반대되는 생활 방식을 선택하는 것이다.

12. Mt. 25. 18.

13. 『DT』, preface, p. 43.

14. 『DB』, praefatio, p. 1.

15. 첸수스(Census), 생계.

16. 『DT』, preface, pp. 43-44.

17. 『DT』, preface, p. 44.

18. 약 20페이지 분량의 이 짧지만 상세한 글(『PL』 176, 925A-952B)은 수련 수사들이 여러 장소에서 해야 할 일, 입고 행동하고 말하고 공부하고 먹는 방법을 다룬다.

19. 『PL』 176, 928A. 성 빅토르 수도원의 역사에 관해서는 다음을 보라. Fourier Bonnard, 『Histoire de I'Abbaye royale et de l'ordre des Chanoines Réguliers de St. Victor de Paris. Première période 1013-1500』 (Paris: Savaète, 1907). 교육에 대한 새로운 접근법 안에서 후고의 『디다스칼리콘』이 갖는 의미에 관해서는 Jean Chatillon, 「Le 『Didascalicon』 de Hugues de Saint-

Victor」, in 『La Pensée encyclopédique au moyen âge』 (Neuchatel: Baconniere, 1966), pp. 63-76을 보라.

20. 『De institutione』, prologue; 『PL』 176, 925-26. Aelred of Rievaulx, 『Speculum charitatis』, bk. 1, chs. 3-5; 『PL』 195, 507C-510B. 또 Aelred of Rievaulx, 『Opera omnia』, vol. 1, 『Opera ascetica』, A. Hoste, O.S.B., and C. H. Talbot 편 (Turnhout: Brepols, 1971): 『De speculo caritatis』, bk. 1, ch. 1 (pp. 13-14); 『De anima』, bk. 3, nos. 28-29, (p. 743); no. 44 (p. 751); nos. 50-51 (p. 754).
'닮지 않음의 영역'으로부터 읽는 사람 내부에 존재하는 하느님의 이미지, 그리고 닮은 면을 회복하는 단계로 나아가는 길에 관해서는 성 빅토르의 학교에 대한 Robert Javelet, 『Image et ressemblance au 12e siècle de St. Anselm à Allain de Lille』 (2 vols.; Paris: Letouzay, 1967), vol. 1, pp. 266-69, and notes, vol. 2, pp. 288 이하를 보라.

21. '가르치다'라고 번역되는 도체레(docere)는 교회 라틴어에 들어오면서 무엇보다도 '설교하다'라는 뜻을 갖게 되었다. 교사가 학생 역할을 맡은 누군가를 훈육하는 활동에는 인스트뤠레(instruere, 훈육하다), 그리고 이따금씩 인스티퉤레(instituere, 질서를 잡다)라는 말이 사용되었다. 후고는 두 표현을 다 사용하지만, 성직자의 임무는 에디피카레(edificare, 교화하다)라고 강조한다.

22. Caroline Walker Bynum, 『Docere verbo et exemplo: An Aspect of Twelfth-Century Spirituality』, Harvard Theological Studies 31 (Missoula: Scholar Press, 1979). 또 Caroline Walker Bynum, 「The Spirituality of Regular Canons in the Twelfth Century: A New Approach」, 『Medievalia et Humanistica』, n.s. 11 (1973): 3-24를 보라. 수사 신부와 수사의 핵심적 차이는 수사 신부

가 설교할 권리나 의무를 요구하는 것도 아니고, 그들이 『수련 수사 제도에 관하여』에 실린 설교에 대해 더 자주 논의하는 것도 아니다. 바로 그들이 에두카레 베르보 엑셈플로(educare verbo et exemplo, 교육적 말과 모범. -옮긴이)를 그들의 삶의 핵심적 구성 요소라고 주장한다는 점이다. Marie-Dominique Chenu, 「Moines, clercs et laics au carrefour de la vie évangélique」, 『Revue d'histoire ecciésiastique』 49 (1954): 59-80; E. W. McDonnell, 「The Vita Apostolica: Diversity or Dissent」, 『Church History』 24 (1955): 15-31; Zoltan Alszegy, 「Die Theologie des Wortes bei den mittelalterlichen Theologen」, 『Theologie und Predigt』, 1958: 233-57을 보라.

23. 『DT』, preface, p. 45. Deinde docet qualiter legere debeat sacram scripturam is qui in ea correctionem morum suorum et formam vivendi querit (『DB』, p. 3).
24. Marie-Dominique Chenu, 「Civilisation urbaine et théologie. L'École de Saint-Victor au XIIe siècle」, 『Annales: économies, sociétés, civilisations』 29(1974): 1253-63을 보라.
25. '베네딕트회 규칙'의 용어 연구는 에두카레(educare, 교육하다)가 교사의 임무가 아니라, 레제레(regere, 안내하다), 세르비레(servire, 봉사하다), 인스트뤠레가 임무임을 보여준다. B. Jaspert, 「La tradizione litteraria dei termini audire, aedificare, memorare, vacare」, 『Review of Benedictine Studies』 6-7 (1977-78)을 보라.
26. Henri-Irénée Marrou, 『Saint Augustin et la fin de la culture antique』, 4판. (Paris: Boccard, 1958).
27. Melchoire Verheijen 편, 『Praeceptum』, 2 vols. (Paris: 1967), I, 115-19, 423, 426-28.
28. Walker Bynum, 「The Spirituality of Regular Canons in the

Twelfth Century」, p. 15에 인용된 대로.

29. Anselm of Havelberg, 「Epistola Apologetica」 (『PL』 188, 1229A): 수사 신부는 "일반적으로 거친 사람들이 찾아오는데, 선택을 받고 받아들여지며, 사랑을 받고 명예를 얻는다." 또 G. Severino, 「La discussione degli ordines di Anselmo de Havelberg」, 『Bolletino dell' Istituto Storico ltaliano per il Medioevo e Archivo Muratoriano』 78 (1967): 75-122를 보라.

30. 베네딕트회 수도원들은 이따금씩 수사가 될 생각이 없는 학생들을 받아들였다. 수사 신부들이 먼저 수도원 안에 그런 학생들을 위한 학교를 열었다. R. Grégoire, 「Scuola e educazione giovanile nei monasteri dal sec. Ⅳ al Ⅻ」, in 『Esperienze di pedagogia cristiana nella storia』, 1 (1983), pp. 9-44; Richard W. Southern, 「The Schools of Paris and the School of Chartres」, in 『Renaissance and Renewal in the Twelfth Century』, R. L. Benson and Giles Constable 편(Cambridge, Mass.: Harvard University Press, 1982), pp. 113-37.

31. Marie-Dominique Chenu, 「L'Éveil de la conscience dans la civilisation médiévale」, in 『Conférence Albert le Grand』 1968 (Montréal: Institut d'Études Médiévales, 1969), pp. 10 이하와 pp. 36 이하.

32. Richard W. Southern, 『The Making of the Middle Ages』 (16판, New Haven: Yale University Press, 1976).

33. 혹은 아인슈타인의 용어인 '스파임'을 사용하기도 한다. 즉, space-time이다.

34. Eric Havelock, 『The Literate Revolution in Greece and Its Cultural Consequences』, Princeton Series of Collected Essays (Princeton: Princeton University Press, 1982)는 이 점을 논의한 글들을 모은 것이다.

35. Chenu, 「L'Éveil de la conscience」, p. 37.
36. 『Claustrum animae』.
37. 『DT』 VI, 5, p. 145. Omnis natura Deum loquitur, omnis natura hominem docet, omnis natura rationem parit, et nihil ill universitate infecundum est (『DB』, p. 123).
38. Elizabeth Schussler-Fiorenza (『In Memory of Her: A Feminist Theological Reconstruction of Christian Origins』 [New York: Crossroad, 1986])는 페미니스트 해석학을 이용하여 1, 2세기 여성이 동등한 제자의 지위를 잃어버리는 상황을 논의한다.
39. 이 시기 말에 이르러 특히 교회법에서의 서품을 둘러싼 갈등 속에서, 오직 특정한 목적을 위해, 수사와 심지어 수녀도 성직자로 규정되게 되었다.
40. Étienne Gilson, 『Heloise and Abaelard』 (Ann Arbor: University of Michigan Press, 1960). 두 사람이 교환한 편지에서 '성직자'라는 표현에 어떠한 의미가 주어지는지에 대한 자세한 논의에 대해서는 1장을 보라. Yves Congar, 「Modèle monastique et modèle sacerdotal en Occident de Grégoire VII (1073-1085) à Innocent III (1198)」, in: 『Études de civilisation médiévale (IXe-XIIe). Mélanges offerts à Edmond-René Labande』 (Poitiers, 1973)는 11세기 성직자의 지위가 모호한 개념이었다고 설명한다. 처음에는 '서품을 받았다'는 뜻일 수도 있고 '읽고 쓰기를 안다'는 뜻일 수도 있었는데, 점차 영혼을 돌보는 권리와 의무로 정착되었다는 것이다.
41. 새로운 성직자들은 참조 도구가 필요한 사람들이다: W. Goetz, 「Die Enzyklopadien des 13. Jahrhunderts」, 『Zeitschrift fur die deutsche Rechtsgeschichte』 2 (1936): 227-50.
42. 중세 후기 문자 해득과 문맹의 연구 상황에 대한 소개는 Franz H. Bauml, 「Varieties and Consequences of Medieval

Literacy and Illiteracy」, 『Speculum』 55 (1980): 237-65를 참조하라.

43. Goy, 『Die Uberlieferung der Werke Hugos von Sankt Viktor』를 보라. 현재 『디다스칼리콘』의 필사본은 125부가 보존되어 있는데, 이는 후고의 60개 저작 가운데 다른 어느 것보다 많은 수다. 나아가서 『디다스칼리콘』의 많은 부분이 다른 저자들의 31개 필사본 안에 보존되어 있다. 완전한 필사본 가운데 34개는 12세기에서 나왔고, 31개는 13세기, 40개는 15세기에서 나왔다. 어림짐작으로 15세기보다는 13세기에 이런 종류의 필사본이 훨씬 더 많이 소실되었을 텐데도 보존된 사본의 수가 실질적으로 비슷하기 때문에, 13세기보다 15세기에 후고를 많이 읽었을 것으로 생각된다. 주로 베네딕트회, 시토회, 아우구스티누스회, 카르투지오회에서 읽었다. Giles Constable, 「The Popularity of Twelfth-Century Spiritual Writers in the Late Middle Ages」, in 『Religious Life and Thought』 (London: Variorum, 1979); Jean Châtillon, 「De Guillaume de Champeaux à Thomas Gallus: Chronique litteraire et doctrinale de l'école de Saint-Victor」, 『Revue du moyen âge latin』 8 (1952): 139-62; Bernhard Bischoff, 「Aus der Schule Hugos von St. Viktor」, in 『Aus der Geisteswelt des Mittelalters』, ed. A. Lang; J. Lecher; and M. Schmaus; 『Beitrage zur Geschichte der Philosophie und Theologie des Mittelalters』 Band 3, Heft 1 (Munster, 1935), pp. 246-50.

44. 12세기 초 새로운 읽고 쓰기와 세속 성직자 계급의 독신 생활은 강력하게 결합된 것이었다. 로마법의 전통에서 축첩은 매춘과 결혼 양쪽으로부터 독립된 제도였다. 후기 제국 법에서는 축첩과 결혼의 차이를 강조하여, 전자의 자유와 후자의 안정 사이에서 선택할 것을 주장했다. 콘스탄티누스에

서 테오도시우스(Theodosius)에 이르기까지 이 전통은 그대로 유지되었다. 교회는 이 관계의 형식보다는 그 불변성에 훨씬 큰 관심을 가졌다. 첫 천 년 동안 성직자의 축첩은 이런 맥락에서 보아야 한다.

11세기 말 그레고리우스의 개혁에 이르러서야 사제들은 선택의 기로에 놓이게 되었다. 즉 첩을 쫓아낼 것이냐 아니면 성직록(聖職祿)이나 생계를 잃을 것이냐 하는 선택이었다. 두 가지 선택 모두 사제와 신자 사이의 거리를 벌어지게 했으며, 과거의 베네딕트회 방식의 수도원이 아닌 성직자 공동체의 형성을 촉진했다.

주교의 조력자들과 평신도 사이의 더 멀어진 거리는 경제와 문화 양쪽에 영향을 주었다. 교회는 베네피키움(beneficium, 성직록)이 되었고, 코르포라티오(corporatio, 성직자의 협회)로 인식되었으며, 면허장이 구두 약속보다 우위에 서면서 성직자 계급은 점점 확대된 새로운 공증인 권력을 독점하려 했다.

45. Gerhart H. Ladner, 「Terms and Ideas of Renewal」, in 『Renaissance and Renewal in the Twelfth Century』, R. L. Benson and Giles Constable 편 (Cambridge, Mass.: Harvard University Press, 1982), pp. 1-33. Gerhart H. Ladner, 『The Idea of Reform: Its Impact on Christian Thought and Action in the Age of the Fathers』, Part 1 (Cambridge, Mass.: Harvard University Press, 1961)을 보라.

46. Herbert Grundmann, 「Literatus-illiteratus. Der Wandel einer Bildungsnorm vom Altertum zum Mittelalter」, 『Archiv fur Kulturgeschichte』 40 (1958): 1-65.

47. 중세의 소리 내지 않는 읽기 연구에 관한 백과사전적 소개로는 P. Saenger, 「Silent Reading: Its Impact on Late Medieval Script and Society」, 『Viator』 113 (1982): 367-414를 보라.

48. 그 이전에도 이따금씩 완전히 소리를 안 내는 것은 아니지만, 소리를 작게 내며 읽으려는 시도는 이루어졌었다. Joseph Balogh, 「Voces Paginarum」, 『Philologus』 82 (1926-27): 84-109와 202-40은 7세기 이후 수도원 저자들로부터 증거를 모아 놓았다.

49. 『DT』, Ⅲ, 7, p. 91. Lectio est, cum ex his quae scripta sunt, regulis et praeceptis informamur (『DB』, p. 57).

50. 『DB』, Ⅲ, 7, pp. 57-58: Trimodum est lectionis genus: docentis, discentis, vel per se inspicientis. Taylor (『DT』, Ⅲ, 7, p. 91)는 마지막 세 단어를 "독립적으로 읽는 사람의 읽기"라고 번역한다.

    후고의 『De modo dicendi et meditandi』에 나오는 유사한 대목은 이렇다. trimodum est genus lectionis, docentis, discentis vel per se inspicientis. Dicimus enim, lego librum illi et lego librum ab illo et lego librum (『PL』, 176, 877).

    후고가 읽을 때 무엇을 했고 또 하려고 했는지 탐사해볼 목적이라면 『디다스칼리콘』에 대한 주석만큼이나 이 짧은 글에 대한 주석도 도움이 될 것이다.

    이 글에 대한 해석으로는 Saenger, 「Silent Reading」을 보라.

51. John of Salisbury, 『Metalogicon』, 1. 24 (Daniel McGarry 편 [Berkeley: University of California Press, 1955], p. 36)를 보라. '읽기'라는 말은 다의적이다. 가르치고 가르침을 받는 활동을 가리킬 수도 있고, 혼자 어떤 것을 공부하는 활동을 가리킬 수도 있다.

52. F. di Capua, 「Osservazioni sulla lettura e sulla preghiera ad alta voce presso gli antichi」, 『Rendiconti dell'Accademia di Archeologia, Lettere e Belle Arti di Napoli』, n.s. 28 (1953-54): 59-62.

53. Karl Christ, 『The Handbook of Medieval Library History』, Theophil M. Otto 편역(Metuchen, N.J.: Scarecrow Press, 1984), p. 30. 원본: 『Handbuch der Bibliothekzwissenshcaft』, vol. 3, 『Geschichte der Bibliotheken』, chap. 5, 「Das Mittelalter」(2판, Wiesbaden: Verlag Otto Harrassowitz, 1950-65).
54. 두 가지 도상학적 유형의 진화를 이용해 중세 초기와 성기의 읽기 역사를 재구축할 수 있다. 하나는 복음사가의 재현이며 또 하나는 서기들에 둘러싸인 딕타토르이다. 복음사가는 하느님으로부터 구술을 받아쓰는데, 종종 이 구술은 그들의 귀에 대고 재잘거리는 새로 표현된다 — 700년까지. 그러다가 새로운 유형이 나타난다. 종종 새가 부리에 물고 있는 폭이 좁은 두루마리를 베끼는 복음사가다. E. Kirschbaum. 「'Evangelien' and 'Autorenbildnis'」, in 『Lexikon fur christliche Ikonographie』, vol. 1, cols. 301-2, and vol. 2, cols. 696-98 (Freiburg: Herder, 1968)을 보라.
55. 오르게네스의 작업 방법에 대한 자세한 묘사는 Joseph de Ghellinck, 『Patristique et moyen âge: études d'histoire littéraire et doctrinale』, 2 vols. (Paris: Desclée de Brouwer, 1947)를 보라. 또한 Theodore C. Skeat, 『The Use of Dictation in Ancient Book Production』, Proceedings of the British Academy 42 (London, 1956) pp. 179-208을 참조하라.
56. A. Mentz, 「Die tironischen Noten. Eine Geschichte der romischen Kurzschrift」, 『Archiv fur Urkundenforschung』 17 (1942): 222-35.
57. 12세기 필사실의 관행에 관해서는 J. Vezin, 「L'Organisation matérielle du travail dans les scriptoria du ha ut moyen âge」, in 『Sous la Règie de saint Benoît』 (Geneva, 1982), pp. 427-31; J. Vezin, 「La Fabrication du manuscrit」, in 『Histoire de l'édition

française』, H. J. Martin and R. Chatier 편(Paris: Promodis, 1982), pp. 25-48; J. Vezin, 『Les 'scriptoria' d'Angers au 11º siècle』 (Paris: H. Champian, 1974)을 보라.

58. 이런 재구성은 Jean Leclercq, 「Saint Bernard et ses secrétaires」, 『Revue bénédictine』 61 (1951): 208-29에서 시도하고 있다.

59. Peter the Venerable (d. 1156) 『Libri epistolarum』, Bk. Ⅰ, letter 20; 『PL』 189, 97D: 수사들은 밭에서 일할 수 없다. "그러나 — 더 나은 것이지만 — 그들이 손에 쥔 펜은 페이지에 거룩한 글자들의 밭을 일구는 쟁기로 바뀐다." sed (quod est utilius) pro aratro convertatur manus ad pennam, pro exarandis agris divinis litteris paginae exarentur. L. Gougaud, 「Muta praedicatio」, 『Revue bénédictine』, 42 (1930), p. 171에 인용되어 있다.

60. 딕세레(dicere, 말하다)에서 딕타레(dictare, 힘을 주어 말하다), 거기서 다시 '작문하다'로 넘어가는 어원적 변화에 관해서는 A. Ernout, 「Dictare, dieter, allem dichten」, 『Revue des études latines』 29 (1951): 155-61을 보라.

61. Pascale Bourgain. 「L'Édition des manuscrits」, in 『L'Histoire de l'édition française』 H. J. Martin and R. Chartier 편(Paris: Promodis, 1982), pp. 48-75.

62. W. Schlogl, Die Unterfertigung deutscher Konige von der Karolingerzeit bis zum Interregnum durch Kreuz und Unterschrift. Beitrage zur Geschichte und zur Technik der Unterfertigung in Mittelalter, Munchener Historische Studien, Abt. Geschichtliche Hilfswissenschaften 16 (Kallmunz: Michael Lassleben, 1978).

63. P. Rassow, 「Die Kanzlei St. Bernhards von Clairvaux」, 『Studien und Mitteilungen zur Geschichte des Benediktinerordens und

seiner Zweige』 34 (1913): 63-103, 243-93.

64. 스페인 대학에서는 일반적으로 지금도 학생이 나에게 이렇게 묻는다. "Maestro, ¿donde dicta?" (선생님, 어디서 수업을 구술합니까?).

65. 소르본 대학 이사회는 되풀이하여 선생들에게 요약문에 한정하여 구술하라고 요청했다. 그러나 이런 명령을 자주 되풀이해야 했다는 사실 자체가 이 명령이 잘 지켜지지 않았음을 보여준다고 할 수 있다.

66. Istvan Hajnal, 『L'Enseignement de l'écriture aux universites médiévales』 (Budapest, 1954). 또 B. Michael, 『Johannes Buridan: Studien zu seinem Leben, seinen Werken und zur Rezeption seiner Theorien im Europa des späten Mittelalters』 (Phil. Diss., Berlin, 1985), pp. 239 이하.

67. Jean Leclercq, 『Études sur le vocabulaire monastique du moyen âge』, Studia Anselmiana Fasciculum 48 (Rome: St. Anselmo, 1961); pp. 39-79. Du Cange, 『Glossarium mediae infimae latinitatis』, vol. 6, pp. 237과 305.

여섯_말의 기록에서 생각의 기록으로

1. 테크놀로지로서의 알파벳, 또 그러한 알파벳의 역사에 대한 연구의 입문서로는 Waiter J. Ong, 『Orality and Literacy: The Technologization of the Word』 (London: Methuen, 1982)를 보라. 또한 다음 책에 달린 참고문헌을 보라. Ivan Illich and Barry Sanders in 『ABC: The Alphabetization of the Popular Mind』 (San Francisco: North Point Press), 1988.

2. "중세가 덧붙여서 지금까지 남은 것은 U, W, J뿐이다. 사실 이는 덧붙인 것이 아니라 기존의 글자에서 분화한 것이다.

U(자음 V와 구별하기 위한 모음 소리 U를 위해)와 자음적인 W는 둘 다 V에서 분화한 것이며, 자음적인 'i'인 J는 약간 바뀐 것뿐이다." (David Diringer, 『The Alphabet: A Key to the History of Mankind』, vol. 1, 3d ed. [New York: Funk and Wagnalls, 1968; 초판 1848]).

3. 첨필은 밀랍 판에 글자를 긁는 데 사용되었다. 붓은 갈대로 만들었는데 끝을 뾰족하게 깎고 비볐다. 깔끔하게 잘라냈을 때보다 잉크를 쉽게 흡수하게 하기 위해서였다. 서기 6세기 이후 펜은 깃촉으로 만들었다. 가끔 흡수를 잘하는 물질로 끝을 틀어막은 깃털(라틴어 penna)을 쓰기도 했다.

4. 소문자체나 대문자체가 한 글자씩 단정하게 나란히 배치된 글에서, 한 단어나 표현에 속하는 모든 글자들이 쓰는 사람의 도구로부터 한 줄처럼 흐르는 글로의 이행은 기술적으로나 상징적으로나 12세기 말과 13세기 초에 일어난 중요한 변화다. 이런 이행에는 몇 가지 요인이 반영되어 있다. 즉, 저자들이 펜을 사용하는(구술보다) 경우가 늘어났다는 것, 읽고 쓸 줄 아는 사람들이 새로운 지위를 얻었다는 것, 새로운 일군의 도구, 특히 종이가 도입되었다는 것 등이다. 이 점에 관해서는 O. Horm, 『Schriftform und Schreibwerkzeug. Die Handhabung der Schreibwerkzeuge und ihr formbildender Einflußß auf die Antiqua bis zum Einsetzen der Gothik』 (Vienna, 1918)을 참조하라.

5. Michel Rouche, 「Des origines à la Renaissance」, in 『Histoire générale de l'enseignement et de I'éducation en France』, L.-H Parias편, vol. 1 (Paris: Nouvelle Libraire de France, 1983). 세심하게 편집하고 삽화를 넣은 첫 네 권은 프랑스 기록 문화의 연속되는 단계들을 다룬다. 기고자들은 쓰기나 읽기의 테크닉이나 그 테크닉과 읽기의 관계를 다룬다.

6. 이 시점에서 12세기의 매체와 커뮤니케이션의 변화에 관하여 말하고 싶은 유혹을 느낀다. 종이와 고급 피지(皮紙)와 끝에 펠트를 단 깃털 같은 새로 창조된 하드웨어, 각주, 강조, 색인, 글자체 변화 등과 같은 새로운 소프트웨어에 관해 말하고 싶은 것이다. 그러나 나는 오래전에 벌어진 사건들을 설명하는 데 최근에 형성된 개념을 이런 식으로 이용하는 것은 조심스럽게 삼가기로 했다. 『디다스칼리콘』에 대한 이 해설은 20세기 개념들에 대해 거리를 확보하고, 1150년경 중세의 필사실에 그런 개념들을 적용하는 것이 왜 실제 사건을 경험한 사람들에게 그 사건의 의미를 드러내기보다 감추는 것이 더 많은지 그 이유를 강조해야 한다.
7. Ludolf Kuchenbuch, 『Schriftlichkeitsgeschichte als methodischer Zugang: das Prümer Urbar 893-1983』, Einführung in die Altere Geschichte, Kurseinheit 2 (Hagen: Fernuniversitat, 1987).
8. Edwin A. Quain, 「The Medieval Accessus ad Auctores」, 『Traditio』 3 (1945): 215-64. 또 Nigei F. Palmer, 「Kapitel und Buch: zu den Gliederungsprinzipien mittelalterlicher Bucher」, 『Fruhmittelalterliche Studien』 23 (1989): 43-88을 보라.
9. M. T. Clanchy, 『From Memory to Written Record, England 1066-1307』 (Cambridge, Mass.: Harvard University Press, 1979)은 글로 된 기록의 이용 증가에 관하여 알려진 사실들, 또 이런 증가가 개인과 사회의 관계에 대한 인식을 반영하는 동시에 강화하는 방식을 살펴본다. 클랜시(Clanchy)는 일상생활에서 글로 쓴 문서의 영향을 강조하면서, 문학, 과학, 철학에서의 유사한 발전은 의도적으로 제쳐놓는다. 이와 함께 1050년부터 1300년경까지 읽고 쓰는 능력과 그것이 읽고 쓰는 사람들에게 부여한 힘의 사회사인 Alexander Murray, 『Reason and Society in the Middle Ages』 (New York: Oxford

University Press, 1978)도 보라.

10. Ivan Illich, 『Schule ins Museum: Phaidros und die Folgen』, Ruth Kriss-Rettenbeck와 Ludolf Kuchenbuch의 머리말 (Bad Heilbrunn: Klinkhardt, 1984), 특히 pp. 53-64를 보라.

11. Nikolaus M. Haering, 「Commentary and Hermeneutics」, in 『Renaissance and Renewal in the Twelfth Century』, R. L. Benson and Giles Constable 편(Cambridge, Mass.: Harvard University Press, 1982), pp. 173-200은 12세기 말 무렵 주석의 사용에 관한 우리의 지식을 요약하고 있다. Gerhard Powitz, 「Textus cum commento in codices manuscripti」, 『Zeitschrift fur Handschriftenkunde』 5, 3 (1979): 80-89는 레이아웃의 변화를 다룬다.

12. Jean Châtillon, 「Les Écoles de Chartres et de Saint-Victor」, in 『La scuola nell' Occidente Latino nell' alto medio evo』, 2 vols., Settimana di Studio 19 (Spoleto: Centro Italiano per i studi sull' Alto Medio Evo, 1972), pp. 795-839. 페트루스는 성 베르나르의 권고에 따라 성경에 대한 후고의 주석들을 추적하기 위해 1139년 성 빅토르에 왔다.

13. P. C. Spicq, 『Esquisse d'une histoire de l'exégèse au moyen âge』 (Paris, 1946)는 여전히 주석의 역사에 대한 최고 수준의 입문서다.

14. W. Goetz, 「Die Enzyklopadien des 13. Jahrhunderts」, 『Zeitschrift fur die deutsche Rechtsgeschichte』 2 (1936): 227-50. 새로운 종류의 백과사전은 1225년경 처음 나타났고 (Bartholomaeus Anglicus의 백과사전), 1240년 토마 샹프레(Thomas Chantimpré)와 보베의 뱅상(Vincent of Beauvais)의 『데 레룸 나투라De rerum natura』가 뒤따랐는데, 이들은 450명 저자의 책 2천 권을 요약했다.

15. Malcolm B. Parkes, 「The Influence of the Concepts of Ordinatio and Campilatio on the Development of the Book」, in 『Medieval Learning and Literature. Essays presented to Richard William Hunt』, Jonathan James Graham Alexander and M. T. Gibson 편 (Oxford: Clarendon, 1976), pp. 115-41. "13세기 학자들은 과학적 원리에 기초한 훌륭한 작업 도구의 발전에 관심이 깊었다. 그들은 물려받은 재료를 압축적이고 더 편리한 형태로 이용할 수 있도록 만들고자 하는 욕구 때문에 이런 목적을 위한 재료에 새로운 오르디나티오를 부과하는 것이 바람직하다고 인식했다. 13세기에는 이 때문에 글쓰기의 형식인 동시에 재료에 더 쉽게 접근하게 하는 수단으로서 콤필라티오(compilatio)라는 개념이 발전했다. 편찬은 새로운 것이 아니었다(이것은 그라티아누스와 롬바르두스의 작업에 내포되어 있었다). 새로운 것은 거기에 투입한 생각과 노력의 양이었으며, 이런 생각과 노력이 달성한 높은 수준이었다. 이런 높은 수준이 페이지로 전달되자 텍스트 제시가 한층 세련된 수준으로 올라섰다." (p. 127).
보베의 뱅상은 콤필라티오를 문학적 형식으로 높였다. "그는 계획을 실행에 옮기면서 칭찬할 만한 겸손함으로 전능자의 모범을 따랐다. '[……] ut iuxta ordinem sacrae scripturae, primo de creatore, postea de creaturis, postea quoque de lapsu et reparatione hominis, deinde vero de rebus gestis iuxta seriem tempo rum suorum, et tandem etiam de iis quae in fine temporum futura sunt, ordinate disserem' [성경의 순서와 마찬가지로 나는 우선 창조주를 다루고, 그다음에 피조물, 그다음에 인간의 타락과 구원, 그다음에 일어난 순서에 따라 과거의 사건들, 그리고 마지막으로 시간의 끝에 일어날 일들로 신중하게 나아갈 것이다]. 그는 『스페쿠룸 나투랄

레Speculum naturale』에서 창세기에 나오는 창조의 엿새의 시간 순서를 따른다. 오르디나티오의 아래쪽 끝에서 그의 절차는 그의 시대의 모두스 데피니티부스(modus definitivus, 명확한 기준. -옮긴이)의 영향을 받았다. 알렉산더에 따르면, '[……] apprehensio veritatis secundum humanam rationem explicatur per divisiolles, definitiones, et ratiocinationes' [인간 이성의 진리 파악은 분리, 정의, 논증을 통하여 이루어지기] 때문에, 뱅상은 아욱토리타스를 나누고, 다양한 재료를 분리된 자족적인 장들 안에 재배치함으로써 재료를 복종시킨다. 『스페쿠룸 나투랄레』에서는 창조의 셋째, 넷째, 다섯째 날이 그에게 당시 광물, 식물, 동물에 관하여 사람들이 생각하던 모든 것을 검토할 기회를 준다. 그는 자신의 작업을 권과 장으로 나눔으로써 풀에 관한 171장, 씨앗과 곡물에 관한 134장, 새에 관한 161장, 물고기에 관한 46장을 포함할 수 있었다. 『스페쿠룸 이스토리알레Speculum historiale』에서는 별도의 단위들로 재배치하는 같은 과정에 의해 고대 신들의 이야기, 고대의 '주요 저자들의 전기'와 작품 발췌 같은 자료를 포함하며, 이 모두를 보편적 역사의 틀 안에 집어넣을 수 있었다. 전체적으로 『스페쿠룸 마이우스Speculum maius』는 80권, 9885장으로 나뉜다. 이것은 13세기에 나타난 콤필라티오의 원리인 '나누고 집어넣기'의 고전적인 모범이다." (p.128).

16. 페트루스 롬바르두스는 그의 『격언집』을 편찬했다: ut non sit ne cesse quaerenti, librorum numerositatem evolvere, cui brevitas, quod queritur, offert sine labore …… ut autem, quod quaeritur, facilius occurat, titulos quibus singulorum librorum capitula distinquuntur, praemisimus (『PL』 192, 522).

17. 『DB』 V, 2, p. 96: Sic et mel in favo gratius, et quidquid maiori exercitio quaeritur, maiori etiam desiderio invenitur. "또한 꿀은 벌집 안에 갇혀 있기에 더 맛이 좋으니, 더 큰 노력을 기울여 구하는 것은 무엇이든 발견하면 기쁨도 더 크다." (『DT』, p. 121). 『DB』, Ⅳ, 1, p. 70: Contra, divina eloquia aptissime favo comparantur, quae et propter simplicitatem sermonis arida apparent, et intus dulcedine plena sunt. "반면 성경을 벌집에 비유하는 것은 아주 적절하다. 성경의 언어는 단순하여 건조해 보이지만, 그 안은 달콤함으로 채워져 있기 때문이다" (『DT』, p. 102).

18. 사피엔티아는 라틴어 사용자들에게 '맛보다'는 뜻의 사페레(sapere)를 떠올리게 한다. 지혜 탐색은 어떤 궁극적이고 특별한 맛을 지닌 것을 향한 갈망을 뜻한다. : hoc ergo omnes artes agunt, hoc intendunt ut divina similitudo in nobis reparetur, quae nobis forma est, Deo natura, cui quanto magis conformamur, tanto magis sapimus (『DB』, Ⅱ, 1, p. 23). "모든 예술은 이런 목적, 즉 거룩한 닮음이 우리 안에서 복원되도록 하는 목적에 도움이 되도록 기획된다. 우리에게는 이상인 것이 하느님에게는 본성이다. 이 이미지에 동화될수록 우리는 더 많이 맛본다." 그러나 우리에게 익숙한 '맛이 좋다'는 표현(취양이 고상하다는 뜻. -옮긴이)은 15세기 마지막 10년 기간에 들어서야 스페인에 나타났는데, 아마 이사벨라 여왕이 만들어낸 듯하다.

19. 『DB』 Ⅲ, 13, pp. 62-63: Considera potius quid vires tuae ferre valeant. aptissime incedit, qui incedit ordinate. quidam, dum magnum saltum facere volunt, praecipitium incidunt. noli ergo nimis festinare. hoc modo citius ad sapientiam pertinges. "오히려 너의 힘이 감당할 수 있는 것을 생각하라. 신중하게 나아가는 사람이 가장 잘 나아간다. 큰 도약을 하고 싶은 사람들

은 곤두박질치고 만다. 따라서 너무 서두르지 마라. 그렇게 하면 지혜에 더 빨리 이를 것이다."

20. R. H. Rouse and M. A. Rouse, 「Statim inveniri. Schools, Preachers, and New Attitudes to the Page」, in 『Renaissance and Renewal in the Twelfth Century』, R. L. Benson and Giles Constable 편(Cambridge, Mass.: Harvard University Press, 1982), pp. 201-25.
21. Parkes, 「The Influence of the Concepts of Ordinatio and Compilatio」. Mangenot, 「Concordances」, in F. G. Vigroux and Louis Pirot, 『Dictionnaire de la Bible』 (Paris: Letouzey, 1907-); Anna Dorothea von den Brincken, 「Mappa Mundi und Chronographie. Studien zur imago mundi des Mittelalters」, 『Deutsches Archiv fur Erforschung des Mittelalters』 24 (1968): 118-86에서 인용.
22. R. H. Rouse, "L'evolution des attitudes envers l'autorité écrite: le développement des instruments de travail au XIIIe siècle」," in 『Culture et travail intellectuel dans l'Occident mèdièval. Bilan des Colloques d'humanisme médiéval』 (Paris: Centre National de la Recherche Scientifique, 1981), pp. 115-44.
23. 오르디나리아(Ordinaria)는 14세기 이후부터 사용된 명칭이다.
24. B. Smalley, 「La Glossa Ordinaria」, 『Recherches de théologie ancienne et médiévale』 9 (1937): 365-400.
25. R. H. Rouse and M. A. Rouse, 「The Verbal Concordance of the Scriptures」, 『Archivum Fratrum Praedicatorum』 44 (1974): 5-30. 성경의 용어 색인은 "몇 세대에 걸쳐 진화한 것이 아니라, 발명을 하고 나서 50년이 안 되는 시간 동안 신중하게 만지작거리고 조절해서 완벽하게 다듬은 것이다." (p. 5). Anna Dorothea von den Brincken, 「Tabula Alphabetica. Von den

Anfangen alphabetischer Registerarbeiten zu Geschichtswerken」, in 『Festschrift fur Herman Heimpel』, Veroffentlichungen des Max Planck Institut fur Geschichte (Göttingen: Vandenhoek, 1972), pp. 900-923. 또 E. Mangenot, 「Concordances」, in F. G. Vigroux and Louis Pirot, 『Dictionnaire de la Bible』 (Paris: Letouzey, 1907-); Quain, 「The Medieval Accessus ad Auctores」; Richard H. Rouse, 「La naissance des index」, in 『Histoire de l'édition francaise』, Henri-Jean Martin 편 (Paris: Promodis, 1983), pp. 77-85, and 「Concordances et index」, in 『Mise en page et mise en texte du livre manuscrit』, Henri-Jean Martin and Jean Vézin 편 (Paris: Éditions de la Librarie-Promodis, 1990), pp. 219-28.

26. Horst Kunze, 『Uber das Registermachen』, 2판 (Leipzig: 1966; M. A. Rouse and R. H. Rouse, 「Alphabetization, History of」, in 『Dictionary of the Middle Ages』, vol. 1 (New York: Macmillan, 1982), pp. 204-7; and Homer G. Pfander, 「The Medieval Friars and Some Alphabetical Reference-Books for Sermons」, 『Medium Aevum』, Oxford, 3 (1934): 19-29. 마지막 글은 말 그대로 수천 개의 설교 주제에 대한 성경의 인유, 교부의 인용, 이야기, 유비, 다른 출처에 대한 참조를 알파벳 순서에 따라 제공하는, 13세기부터 15세기까지 나온 수사들의 참고서 열다섯 권에 대한 것이다.

27. 물론 색인에서 '페이지 번호'를 이용하여 텍스트를 참조하게 된 것은 인쇄 — 250년 뒤 — 가 해당 판본의 모든 사본 첫 줄 첫 단어에 예를 들어 '로마'라는 말이 나오도록 보장해준 뒤의 일이다. 그 전에는 '권, 장, 절'을 이용해 참조할 수밖에 없었다. H. J. Koppitz, 「Buch」, in 『Lexikon des Mittelalters』, vol. 2, p. 802를 보라. 고대에는 이따금씩 책장들을 묶어서

번호를 매겼다. 묶은 것 안에서 정확한 순서를 보장하기 위해서 중세에는 새로운 묶음의 우하단 구석에 일반적으로 쿠스토데스(custodes), 즉 경비원들이라고 부르는 수를 표시했다. 그런 다음 이 묶음의 다음 첫 페이지에 이른바 레클라만테스(reclamantes)를 적었다.

28. David Ganz, 「The Preconditions of Caroline Minuscle」, 『Viator』 18 (1987): 23-43. 규범적인 글을 생산하는 데에는 '읽기 쉬운 문법'이 필요했는데, 이런 문법은 모어가 게르만어고 좀처럼 아우구스티누스적인 라틴어법을 사용하지 않는 성직자들이 이러한 텍스트를 이해하는 것을 도왔다.

29. 알파벳 순서에 따른 『시편』이나 시는 재치 있는 게임이나 기억을 돕는 힌트가 될 수 있었다. 이것이 사물의 순서를 정하지는 않았지만, 행들은 알레프-베스(aleph-beth, 히브리어 알파벳의 첫 두 글자. -옮긴이) 순서에 따라 늘어놓았다. 용어사전이 없었던 것은 아니다. 알파벳 순서로 배열한 그리스어 단어들 옆에 그에 상당하는 라틴어 어휘를 적어놓았다. 그러나 단어의 순서는 정했지만, 어떤 사물을 참조하거나, 그런 사물이 주제로 나타나는 페이지를 참조하지는 않았다. 이런 의미의 색인 작업은 후고 이전 세대의 한 수사가 시도했지만 큰 진전은 없었다. 그의 알파벳 순서에 따른 배열은 그가 나열한 단어들의 두 번째 글자 이상 나아가지 못했기 때문이다. 이런 조짐들은 나중에 근대의 색인이 두 세대 만에 자리를 잡은 놀라운 속도를 더욱 돋보이게 하는 역할만 할 뿐이다.

30. Albertus Magnus, in 『De Animalibus』 (Opera Omnia, Auguste Borgnet 편, 38 vols. in 90 [Paris, 1890-99], vol. 12, p. 433)는 철학자가 할 만한 일이 아니라는 이유로 hunc modum non proprium philosopho esse 동물들을 알파벳 순서로 나열한 것

을 사과하고 있다. (Rouse and Rouse, 「Statim inveniri」, p. 211에 인용).

31. 13세기의 레이아웃에서 합쳐진 각각의 새로운 테크닉과 마찬가지로 요약의 도입에도 역사가 있다. 주석가가 저자의 삶, 책의 내용, 독자에게 유용한 면에 관한 이야기를 가볍게 적어 텍스트 앞에 서문으로 붙이는 아체수스(accessus)는 그리스 철학자에 대한 주석가들에게까지 거슬러 올라간다. Quain, 「The Medieval Accessus ad Auctores」를 보라. 그러나 새로운 요약은 자신이 소개하는 책이나 장의 개요를 기술한다.

32. Richard W. Southern, 『The Making of the Middle Ages』, 16쇄 (New Haven: Yale University Press, 1976 [orig. 1953]), p. 204: Bernard, Abaelard, 후고가 살던 12세기 두 번째 세대에서 "우리는 학자들이 과거의 업적에 대한 자신들의 장악력에 편안함을 느끼기 시작하는 지점에 이르게 된다. …… 12세기의 긴 기간 내내 과거의 작업에 대한 꾸준한 습득이 자연스러운 결말에 이르렀다는 자신감이 있었다."

33. Smalley, 「La Glossa Ordinaria」.

34. 『DT』, Ⅲ, 11, p. 94.

35. 「Prooemium」, Commentarium in libris sententiarum, in 『Opera omnia』 (Claras Aquas, 1882-1902), I, 14-15. 여기에서, 진정한 자료서의 저자라는 근대적 개념이 형성되고 있다. Marie-Dominique Chenu, 「Auctor, Actor, Autor」, 『Bulletin du Cange』 3 (1927): 81-86: 살루스티우스(Sallust)와 수에토니우스(Suetonius)는 가끔 책을 구술하는 사람을 아욱토르[auctor, 조각상, 건물, 문서를 '낳는다'는 의미로, 아우게레(augere)에서 왔다]로 부르는 동시에 행위를 하는 자, '제작자' 같은 악토르(actor)라고 부르기도 한다. 이후 천 년 동안은 한 '저자', '거룩한 글의 저자' 즉 하느님이 이 말에 초월적 의미를 부여

했다. 동시에 아욱토리타스, 즉 어떤 진술이 그 내재적 가치 때문에 지니는 권위는 아욱토르-악토르까지 거슬러 올라가는 의미의 일부를 반영했다. 13세기 말에 이르면 '저자'라는 말은 창안자의 **진정성**(authenticity)(p. 83)을 강조하게 된다. A. J. Minnis, 『Medieval Theory of Authorship: Scholastic Literary Attitudes in the Later Middle Ages』 (London: Scalar Press, 1984); 또 Neil Hathaway, 「Compilatio: From Plagiarism to Compiling」, 『Viator』 20 (1989): 19-44를 보라.

36. Christel Meier and Uwe Ruberg 편, 『Text and Bild: Aspekte des Zusammenwirkens zweier Kunste in Mittelalter und fruher Neuzeit』 (Wiesbaden: Reichert, 1980)는 중세 말 페이지에서 문자와 그림 사이에서 이루어지는 시너지의 역사에 대한 심포지엄에서 발표된 논문을 수록하고 있다.

37. L. Gougaud, 「Muta praedicatio」, 『Revue bénédictine』, 42 (1930): 170.

38. 카시오도루스에게는 서기의 몸 전체가 설교를 한다. 얼마나 행복한 발명, felix inventio인가: "사람들에게 두 손으로 설교하는 것, 손가락으로 그들의 혀를 여는 것, 필멸의 인간들의 구원을 소리 없이 묵상하는 것, 쓰는 막대와 잉크로 악마의 은근한 공격과 맞서 싸우는 것" …… manu hominibus praedicare, digitis linguas aperire, salutem mortalibus tacitam dare et contra diaboli subreptiones illicitas calamo atramentoque pugnare (같은 책, p. 169; 『PL』 70, 1144D-1145A). 또 Leslie Webber Jones 역, 『An Introduction to Divine and Human Readings: Cassiodorus Senator』 (New York: Octagon Books, Inc., 1966)를 보라.

39. Jonathan James Graham Alexander, 『The Decorated Letter』 (New York: Braziller, 1978); H. Hermann, 「The Bible in Art:

Miniature, Paintings, Drawings, and Sculpture Inspired by the Old Testament」, 『Sacris Erudiri』 6 (1954): 189-281.

40. Venerable Bede (A.D. 735): 우리는 읽지 못하는 사람들을 위해 이미지를 만들어 "그들이 [그림을] 관조함으로써 우리 구세주의 일에 관해 배우게 한다."-possent opera Domini et Salvatoris nostri per ipsarum contuitum discere (Gougaud, 「Muta praedicatio」, p. 168; 『PL』 94, 228A. 아라스의 시노두스(The Synod of Arras, 시노두스는 교회 회의를 이른다. -옮긴이) (A.D. 1025)는 경전에서 주를 보지 못하는 사람들이 그림의 윤곽에서 주를 관조할 수 있도록 그림을 이용하라고 명령한다. 깨달음을 얻는 두 가지 방식의 구별이 강조되는데, 글자는 '보는 것(seeing)'이고 그림은 '응시하는 것(contemplating)'이다(Gougaud, p. 169).

41. Gerhart Ladner, 「The Commemoration Pictures of the Exultet Roll Barberinus Latinus」, in his book, 『Images and Ideas in the Middle Ages: Selected Studies in History and Art』 (Rome, 1983), vol. 1, pp. 283-426. 또 H. Douteil 편, 『Exultet Rolle: Easter Preconium. MS Biblioteca Vaticana 9820』 (Graz: Akademische Druck- und Verlagsanstalt, 1975)를 보라. Guigues Cartusian (A.D. 1136): Si ore non possumus dei verbum manibus praedicamus."말을 할 수 없다면 우리는 손으로 하느님의 말을 설교해야 한다." Honorius Augustodunensis (A.D. 1130): Ob tres autem causas fit pictura: primo quia est laicorum litteratura. "세 가지 이유에서 그림은 그려져야 한다. 첫째, 그림은 평신도의 글이기 때문이다." Gougaud, 「Muta praedicatio」, p. 169를 보라.

42. S. Lewis, 「Sacred Calligraphy. The Chi-Rho Page in the Book of Kells」, 『Traditio』 36 (1980): 139-59: "페이지에는 책의

전례적 사용과 일치하는 그리스도론적이고 성체 성사적인 암시들을 위엄 있게 배열하여 눈앞에 갖다 대려는 의도가 담겨 있다. …… 각각의 채식 밑에는 엄청난 학식이 깔려 있다." (p. 141). Christel Meier, 「Zum Verhaltnis von Text und Illustration bei Hildegard von Bingen」, in 『Hildegard von Bingen 1179-1979. Festschrift zum 800. Todestag』, ed. A. Bruck (Mainz, 1979), pp. 159-69.

43. M. Smeyers, 『La Miniature』. Typologie des sources du moyen âge occidental, fasciculum 8 (Turnhout: Brepols, 1974)을 참고하라; 특히 pp. 96-101을 보라.

44. Dante, 『Divina comedia, Purgatorio』 11, 82. 또 James Thomas Chiampi, 「From Unlikeness to Writing: Dante's 'Visible Speech' in Canto Ten, Purgatorio」, 『Medievalia』 5 (1982): 97-112의 주석을 보라.

45. H. Jantzen, 「Das Wort als Bild in der Fruhmittelalterlichen Buchmalerei」, in 『Uber den gotischen Kirchenraum und andere Aufsatze』 (Berlin, 1951), pp. 53-60.

46. 13세기에 이르면 그림은 이제 구경하는 사람에게 말을 걸어 그가 듣고 있는 리테라에 관하여 이야기해주지 않는다. 그림은 이제 문맹자를 위한 서사와 유사한 것, 그 나름의 글로 여겨진다. Thomas Aquinas, 『Scriptum super Ⅳ Sententiis Ⅴ, bk. 1, dist. 3, ch. 1. Fuit autem …… ratio institutionis imaginis in Ecclesia. Primo, ad instructionem rudium, qui eis quasi quibusdam libris edocentur. "이것이 교회에서 이미지를 사용하는 이유였다. 즉, 마치 그것이 책인 양 여겨 그것에서 배울 수 있는 문맹자들을 가르치기 위한 것이었다." 책의 은유는 이제 지배적이 되어 그림 자체가 읽지 못하는 사람들을 가르치기 위한 '책'으로 여겨지고 있다.

47. 독특한 예술 형식으로서 취급되는 채색 필사본의 역사에 대한 입문서로는 David M. Robb, 『The Art of the Illuminated Manuscript』(South Brunswick and New York: Barnes, 1973)를 보라. H. Focillon (L'Art d'Occident, le moyen âge roman et gothique [Paris, 1938])은 12세기 초(여전히 로마네스크 양식)의 장식과 조각 구성의 균형과 통합을 이루는 스타일과 후기(이미 고딕 양식), 특히 루이르(Luire) 북부 시골의 스타일 사이의 대립을 논한다. Jurgis Baltrušaitis의 『La Stylistique ornamentale dans la sculpture romane』(Paris, 1931)에는 11세기 스타일의 삽화가 많이 담겨 있다. 이 저자는 이 책 뒤에 추가로 연구서 두 권을 내놓았다. 『Réveils et prodiges: le gothique fantastique』(Paris: Colin, 1960)는 로마네스크 환상과 고딕 환상 사이의 주제와 믿음의 연속성을 다룬다. 여기에서 6장(pp. 195-234), 「Le réveil fantastique dans le décor du livre」는 필사본 방주(旁註)에 새로운 고딕 스타일의 폭발을 보여주는데, 대부분은 파리의 국립도서관에 보관된 예들에서 가져왔다. 두 번째 책 『Le moyen âge fantastique』(Paris: Colin, 1955)는 고전적이고 동양적인 주제들이 중세의 상상력이 만들어낸 환상적 피조물에 준 영향에 더 초점을 맞추고 있다.

48. Scimus namque quod illi[the bishops] …… carnalis populi devotionem, quia spiritualibus non possunt, corporalibus excitant ornamentis. Nos vero, qui iam de populo exivimus …… "우리는 그들[주교들]이 …… 영적인 수단으로는 불가능하기 때문에 물리적인 삽화로 더 육욕적인 사람들의 헌신을 장려한다는 것을 알고 있다. 하지만 사람들을 떠난 우리는 ……" (Bernard of Clairvaux, Apologia ad Guillelmum abbatem 12, 28; in 『Sancti Bernardi opera』, J. Leclercq 편, vol. 3, pp. 104-5).

49. Litterae unius coloris fiant et non depictae. "글자들은 오직 한 가지 색으로 장식 없이 써야 한다." J. M. Canivez 편, 『Status Gapitulorum Ceneralium Ordinis Cisterciensis ab anno 1116 ad annum 1786』, vol. 1 (Louvain, 1933), stat. 80, p. 31.

50. 역설적으로 새로운 부와 새로운 자발적 빈곤의 정신이 휴대용 책에 대한 요구로 수렴되었다: C. H. Talbot은, (「The Universities and the Medieval Library」, in 『The English Library before 1700』, F. Wormland and C. E. Wright 편 [London: The Athlone Press, 1958], pp. 76-79) 탁발 수사들이 책 크기를 줄이는 데 큰 영향력을 행사했다고 말한다. 그들은 늘 떠돌아다니면서도 책을 들고 다니기를 원했다.

51. R. J. Forbes, 『Studies in Ancient Technology』, 9 vols. (Leiden: Brill, 1966), vol. 5, passim, on papyrus and parchment에 관한 여러 곳; L. Santinfaller, 『Beitrage zur Geschichte der Beschreibstoffe im Mittelalter, mit besonderer Berucksichtigung der papstlichen Kanzlei』, 1. Untersuchungen. Mitteilungen des Institutes fur osterreichische Gcschichtsforschung. Eranzungsband 16 (Graz, 1953); D. V. Thompson, 「Medieval Parchment Making」, 『Library』, 4th ser., 16 (1935): 113-17. 18세기에 사용된 테크닉들을 반영한 양피지 제조에 대한 유쾌하고 완전한 묘사는 「Parchemin, en commerce, etc ……」 in Denis Diderot and Jean Le Rond d'Alembert,『Encyclopedie ou Dictionnzaire raisollnée des sciences, des arts et des métiers』, vol. 11, pp. 929-31 (Paris: Briasson, 1765)에서 찾아볼 수 있다.

52. Theodor Birt, 『Das antike Buchwesen in seinem Verhaltnis zur Literatur, mit Beitragen zur Textgeschichte des Theokrit, Catull, Properz und anderer Autoren』 (Berlin: W. Herz, 1882. [reprint 1959] pp. 223-85)은 고대의 종이 제작에 대해 다룬다.

53. 화학(연금술) 연구와 종이 제작의 상관관계에 대해서는 M. Levy, 『Medieval Arabic Bookmaking and Its Relation to Early Chemistry and Pharmacology』. Transactions of the American Philosophical Society 52. (New York, 1962)를 보라.
54. 잉크의 역사에 대한 자세한 내용은 R. J. Forbes, 『Studies in Ancient Technology』, vol. 3 (Leiden: Brill, 1965), pp. 236-39를 보라 (훌륭한 참고문헌도 달려 있다).
55. Graham Pollard, 「Describing Medieval Bookbinding」, in 『Medieval Learning and Literature: Essays presented to R. W. Hunt』, Jonathan James Graham Alexander and M. T. Gibson 편 (Oxford: Clarendon, 1976), pp. 50-65. 수도원 외부 필사실에서 이루어진 필사본의 재생산이 책의 출현에 미친 영향은 G. Pollard, 「The Pecia System in the Medieval Universities」, in 『Medieval Scribes, Manuscripts, and Libraries. Essays presented to N. R. Ker』 (London: Scolar Press, 1978), pp. 145-61에 다루어져 있다.
56. 닫았을 때 두 표지가 책을 보따리처럼 싸서 등에 지고 다니게 해주는 방식의 장정에 관한 상세한 묘사는 Renate Klauser, 「Ein Beutelbuch aus Isny」, 『Joost』 (1963): 139-46을 참조하라.

일곱_책에서 텍스트로

1. 나는 지금 '탁월한 물체로서의 텍스트'가 중세에 시작되고 현재 이우는 과정에 대한 글을 준비하고 있다.
2. Eric A. Havelock, 『The Literate Revolution in Greece and Its Cultural Consequences』 (Princeton: Princeton University Press, 1982). 저자가 사망 직전에 쓴 이 논란의 여지가 많은 글들

을 모은 책에서 알파벳은 하나의 장치로 이해되고 있다. "끝없이 다양한 선형적 배치를 이루는 작은 형태들의 체계로, 이것을 보면[읽으면] 이 형태들이 지시하는 완전한 입말의 음향적 기억이 촉발된다. …… 이것은 새로운 정신 상태, 알파벳적 정신 상태 도입의 수단이 되었고 …… 과학과 철학의 구조를 건설하는 데 필수적인 개념적 기초를 제공했다. 이것은 그리스의 입말을 하나의 인공물로 전환했고, 이로써 이것을 발언자에게서 떼어내 하나의 언어로 만들었다." (pp. 6-7).

3. 이 의견을 뒷받침할 수 있는, 주석이 달린 선별된 참고문헌은 Ivan Illich and Barry Sanders, 『ABC: The Alphabetization of the Popular Mind』 (San Francisco: North Point Press, 1988), pp. 128-66에서 찾아볼 수 있다.

4. 이 글은 쓰기의 기술이 아니라 읽기의 기술과 직접적 관련이 있다. 이것은 그 기술과 나란히 가는 정신운동적 아르스 스크리벤디(ars scribendi, 저작 기술. -옮긴이)의 역사 — 나는 지금 이에 관해 집필 중이다 — 를 요구한다. 구술하는 혀, 손, 글을 쓰는 자세의 행동학과 상징성에 대한 역사적 관점이 없다면, 물체로서의 텍스트의 정신을 규정하는 의미는 감추어진 곳이 마치 반달처럼 그대로 남을 것이다. 예를 들어 수도원의 필사실에서 상업적 출판업자(pecia)로의 변화, 이어 필사본에서 인쇄된 페이지로의 변화는 저자의 필적에 대한 새로운 숭배와 나란히 간다. 구술은 쇠퇴하고, 이제 대체로 저자가 쓴 글만이 수작업품이 되었다. 인쇄된 텍스트는 서기가 받아 적은 글보다는 저자가 직접 쓴 글에서 가져올 가능성이 높았기 때문이다. 정신적 물체로서의 책 중심 텍스트는 그것을 제작한 저자의 손을 통해 페이지로부터 떨어져 나온다.

5. Elizabeth Eisenstein, 『The Printing Press as an Agent of Change: Communications and Cultural Transformations in Early-Modern Europe』, 2 vols. (Cambridge: Cambridge University Press, 1979). 또 같은 저자의 『The Printing Revolution in Early Modern Europe』 (London: Cambridge University Press, 1984)도 보라. 이것이 덜 백과사전적이고 읽기도 쉽다.
6. Vilèm Flusser, 『Die Schrift. Hat Schreiben eine Zukunft?』 (Gottingen: Immatrix Publications, 1987)는 이 점을 강조한다. Aleida Assmann, 『Poetica』 20 (1988): 284-88에 실린 이 책에 대한 중요한 서평을 참조하라.
7. 다음은 이 역사의 연구에서 뛰어난 업적을 보여준다. Hans Blumenberg, 『Die Lesbarkeit der Welt』 (Frankfurt am Main: Suhokamp, 1986). 나의 주장과 특별히 관련이 있는 곳은 슈뢰딩거(Schrodinger)가 1944년에 트리니티 칼리지에서 강연한 이후 구축된 '텍스트'로서의 '유전 암호(genetic code)'를 다룬 chapter 22, pp. 372-409에 실려 있다. 이 새로운 '텍스트'에는 의미도 이해의 실마리도, 저자도 없다. 이것은 명령 시퀀스로 생각되며, 읽기의 의미를 뒤집는다.
8. Marie-Dominique Chenu, 「La Théologie au XIIe siècle」, in 『Études de philosophie médiévale』, Étienne Gilson (Paris: Vrin, 1957), p. 142.
9. M. D. Philippe, 「Aphaíresis próthesis, chorízen dans la philosophie d'Aristote」, 『Revue Thomiste』 49 (1948): 461-79.
10. 『Opera omnia』, F. S. Schmitt 편, vol. 6, Index rerum, p. 28.
11. J. F. Boler, 「Abaelard and the Problem of Universals」, 《Journal of the History of Philosophy》 1 (1963): 37-51.
12. Leo Koep, 『Das himmlische Buch in Antike und Christentum: eine religions geschichtliche Untersuchung zur altchristlichen

Bildersprache』, Theophaneia: Beitrage zur Religions- und Kirchengeschichte des Altertums 8 (Bonn: Hanstein, 1952).

13. Ernst Robert Curtius, 『Europaische Literatur und lateinisches Mittelalter』, 7판. (Bern and Munich: Francke, 1969), p. 311에 인용.

14. Otto J. Brendel, 「The Celestial Sphere of the Moirai」, in 『Symbolism of the Sphere. A Contribution to the History of Earlier Greek Philosophy. Études préliminaires aux Religions Orientales dans L'Empire Romain』, vol. 67 (Leiden: E. J. Brill, 1977). "파르카이는 점성술사로 등장한다. 아트로포스가 해시계를 보고 정확한 시간을 읽은 뒤 돌아보고 읽은 것을 전하면, 라케시스는 잉크로 메모를 한다. 실 잣는 사람은 이제 필요가 없기 때문에 사라졌다. 실 잣는 자매들과 지하의 여자 마법사들이라는 오랜 관념은 이제 완전히 흡수되고 소화되었다. …… 모이라이(Moirae)는 기본적인 법에 따라 일어날 수밖에 없는 것을 관찰하고 적는다. 그들은 한 집단으로서 말하자면 별점 필사를 하며, 이것에 따라 생겨나는 모든 것이 살고 죽는다." (pp. 81-83).

15. 같은 책, pp. 26-28.

16. Gottlieb Schrenk, 「Biblos, biblion」, in 『Theologisches Wörterbuch zum NT』; vol. 1, pp. 613-20 (Stuttgart: Kohlhammer, 1933).

17. Augustine, 『De Genesi ad Litteram』; 『PL』 34, 245.

18. 『DB』 Ⅵ, 5, p. 123.

19. Alanus ab Insulis (Alain of Lille, 1120-1202): 『Magistri Alani Rhythmus alter, quo graphice natura hominis fluxa et caduca depingitur』 (『PL』 210, 579). 또 Frank Olaf Buttner, 「Mens divina liber grandis est: zu einigen Darstellungen des Lesens in

spatmittelalterlichen Handschriften」, 『Philobiblon』, Vienna, 16 (1972): 92-126을 보라.

20. 이 한 세대에 이루어진 '이미지'와 '닮음'의 복잡한 변화에 관한 아름답고 빈틈없는 연구에 관해서는 다음을 참조하라. Robert Javelet, 『Image et ressemblance au XIIe siècle de St. Anselme a Alain de Lille』, 2 vols. (Paris: Letouzey, 1967).

21. Hugh of St. Victor, 『De arca Noe morali』 II, 12.; 『PL』 176, 643D-644A.

22. Hugh of Saint-Victor. 『Selected Spiritual Writings』, a Religious of C.S.M.V. 역, Aelred Squire, O.P.의 도입부가 곁들여짐 (New York: Harper and Row, 1962).

참고문헌

Adamson, J. W. "'The Illiterate Anglo-Saxon.'" In *"The Illiterate Anglo-Saxon" and Other Essays on Education Medieval and Modern, ed.* J. W. Adamson. Cambridge: Cambridge University Press, 1946. Pp. 1-20.

Aelred of Rievaulx. Opera omnia. A. Hoste, O. S. B., and C. H. Talbot, eds. Turnhout: Brepols, 1971.

Albino, Diana. "La divisione in capitoli nelle opere degli antichi." *Annali della Facolta di lettere e filosofia dell'Universitá di Napoli* 10 (1962-63): 219-34.

Alexander, Jonathan James Graham. *The Decorated Letter.* New York: Braziller, 1978.

——. "Scribes as Artists: The Arabesque Initial in Twelfth-Century English Manuscripts." In *Medieval Scribes, Manuscripts, and Libraries,* ed. M. B. Parkes and A. G. Watson. London: Scolar Press, 1978. Vol. 2, pp. 87-116.

Alexander, Jonathan James Graham, and Gibson, M. T., eds. *Medieval Learning and Literature*: Essays Presented to R. W. Hunt. London: Oxford University Press, 1976.

Allard, Grey H. "Vocabulaire érigénien relatif à la représentation de l' écriture." In *Drittes Internationales Eriugena Colloquium*, 1979, ed. Werner Beierswaltes. Freiburg: C. Winter, 1980. Pp. 16-32.

Alverny, Marie-Thérèse de. "Astrologues et théologiens au XIIe siècle." In *Mélanges offerts á Marie-Dominique Chenu*. Bibliothèque Thomistique 37. Paris: Vrin, 1967. Pp. 31-50.

———. "Le Cosmos symbolique du XIIe siècle." *Recherches de théologie ancienne et médiévale* 20 (1953): 31-81.

———. "L'Homme comme symbole. Le microcosme." In *Simboli e simbologia nell'alto Medioevo, 3-9 aprile, 1975*. Settimana di Studio 26, 1. Spoleto: Centro Italiano per 1 studi sull' Alto Medio Evo, 1976. Pp. 123-83.

———. "La Sagesse et ses sept filles. Recherches sur les allégories de la philosophie et des arts libéraux du IXe siècle." In Mélanges F. Grat, vol 1. Paris, 1946. Pp. 245-278.

Andersen, Oivind. "Mundlichkeit und Schriftlichkeit im fruhen Griechentum." *Antike und Abendland,* vol. 33, no. 1 (1987): 29-44.

Apel, Willi. Gregorian Chant. Champaign: University of Illinois Press, 1958.

Armbuster, Ludwig. "Zur Bienenkunde fruhchristlicher Zeiten." *Archiv fur Bienenkunde,* vol 16 (1936), pp. 177-208.

Armknecht, W. Geschichte des Wortes *"suß"; bis zum Ausgang des Mittelalters.* Germanische Studien 171. Berlin: Ebering, 1936.

Assmann, Aleida. Review of *Die Schrift. Hat Schreiben eine Zukunft?* by V. Flusser. *Poetica* 20 (1988): 284-88.

Assmann, Aleida; Assmann, Jan; and Hardmeier, Christof, eds. *Schrift und Gedachtnis: Beiträge zur Archaologie der literarischen Kommunikation.* Munich: Fink, 1983.

Auden, W. H. About the House. New York: Random House, 1965.

Auerbach, Erich. *Dante: Poet of the Secular World.* Chicago: University of Chicago Press, 1961.

———. "Dante's Address to the Reader." *Romance Philology* 7 (1954): 268-78.

———. *Literary Language and Its Public in Late Latin Antiquity and in the Middle Ages.* Princeton: Princeton University Press, 1965.

———. *Literatursprache und Publikum in der lateinischen Spatantike und im Mittelalter.* Bern: Franke, 1958.

———. *Typologische Motive in der mittelalterlichen Literatur.* Krefeld, 1964.

———. *Mimesis: Dargestellte Wirklichkeit in der abendlandischen Literatur.* 7th ed. Munich: Franke, 1987. (Orig. publ. Istanbul, 1946; English translation: *Mimesis: The Representation of Reality in Western Literature* [Princeton: Princeton University Press, 1953].)

Balogh, Joseph. "Voces Paginarum." *Philologus* 82 (1926-27): 84-109 and 202-40.

Balthasar, Hans Urs von. "Sehen, Horen und Lesen im Raum der Kirche." In *Sponsa Verbi*. Einsiedeln: Johannes Verlag, 1961. Pp. 484-501.

Baltrušaitis, Jurgis. *Essai sur une légende scientifique: le miroir. Révélations, science-fiction et fallacies.* Paris: Elmayan-Seuil, 1978.

———. *Le Moyen Âge fantastique.* Paris: Colin, 1955.

———. *Réveils et prodiges: le Gothique fantastique.* Paris: Colin, 1960.

———. *La Stylistique ornamentale dans la sculpture romane.* Paris: Librarie Ernest Leroux, 1931.

———. "Une Survivance médiévale: 'La Plante à têtes.'" *Revue des arts* 4 (1954): 81-92.

Barakat, Robert Z. *The Cistercian Sign Language: A Study in Non-Verbal Communications.* Cistercian Studies Series No. 11. Kalamazoo, Mich.: Cistercian Publications, 1975.

Baron, Hans. "The *Querelle* of the Ancients and the Moderns as a

Problem for Renaissance Scholarship." *Journal of the history of Ideas* 20 (1959): 3-22.

Baron, Roger. "L'authenticité de l'oeuvre de Hugues de Saint-Victor." *Revue des sciences religieuses* 36 (1962): 48-58.

——. "Études sur l'authenticité de l'oeuvre de Hugues de Saint-Victor d'après les mss. Paris Maz., 717, BN 14506 et Douai 360-6." *Scriptorium* 10 (1956): 182-220.

——. *Hugonis de Sancto Victore Opera Propaedeutica: Practica geometriae, De grammatica, Epitome Dindimi in Philosophiam.* Publications in Medieval Studies, ed. Philip S. Moore. Notre Dame, Ind.: University of Notre Dame Press, 1966.

——. "Hugues de Saint-Victor. Contribution à un nouvel examen de son oeuvre." Traditio 15 (1959): 223-97.

——. Hugues de Saint-Victor. *Six opuscules spirituels.* Paris: Les Éditions du Cerf, 1975.

——. "L'Influence de Hugues de St.-Victor." *Recherches de théologie ancienne et médiévale* 22 (1955): 56-71.

——. "Note méthodologique sur la détermination d'authenticité pour l'oeuvre de Hugues de Saint-Victor." *Cahiers de civilisation médiévale* 9 (1966): 225-28.

——. "Notes biographiques sur Hugues de Saint-Victor." *Revue d'histoire ecclésiastique* 51 (1956): 920-34.

——. "Le 'Sacrement de la Foi' selon Hugues de Saint-Victor." *Revue des sciences philosophiques et théologiques* 42 (1958): 50-78.

——. *Science et sagesse chez Hugues de Saint-Victor.* Paris: P. Lethielleux, 1986.

Bataillon, L. J.; Guyot, B.; and House, R., eds. *La Production du Livre universitaire au moyen âge. Exemplar et pecia.* Paris: Edition du CNRS,

1988.

Battisti, Carlo. "Secoli illetterati. Appunti sulla crisi del latino prima della riforma carolingia." *Studi medievali* (1960): 369-396.

Bauml, Franz. "Der Ubergang mundlicher zur artes-bestimmten Literatur des Mittelalters. Gedanken und Bedenken." In *Fachliteratur des Mittelalters. Festschrift Gerhard Eis.* Stuttgart, 1968. Pp. 1-10.

——. "Varieties and Consequences of Medieval Literacy and Illiteracy." *Speculum* 55 (1980): 237-65.

——, ed. *From Symbol to Mimesis: the Generation of Walther von der Vogelweide.* Goppingen: Kummerle, 1984.

Bauml, Franz H., and Spielmann, Edda. "From Illiteracy to Literacy: Prologomena to a Study of the Nibelungenlied." In *Oral Literature. Seven Essays,* ed. Joseph J. Duggan. London: Scottish Academic Press, 1975. Pp. 62-73.

Bazan, B. C. "Les Questions disputées, principalement dans les facultés de Théologie." In L. Génicot, *Typologie des sources du moyen âge occidental.* Turnhout: Brepols, 1985.

Belting, Hans. *Bild und Kult: eine Geschichte des Bildes vor dem Zeitalter der Kunst.* Munich: Beck, 1990.

Benson, R. L., and Constable, G., eds. *Renaissance and Renewal in the Twelfth Century.* Cambridge, Mass.: Harvard University Press, 1982.

Benton, John F., ed. *Self and Society in Medieval France. The Memoirs of Abbot Guibert of Nogent (1064?-c. 1125).* The translation of C. C. Swinton Bland revised by the editor. New York: Harper, 1970.

Berkout, C. T., and Russell, J. B. *Medieval Heresies. A Bibliography 1960-1979.* Pontifical Institute of Medieval Studies. Subsidia Medievalia 2. Toronto, 1981.

Berlière, Ursmer. "Lectio divina." In *L'Ascèse bénédictine des origines à la fin du XIIe siècle.* Collection Pax. Maredsous, 1927.

Birt, Theodor. *Das antike Buchwesen in seinem Verhaltnis zur Literatur, mit Beitragen zur Textgeschichte des Theokrit, Catull, Properz und anderer Autoren.* Berlin: W. Herz, 1882. (Reprint Aalen: Scientia, 1959.)

———. *Die Buchrolle in der Kunst.* Leipzig: Teubner, 1907.

Bischoff, Bernhard. "Aus der Schule Hugos von St. Viktor." In *Aus der Geisteswelt des Mittelalters,* ed. A. Lang, J. Lecher, and M. Schmaus. Beitrage zur Geschichte der Philosophie und Theologie des Mittelalters, Supplementband 3, Halbband 1. Munster, 1935. pp. 246–50.

———. "Elementarunterricht und *probationes pennae* in der erstern Halfte des Mittelalters." Mittelalterliche Studien 1 (1966): 74–78.

———. "Die Gedachtniskunst im Bamberger Dom." In *Anecdota Novissima.* Stuttgart: Hiersemann, 1984. Pp. 204–11.

———. *Mittelalterliche Studien. Ausgewählte Aufsatze zur Schriftkunde und Literaturgeschichte.* 2 vols. Stuttgart: Hiersemann, 1966–67.

———. *Palaographie des römischen Altertums und des abendländischen Mittelalters.* Grundlagen der Germanistik 24. Berlin: E. Schmidt, 1980.

———. "Il ruolo del libro nella riforma di Carlo Magno." *Schede medievali* 2 (1982): 7–13.

———. "The Study of Foreign Languages in the Middle Ages." *Speculum* 36 (1961): 109–226.

———. *Die süddeutschen Schreibschulen und Bibliotheken in der Karolingerzeit.* 2 vols. Wiesbaden: Harrassowitz, 1980.

———. "Eine verschollene Einteilung der Wissenschaften." *Archives d'histoire dodrinale et littéraire du moyen âge* 33 (1958): 5–20.

Bischoff, B., and Hoffmann, J. *Libri Sanct Kyliani: die Würzburger Schreibschule und die Dombibliothek im 8. und 9. Jahrhundert.* Wurzburg: Schonigh, 1952.

Bloch, P. "Autorenbildnis." In *Lexikon der christlichen Ikonographie,* vol. 1, cols. 232-34. Freiburg, Br.: Herder, 1968.

Blum, H. *Die antike Mnemotechnik, Spudasmata.* Studien zur klassischen Gesetzgebung 15. Hildesheim: Olms, 1969.

Blume, Karl. *Abbatia. Ein Beitrag zur Geschichte der kirchlichen Rechtssprache.* Stuttgart: Enke, 1941.

Blumenberg, Hans. *Die Lesbarkeit der Welt.* Frankfurt, Main: Suhrkamp, 1986.

Boblitz, Hartmut. "Die Allegorese der Arche Noah in der fruhen Bibelauslegung." *Fruhmittelalterliche* Studien 6 (1972). Pp. 159-70.

Boer, P. A. H. *Gedenken und Gedachtnis in der Welt des alten Testamentes.* Stuttgart: Kohlhammer, 1962.

Boler, J. F. "Abaelard and the Problem of the Universals." *Journal of the History of Philosophy* 1 (1963): 37-51.

Bonnard, Fourier. *Histoire de l'Abbaye Royale et de l'ordre des Chanoines Réguliers de St.-Victor de Paris. Première période: 1013-1500.* Paris: Savaète, 1907.

Borgolte, Michael. "Freigelassene im Dienst der Memoria. Kulttradition und Kultwandel zwischen Antike und Mittelalter." *Frühmittelalterliche Studien* 17 (1983): 234-50.

Borst, Arno. *Der Turmbau von Babel. Geschichte der Meinungen uber Ursprung und Vielfalt der Sprachen und Volker.* Stuttgart: Hiersemann, 1963.

Bosse, Heinrich. "'Die Schüler müssen selber schreiben lernen' oder die Einrichtung der Schiefertafel." In *Schreiben-Schreiben lernen. Rolf Sanner zum 65. Geburtstag,* ed. D. Boueke and N. Hopster. Tübinger Beitrage zur Linguistik 249. Tübingen: Narr, 1985. Pp. 164-99.

Bottéro, Jean. *Mésopotamie. L'Écriture, la raison et les dieux.* Paris: Gallimard, 1987.

Boueke, D., and Hopster, N., eds. *Schreiben-Schreiben lernen. Festschrift Rolf Sanner zum 65. Geburtstag.* Tubinger Beitrage zur Linguistik 249. Tübingen: Narr, 1985.

Bourgain, Pascale. "L'Édition des manuscrits." In *L'histoire de l'édition française,* ed. H. J. Martin and R. Chartier, vol. 1. Paris: Promodis, 1982. Pp. 48-75.

Brendel, Otto J. "The Celestial Sphere of the Moiral." In *Symbolism of the Sphere. A Contribution to the History of Earlier Greek Philosophy. Études préliminaires aux religions Orientales dans L'Empire Romain,* vol. 67. Leiden: E. J. Brill, 1977. Pp. 81-83.

Brincken, Anna Dorothea von den. "*Mappa Mundi* und Chronographie. Studien *zur imago mundi* des Mittelalters." *Deutsches Archiv für Erforschung des Mittelalters* 24 (1968): 118-86.

———. "*Tabula Alphabetica.* Von den Anfangen alphabetischer Registerarbeiten zu Geschichtswerken." In *Festschrift für Hermann Heimpel.* Veroffenlichungen des Max Planck Instituts fur Geschichte. Gottingen: Vandenhoek, 1972. Pp. 900-923.

———. "... *ut describeretur universus orbis.* Zur Universalkarthographie des Mittelalters." *Miscellanea Medievalia* 7 (1970): 249-78.

Bruni, Francesco. "Traduzione, tradizione e diffusione della cultura: Contributo alla lingua dei semicolti." *Quaderni Storici* 38 (1978): 523-34.

Bultot, Robert. "Cosmologie et contemptus mundi." *Recherches de théologie ancienne et médiévale.* Numéro Special 1. Mélanges de théologie et de Littérature médiévales offerts à Dom Hildebrand Bascuoa, O.S.B. Louvain, 1980.

Buttimer, Charles Henry. *Hugonis de Sancto Victore, Didascalicon. De Studio Legendi: A Critical Text.* Dissertation by Brother Charles Henry Buttimer, M.A. Washington, D.C.: Catholic University Press, 1939.

Btittner, Frank Olaf. "*Mens divina liber grandis est:* zu einigen Darstellungen des Lesens in spatmittelalterlichen Handschriften." *Philobiblon* (Vienna) 16 (1972): 92-126.

Bynum, Caroline Walker. "Did the Twelfth Century Discover the Individual?" *Journal of Ecclesiastical History* 31 (1980): 1-12.

——. *Docere verbo et exemplo: An Aspect of Twelfth-Century Spirituality.* Harvard Theological Studies 31. Missoula: Scholar Press, 1979.

——. "The Spirituality of Regular Canons in the Twelfth Century: A New Approach." *Medievalia et Humanistica,* n.s., 11 (1973): 3-24.

Calati, B. "La *lectio divina* nella tradizione monastica benedettina." *Benedictina* 28 (1981): 407-38.

Camille, Michael. "The Devil's Writing: Diabolic Literacy in Medieval Art." In *World Art: Themes of Unity in diversity: Acts of the Twenty-sixth International Congress of Art,* ed. Irving Lavin. University Park: Pennsylvania State University Press, 1989.

——. "Seeing and Reading: Some Visual Implications of Medieval Literacy and Illiteracy." *Art history* 8 (1985): 26-49.

——. "Visual Signs of the Sacred Page: Books in the Bible Moralisee." *Word and Image,* vol. 5, no. 1 (Jan. 1989): 111-30.

Canivez, J. M., ed. *Status Capitulorum Generalium Ordinis Cisterciensis ab anno 1116 ad annum 1786,* vol. 1. Louvain, 1933.

Caplan, Harry. *Rhetorica ad Herennium. De ratione dicendi.* With an English translation. Cambridge, Mass.: Harvard University Press, 1954.

Capua, F. di. "Osservazioni sulla lettura e sulla preghiera ad alta voce presso gli antichi." *Rendiconti dell'Accademia di Archeologia, Lettere e Belle Arti di Napoli,* n.s., 28 (1953-54): 59-62.

Caruthers, Mary. *The Book of Memory: A Study of Memory in Medieval Culture.* Cambridge: Cambridge University Press, 1990.

Casel, Odo, O.S.B. *Vom Spiegel als Symbol.* Nachgelassene Schriften zusammengestellt von Julia Platz. Maria Laach: Ars Liturgica, 1961.

Charland, Thomas M. *Artes Praedicandi: Contributions à l'histoire de la rhétorique au moyen âge.* Publications de l'Institut d'Études médiévales d'Ottawa 7. Paris: Vrin, 1936.

Charpin, Dominique, ed. *Le Geste, la parole et l'ecrit dans la vie juridique en Babylonie ancienne. Écriture, systèmes idéographiques et pratiques expressives.* Actes du colloque international de l'Université de Paris VIII. Paris: Sycomore, 1982.

Chartier, Roger. *Lectures et lecteurs dans la France d'ancien régime.* Paris: Seuil, 1987.

Chastel, André, et al., eds. *La sculpture. Principes d'analyse scientifique: Méthode et vocabulaire.* Ministère de la Culture et de la Communication. Inventaire Général des Monuments ... de la France. Paris: Imprimerie nationale, 1978.

Châtillon, Jean. "Le *Didascalicon* de Hugues de Saint-Victor." In *La Pensée encyclopédique au moyen âge.* Neuchâtel: Baconnière, 1966. Pp. 63-76.

———. "Une Écclésiologie médiévale: L'Idée de l'Église dans la théologie de l'école de Saint-Victor au XIIe siècle." *Irénikon* 22 (1949): 115-38, 395-411.

____. "Les Écoles de Chartres et de Saint-Victor." In *La scuola nell' Occidente Latino nell' alto medio evo.* 2 vols. Settimane di Studio 19. Spoleto: Centro Italiano per i studi sull' Alto Medio Evo, 1972. Pp. 795-839.

____. "De Guillaume de Champeaux à Thomas Gallus: Chronique Littéraire et doctrinale de l'école de Saint-Victor." *Revue de moyen âge latin* 8 (1952): 139-62.

____. "Hugo von St. Victor." In *Theologische Realenzyklopädie,* vol. 15. Berlin, 1986. Pp. 629-35.

____. "Hugues de Saint-Victor critique de Jean Scot." In: *Jean Scot Erigène et l'histoire de la philosophie.* Actes du Colloque international du Centre National de la Recherche scientifique, Laon 1975. Paris, 1977. Pp. 415-31.

Chaunu, Pierre. *Histoire science sociale. La Durée, l'espace et l'homme à l'époque moderne.* Paris: Soc. édit. d'Enseignement Supérieur, 1974.

Chaytor, H. J. *From Script to Print: An Introduction to Medieval Vernacular Literature.* Cambridge: Cambridge University Press, 1945.

____. "The Medieval Reader and Textual Criticism." *Bulletin of the John Rylands Library* 26 (1941): 49-56.

Chenu, Marie-Dominique. "Arts 'mécaniques' et oeuvres serviles." *Revue des sciences philosophiques et théologiques* 29 (1940): 313-15.

____. "Auctor, Actor, Autor." *Bulletin du Cange* 3 (1927): 81-86.

____. "Les Catégories affectives dans la langue de l'école." In *Le Coeur.* Études carmelitaines. Bruges: Desclée De Brouwer, 1950. Pp. 123-28.

____. "Civilisation urbaine et théologie. L'École de Saint-Victor au

XIIe siècle." *Annales: économies, sociétés, civilisations* 29 (1974): 1253-63.

——. "Conscience de l'histoire et théologie au XIIe siècle." *Archives d'histoire doctrinale et littéraire du moyen âge* 21 (1954): 107-33.

——. "Cur homo? Le Sous-sol d'une controverse au XIIe siècle." *Mélanges de science religieuse* 10 (1953): 195-204.

——. "La Décadence de l'allégorisation. Un Témoin, Garnier de Rochefort." In *L'Homme devant Dieu. Mélanges offerts au père Henri de Lubac,* vol. 2. Paris: Aubier, 1964. Pp. 129-36.

——. "L'Éveil de la conscience dans la civilisation médiévale." In *Conférence Albert le Grand 1968.* Montréal: Institute d'Études Médiévales, 1969.

——. "Grammaire et théologie au XIIe et XIIIe siècles." *Archives d'histoire doctrinale et Littéraire du moyen âge* 10-11 (1935-36): 5-28.

——. "Involucrum: Le Mythe selon les théologiens médiévaux." *Archives d'histoire doctrinale et Littéraire du moyen âge* 30 (1955): 75-79.

——. "Les Masses pauvres." In G. Cottier; J.-C. Baumont, A. Chouraqui, et al. *Èglise et pauvreté.* Paris: Cerf, 1965. Pp. 169-76.

——. "Moines, clercs, et laics au carrefour de la vie évangélique." *Revue d'histoire ecclésiastique* 49 (1954): 59-89.

——. "La Nature et l'homme: La renaissance du XIIe siècle." In La *Théologie au XIIe Siècle*. Paris: Vrin, 1976. Pp. 19-51.

——. "Nature ou histoire? Une Controverse éxégétique sur la création au' XIIe siècle." *Archives d'histoire doctrinale et littéraire du moyen âge* 20 (1953): 25-30.

——. "Notes de lexicographie philosophique médiévale: *disciplina."* *Revue des sciences philosophiques et théologiques* 25 (1936): 686-92.

———. "Platon â Citeaux." *Archives d'histoire doctrinale et littéraire du moyen âge* 21 (1954): 99-106.

———. *Il risveglio della coscienza nella civilitá medievale.* Giá e Non Ancora 57. Milano: Jaca Book, 1982.

———. "*Spiritus:* Le Vocabulaire de l'âme au XIIe siècle." *Revue des sciences philosophiques et théologiques* 41 (1957): 209-32.

———. "La Théologie au XIIe siècle." In *Études de philosophie médiévale,* ed. Étienne Gilson. Paris: Vrin, 1957.

———. La *Théologie comme science au XIIe siècle.* 3d rev. ed. Bibliothèque Thomistique. Paris: Vrin, 1957.

Chiampi, James Thomas. "From Unlikeness to Writing: Dante's 'Visible Speech' in Canto Ten, Purgatorio." *Medievalia* 5 (1982): 97-112.

Chiffoleau, J. "Perché cambia la morte nella regione di Avignone alla fine del Medioevo." *Quaderni Storici* 50 (1982): 449-65.

Christ, Karl. *The Handbook of Medieval Library history,* trans. and ed. by Theophil M. Otto. Metuchen, N.J.: The Scarecrow Press, Inc., 1984.

Clanchy, M. T. *From Memory to Written Record, England 1066-1307.* Cambridge, Mass.: Harvard University Press, 1979.

———. "Remembering the Past and the Good Old Law." *History* 40 (1970): 165-76.

Clapp, Vernon W. *The Story of Permanent Durable Book Paper, 1115-1970.* Toronto: University of Toronto Press, 1971.

Congar, Yves. "Modèle monastique et modèle sacerdotal en Occident, de Grégoire VII (1073-1085) à Innocent III (1198)." In *Études de civilisation médiévale (IXe-XIIe). Mélanges offerts à Edmond-René Labande.* Poitiers, 1973.

Constable, Giles. "Aelred of Rievaulx and the Nun of Watton: An Episode in the Early History of the Gilbertine Order." In *Medieval Women,* ed. Derek Baker. Studies in Church history, Subsidia 1. Oxford: Blackwell, 1978. Pp. 209-26.

____. *Attitudes toward Self-Inflicted Suffering in the Middle Ages.* Brookline, Mass.: Hellenic College Press, 1982.

____. *The Letters of Peter the Venerable.* Cambridge, Mass.: Harvard University Press, 1967.

____. *Medieval Monasticism. A Select Bibliography.* Toronto Medieval Bibliographies 6. Toronto: University of Toronto, 1976.

____. "Monachisme et pèlerinage du moyen âge." *Revue historique* 101 (1977): 3-27.

____. "*Nudus nudum Christum sequi* and Parallel Formulas in the Twelfth Century: A Supplementary Dossier." In *Continuity and Discontinuity in Church History. Festschrift J. H. Williams,* ed. E. F. Church, and T. George. Studies in Christian Thought 19. Leiden, 1981. Pp. 83-91.

____. "Opposition to Pilgrimage in the Middle Ages." In *Mélanges C. Fransen.* Studia Gratiana 19. Bologna, 1976. Pp. 125-46.

____. "The Popularity of Twelfth-Century Spiritual Writers in the Late Middle Ages." In *Religious Life and Thought.* London: Variorum, 1979.

____. "Resistance to the Tithes in the Middle Ages." Journal of Ecclesiastic History 13 (1962): 172-85.

Constable, Giles, and Smith, B. *Libellus de diversis ordinibus qui sunt in Ecclesia.* Oxford: Oxford University Press, 1972.

Corbier, M. "L'Écriture dans l'espace public romain." In Centre national de la récherche scientifique. *L'Urbs: Espace urbain et histoire.*

Rome: École francaise de Rome, 1987. Pp. 583-95.

Corbin, Henry. "Les cités emblématiques." In *Les symboles du lieu, l'habitation de l'homme.* Le Cahiers de l'Herne, ed. Horia Damian and Jean-Pierre Raynaud. Paris: l'Herne, 1983. Pp. 47-54.

Corcoran, T. *Renatae Litterae, saeculo 16. in scholis societatis Iesu stabilitae. Ad usum academicum in collegio Dublinensi.* Dublin, 1927.

Courcelle, Pierre. *Connais-toi toi-même, de Socrate à Saint Bernard.* 3 vols. Paris: Études Augustiniennes, 1974.

——. "Étude critique sur le commentaire de la 'Consolation' de Boece (XIe-XVe siècles)." *Archives d'histoire doctrinale et Littéraire du moyen âge* 12 (1939): 6-140.

Cremascoli, G. *Exire de saeculo. Esami di alcuni testi della spiritualitá benedettina e francescana (Sec. XIII-XIV).* Quaderni di Ricerche Storiche sul Primo Movimento Francescano e del Monachesimo Benedettino 3. Nantes, 1982.

Curshman, Michael. "The Concept of the Oral Formula as an Impediment to Our Understanding of Medieval Oral Poetry." *Medievalia Humanistica,* n.s., 8 (1977): 63-76.

Curtius, Ernst Robert. *Europaische Literatur und lateinisches Mittelalter.* 7th ed. Bern and Munich: Francke, 1969. (English translation: *European Literature and the Latin middle Ages* [Princeton: Princeton University Press, 1953].)

Cusanus, Nicolaus. *De venatione sapientiae, Die Jagd nach Weisheit,* ed. P. Wilpert. Hamburg, 1964.

Damish, Hubert. "L'Alphabet des masques." *Nouvelle revue de psychoanalyse* 21 (1981): 123-31.

Décanet, J. M. "Amor ipse intellectus est." *Revue du moyen âge latin* 1945: 368.

Deferrari, Roy J., ed. *Hugh of St. Victor's 'On the Sacraments of the Christian Faith:* Cambridge: Cambridge University Press, 1951.

Delaruelle, E. *La Piété populaire au moyen âge.* Turin: Botteghe Oscure, 1975.

Dereine, Charles. "Coutumiers et ordinaires de chanoines réguliers." *Scriptorium* 5 (1951): 107-17.

Destrez, Jean. *La 'Pecia' dans les manuscrits universitaires du XIIIe et XIVe siècles.* Paris: Vautrain, 1935.

Detienne, Marcel, ed. *Les Savoirs de l'écriture en Grèce ancienne.* Cahiers de Philologie. Serie apparat critique 14. Lille: Centre de Recherche Philologique de l'Université de Lille 3, 1988.

Dewan, L. "*Obiectum*. Notes on the Invention of a Word." *Archives d'histoire doctrinale et Littéraire du moyen âge* 48 (1981): 37-96.

Dickey, Mary. *Some Commentaries on the "De Inventione" and "Ad Herennium" of the Eleventh and Early Twelfth Century.* Medieval and Renaissance Studies 1. London: Warburg Institute, 1968. Pp. 1-41.

Diringer, David. *The Alphabet: A Key to the history of Mankind,* vol. 1. 3d ed. New York: Funk and Wagnalls, 1968. (Orig. 1848.)

Douteil, H., ed. *Exultet Rolle: Easter Praeconium. MS Biblioteca Vaticana 9820.*

Graz: Akademische Druck- und Verlagsanstalt, 1975.

Dragonetti, Roger. *Le Mirage des sources: l'art du faux dans le roman médiéval.* Paris: Seuil, 1987.

Dronke, Peter. *A history of Twelfth-Century Western Philosophy.* Cambridge: Cambridge University Press, 1988.

____. Poetic *Individuality In the Middle Ages. New Departures in Poetry 1000-1150.* Oxford: Clarendon Press, 1970

——. *Women Writers of the Middle Ages: A Critical Study of Texts from Perpetua (230) to Marguerite Porete (1310).* Cambridge: Cambridge University Press, 1984.

Druce, G. C. "The Medieval Bestiaries and Their Influence on Ecclesiastical Decorative Art." *Journal of the British Architectural Association* 1919-20.

Du Cange, Charles Du Fresne Sieur. *Glossarium mediae et infirmae latinitatis.* Editio nova, aucta 1883-1887. Graz, reprint 1954. (Orig. 1678.)

Duhem, Pierre. *Medieval Cosmology: Theories of Infinity, Place, Time, Void, and the Plurality of Worlds.* Translated and ed. Roger Ariew. Chicago: University of Chicago Press, 1985.

Dumont, Louis. "A Modified View of Our Origins. The Christian Beginnings of Modern Individualism." Religion 12 (1982): 1-27.

Dunne, Carrol. "The Roots of Memory." Spring (1988): 113-18.

Ebeling, G. "Geist und Buchstabe." In *Religion in Geschichte und Gegenwart,* vol. 2, cols. 1290-96. Tubingen: Mohr, 1958.

——. *Kirchengeschichte als Geschichte der Auslegung der Heiligen Schrift.* Tubingen: Mohr, 1947.

Ehlers, Joachim. "*Area significat ecclesiam:* ein theologisches Weltmodell aus der ersten Halfte des 12. Jahrhunderts." In *Jahrbuch des Institutes fur Frühmittelalterforschung der Universitat Munster,* vol. 6. Munster, 1972. Pp. 121-87.

——. *Hugo von St. Victor: Studien zum Geschichtsdenken und zur Geschichtsschreibung des 12. Jahrhunderts.* Frankfurter historische Abhandlungen 1973. Wiesbaden: Steiner, 1972.

——. "Hugo von St. victor und die Victoriner." In Martin Gerschat, *Gestalten der Kirchengeschichte,* vol. 3, pt. 1. Mittelalter 1. Pp. 192-

204.

Eisenstein, Elizabeth. *The Printing Press as an Agent of Change: Communications and Cultural Transformations in Early-Modern Europe.* 2 vols. Cambridge: Cambridge University Press, 1979.

——. *The Printing Revolution in Early Modern Europe.* London: Cambridge University Press, 1984.

Elbern, victor H. "Zisterziensische Handschriften des frtuhen Mittelalters als Zeichen sakraler Abrenzung." In *Der Begriff der Repraesentatio im Mittelalter: Stellvertretung, Symbol, Zeichen, Bild,* ed. Albert Zimmermann. Berlin: De Gruyter, 1971. Pp. 340~56.

Emery, K. "Reading the World Rightly and Squarely: Bonaventure's Doctrine of the Cardinal Virtues." *Traditio* 39 (1983): 183-218.

Endres, Joseph Anton. *Das Jakobsportal in Regensburg und Honorius Augustodunensis. Ein Beitrag zur Ikonographie und Liturgiegeschichte des 12. Jahrhunderts.* Kempten: Kosel, 1903.

Ernout, A, "Dictare, dieter, allem dichten." *Revue des études latines* 29 (1951): 155-61.

Ernout, A., and Meillet, A. *Dictionnaire étymologique de la langue latine: histoire des mots.* Paris: Klincksieck, 1967.

Evans, Gillian R. "A Change of Mind in Some Scholars of the Eleventh and Early Twelfth Century." In *Religious Motivation: Biographical and Sociological Problems for the Church historian,* ed. D. Baker. Oxford: Blackwell, 1978. Pp. 27-37.

——. "Hugh of St. Victor on History and the Meaning of Things." *Studia Monastica* 25 (1983): 223-34.

——. *Old Arts and New Theology: The Beginnings of Theology as an Academic discipline.* Oxford: Clarendon, 1980.

——. "Two Aspects of Memoria In the Eleventh and Twelfth Century

Writings." *Classica et medievalia* 32 (1971-1980): 263-78.

Faral, Edmond. "Le Manuscrit 511 du 'Hunterian Museum' de Glasgow." *Studi Medievali* 9 (1936): 106-7.

Faulhaber, Charles. *Latin Rhetorical Theory in Thirteenth and Fourteenth Century Castile.* University of California Publications on Modern Philology 103. Berkeley: University of California Press, 1972.

Finkenzeller, Joseph. *Die Lehre von den Sakramenten im Allgemeinen: Von der Schrift bis zur Scholastik. Vol. 4 of Handbuch der Dogmengeschichte.* Freiburg, Br.: Herder, 1980.

Fiske, Adèle M. *Friends and Friendship in the Monastic Tradition.* Presentation by Gerhart B. Ladner. CIDOC Cuaderno 51. Cuernavaca: CIDOC, 1970.

——. "Paradisus Homo amicus." *Speculum* 40 (1965): 426-59.

Flusser, Vilèm. *Die Schrift. Hat Schreiben eine Zukunft?* Gottingen: Immatrix Publications, 1987.

Focillon, H. *L'Art d'Occident, le moyen âge roman et gothique.* Paris, 1938.

Folliet, Georges. "Deificare in otio, Augustin, Epistula X, 2." In *Recherches augustiniennes, 2, Hommage au R. P. Fulbert Cayre.* Paris: Études augustiniennes, 1962. Pp. 225-36.

Forbes, R. J. *Studies in Ancient Technology.* 9 vols. Leiden: Brill, 1964-72.

Forcellini, Aegidio. *Lexicon totius latinitatis.* Josepho Perin, ed. Bologna: La casa editrie Arnoldo Forni, 1965. (Originally published 1864-1926.).

Foreville, Raymonde, ed. *Les Mutations socio-culturelles au tournant des XIe-XIIe siècles. Actes du colloque international du CNRS, le Bec-Hellouin, 1116 juillet 1982.* Spicilegium Beccense 2. Paris: Éditions du Centre National de la Recherche Scientifique, 1984.

Fracheboud, M. André. "Le Problème action-contemplation au coeur de Saint Bernard: 'Je suis la chimère de mon siècle.'" *Collectanea Ordinis Cisterciensium* Reformatorum 16 (1954): 45-52, 128-36, 183-91.

Franklin, Alfred. *Histoire de la bibliothèque de l'abbaye de Saint-Victor à Paris.* Paris, 1865.

Franz, A. *Die Messe im deutschen Mittelalter. Beitrage zur Geschichte der Liturgie und des religiosen Volkslebens.* Freiburg, Br.: Herder, 1902.

Freundgen, Joseph. *Hugo von St. Viktor, Das Lehrbuch. Sammlung der bedeutendsten padagogischen Schriften aus alter und neuer Zeit.* Paderborn: F. Schoningh, 1896.

Fuhrmann, Horst. "Die Falschungen im Mittelalter. Uberlegungen zum mittelalterlichen Wahrheitsbegriff." *Historische Zeitschrift* 197 (1963): 529-54, 580-601.

———. "Uberlegungen eines Editors." In *Probleme der Edition mittel- und neulateinischer Texte,* ed. L. Hodl and D. Wuttke. Boppard: Verlags Gesellschaft mbH, 1978.

Funkenstein, Amos. *Heilsplan und naturliche Entwicklung. Formen der Gegenwartsbestimmung im Geschichtsdenken des hohen Mittelalters.* Munich, 1965.

Gadamer, H. G. "Unterwegs zur Schrift?" In *Schrift und Gedachtnis. Archaologie der literarischen Kommunikation,* ed. Aleida and Jan Assmann. Munich: Fink, 1983. Pp. 10-19.

Ganz, David. "The Preconditions of Caroline Minuscle." Viator 18 (1987): 23-43.

Ganz, Peter. *The Role of the Book in Medieval Culture.* 2 vols. Turnhout: Brepols, 1986.

Gardeil, A. "Dons du Saint Esprit." In *Dictionnaire de théologie catholique,* vol. 4, cols, 1728-81. Paris: Letouzey, 1939.

Gasparri, E, ed. "L'Enseignement de l'écriture a la fin du moyen âge: apropos du tractatus in omnem modum scribendi, MS 76 de l' abbaye de Krebsmunster." *Scrittura e civiltà* 3 (1979): 243-65.

Gatard, A. "Chant grégorien du 9e au 12e siècle." In *Dictionnaire d'archéologie chrétienne et de liturgie,* vol. 2, cols. 311-21. Paris: Letouzey, 1913.

Gaudemet, J. *La Société ecclésiastique dans l'Occident médiéval.* London: Variorum Reprints, 1980.

Gellrich, Jesse M. *The Idea of the Book in the Middle Ages: Language Theory, Mythology, and fiction.* Ithaca: Cornell University Press, 1984.

Gerhardson, B. *Memory and Manuscript: Oral Tradition and Written Transmission in Rabbinic Judaism and Early Christianity.* Uppsala: Gleerup, 1961.

Ghellinck, Joseph de. "Les Bibliothèques médiévales." *Nouvelle revue de théologie* 65 (1939): 36-55.

____. *L'Essor de la littérature latine au XIIe siècle.* Museum Lessianum. Paris: Desclée de Brouwer, 1957.

____. "Latin chrétien ou langue latine des chrétiens." *Les Études classiques* 8 (1939): 449-78.

____. *Le Mouvement théologique du XIIe siècle.* Bruges: Éditions 'De Tempel,' 1948.

____. "Originale et originalia." *Bulletin du Cange* 14 (1939): 95.

____. *Patristique et moyen âge: études d'histoire littéraire et doctrinale.* 2 vols. Paris: Desclée de Brouwer, 1947.

____. "La Table des matières de la première édition des oeuvres de Hughes de St.-Victor." *Recherches des sciences religieuses* 1 (1910): 270-89 and 383-96.

Gilson, Étienne. *The Christian Philosophy of St. Augustine.* New York: Octagon Books, 1983.

———. *From Aristotle to Darwin and Back Again: A Journey in Final Causality, Species, and Evolution.* Indiana: University of Notre Dame Press, 1984.

———. *Heloise and Abaelard.* Ann Arbor: University of Michigan Press, 1960.

———. "Regio Dissimilitudinis de Platon à Saint Bernard de Clairvaux." *Medieval Studies* 9 (1947): 103-30.

———. *The Spirit of Medieval Philosophy.* New York: Charles Scribner's Sons, 1936. (Reprint: Norwood, Penn.: Telegraph Books, 1985.)

Gindele, C. "Bienen-, Waben- und Honigvergleiche in der fruhen monastischen Literatur." *Review of Benedictine Studies* 6-7 (1977-78): 1-26.

———. "Die Strukturen der Nokturnen in den lateinischen Monchsregeln vor und um St. Benedikt." *Revue bénédictine* 64 (1954): 9-27.

Giroud, Charles. *L'Ordre des Chanoines Réguliers de Saint-Augustin et ses diverses formes de régime interne.* Paris: Martigny, 1961.

Glorieux, Palémon. "Pour revaloriser Migne. Tables rectificatives." *Mélanges de sciences religieuses.* Vol. 9, *Cahier supplementaire.* Lille, 1952.

———. "Techniques et méthodes en usage à la Faculté de Théologie de Paris au XIIe siècle." *Archives d'histoire doctrinale et littéraire du moyen âge* 35 (1968): 3-186.

Gode, P. K. "Some Notes on the History of Ink Manufacture in Ancient and Medieval India and Other Countries." Chap. 5 in *Studies in Indian Cultural History,* vol. 3. Hoshiarpur:

Vishveshvaranand Vedic Research Institute, 1960; Poona: Shri S. R. Sardessi, 1969. Pp. 31-35.

Godefroy, L. "Lecteur." In *Dictionnaire de théologie catholique,* vol. 9, cols. 117-25. Paris: Letouzey, 1926.

Goetz, W. "Die Enzyklopadien des 13. Jahrhunderts." *Zeitschrift fur die deutsche Rechtsgeschichte* 2 (1936): 227-50.

Goldbacher, Al., ed. *Epistolae Sancti Augustini.* Prague: Bibliopola academiae litterarum caesareae vindobonensis, 1895.

Goldman, E. "Cartam levare." *Mitteilungen des Institutes fur Osterreichische Geschichtsforschung* 35 (1914): 1-59.

Gossen, C.-Th. "Graphème et phonème: le problème central de l' étude des langues écrites du moyen âge." *Revue de linguistique romane* 32 (1968): 304-45.

Gougaud, L. "Muta praedicatio." *Revue bénédictine* 42 (1930): 168-71.

Goy, R. *Die Uberlieferung der Werke Hugo von St. viktor. Ein Beitrag zur Kommunikationsgeschichte des Mittelalters.* Monographien zur Geschichte des Mittelalters 14. Stuttgart, 1976.

Grabmann, M. *Die Geschichte der scholastischen Methode.* vol. 1. 2d ed. Freiburg, Br.: Herder, 1957.

Green, William M., ed. "Hugo of St. Victor: *de tribus maximis circumstantus gestorum.*" *Speculum* 18 (1943): 484-93.

Grégoire, R. "L'adage ascétique *Nudus nudum Christum sequi.*" In Studi storici in onore di O. Bertolini. Vol. 1. Pisa, 1975. Pp. 395-409.

——. "Scuola e educazione giovanile nei monasteri dal sec. IV al XII." *Esperienze di pedagogia cristiana nella storia* 1 (1983): 9-44.

Gregory the Great. *Morales sur Job.* Intro. by Robert Gillet, O.S.B. Paris: Les Éditions du Cerf, 1975.

Gregory, Tulio. "La Nouvelle idée de nature et de savoir scientifique au

XII° siècle." In *The Cultural Context of the Middle Ages,* ed. John M. Murdoch and Edith D. Sylla. Boston Studies In the Philosophical Sciences 26. Boston: Reidel, 1978. Pp. 193–210.

Grove, George. *A Dictionary of Music and Musicians.* New York: Macmillan, 1880.

Grundmann, Herbert. *Geschichtsschreibung im Mittelalter.* Gottingen: Vandenhoeck, 1978.

——. "Die Grundlagen der mittelalterlichen Geschichtsanschauung." *Archiv fur Kulturgeschichte* 24 (1934): 326–36.

——. "Jubel." In *Festschrift J.* Trier. Weissenheim a.d. Glan, 1954. Pp. 477–511.

——. "*Litteratus-illiteratus.* Der Wandel einer Bildungsnorm vom Altertum zum Mittelalter." *Archiv fur Kulturgeschichte* 40 (1958): 1–65.

——. *Religiose Bewegungen im Mittelalter.* Darmstadt: Wissenschaftliche Buchgesellschaft, 1970.

Guerreau-Jalabert, A. "La 'Renaissance carolingienne': modèles culturels, usages linguistiques et structures sociales." *Bibliothèque de l'École des Chartes* 139 (1981): 5–35.

Guichard, P. Structures *"orientales" et "occidentales" dans 1'Espagne musulmane.* Paris: Mouton, 1977.

Haering, Nikolaus M. "*Charakter, Signum,* Signaculum: Die Entstehung bis nach der karolingischen Renaissance." *Scholastik* 30 (1955): 481–512.

——. "Commentary and Hermeneutics." In *Renaissance and Renewal in the Twelfth Century,* ed. R. L. Benson and Giles Constable. Cambridge, Mass.: Harvard University Press, 1982. Pp. 173–200.

Hajdu, Helga. *Das mnemotechnische Schrifttum des Mittelalters.*

Amsterdam: E. J. Bonset, 1967. (Orig. Leipzig, 1936.)

Hajnal, Istvan. *L'Enseignement de l'écriture aux universités médiévales.* 2d ed. Budapest, 1959.

Harms, Wolfgang. *Homo viator in bivio: Studien zur Bildlichkeit des Weges.* Medium Aevum 21. Munich: Finck, 1970.

Harms, Wolfgang, and Reinitzer, Heimo. *Natura loquax: Naturkunde und allegorische Naturdeutung vom mittelalter bis zur fruhen Neuzeit.* Mikrokosmos: Beitrage zur Literaturwissenschaft und Bedeutungsforschung 7. Frankfurt, Main: Lang, 1981.

Hartlaub, G. F. *Zauber des Spiegels: Geschichte und Bedeutung des Spiegels in der Kunst.* Munich: Pieper, 1951.

Haskins, Charles H. "The Life of Medieval Students Illustrated by Their Letters." *The American Historical Review* 3 (1897-98): 203-29. (Reprinted in Charles H. Haskins, *Studies in Mediaeval Culture* [Oxford: Clarendon Press, 1929; New York: Ungar, 1958], pp. 1-35.)

Hathaway, Neil. "Compilatio: From Plagiarism to Compiling." Viator 20 (1989): 19-44.

Hausherr, Irénée. *The Name of Jesus.* Kalamazoo: Cistercian Publications, 1978.

Havelock, Eric A. *The Literate Revolution in Greece and Its Cultural Consequences.* Princeton Series of Collected Essays. Princeton: Princeton University Press, 1982.

Heer, Friedrich. *Der Aufgang Europas: Eine Studie zu den Zusammenhängen zwischen politischer Religiositat, Frommigkeitstil und dem Werden Europas im 12. Jahrhundert.* Vienna: Europaische Verlagsanstalt, 1949.

Heisig, Karl, "Muttersprache: Ein romanistischer Beitrag zur Genesis eines deutschen Wortes und zur Entstehung der deutsch-franzosichen Sprachgrenze." *Muttersprache* 22 (1954): 144-74.

Helgeland, John. "The Symbolism of Death in the Later Middle Ages." *Omega* 15 (1984-85): 145-60.

Hendrickson, G. L. "Ancient Reading." *The Classical Journal* 25 (1929): 182-96.

Hermann, H. "The Bible in Art: Miniature, Paintings, Drawings, and Sculpture Inspired by the Old Testament." *Sacris Erudiri* 6 (1954): 189-281.

Heyneman, Martha. "Dante's Magical Memory Cathedral." *Parabola* 11 (1986): 36-45.

Hodl, Ludwig. "Sacramentum et res. Zeichen und Bezeichnung. Eine Begriffsgeschichtliche Arbeit zu fruhneuzeitlichen Eucharistietraktaten." *Scholastik* 38 (1963): 161-82.

Hofmeier, Johann. *Die Trinitätslehre des Hugo von St. Viktor.* Munich, 1936.

Holman, J. "La Joie monastique chez Gilbert de Hoyland." *Collectanea Cisterciensia* 48 (1986): 279-96.

Harm, O. *Schriftform und Schreibwerkzeug. Die Handhabung der Schreibwerkzeuge und ihr formbildender Einfluß auf die Antiqua bis zum Einsetzen der Gothik.* Vienna, 1918.

Howell, Wil Samuel. *The Rhetoric of Alcuin and Charlemagne: A Translation with an Introduction, the Latin Text, and Notes.* New York: Russell and Russell, 1965.

Hunt, Richard W. "The Introduction to the 'artes' in the Twelfth Century." In *Studia Medievalia in honorem R. J. Martin.* Bruges, 1948. Pp. 85-112.

——. "Manuscripts Containing the Indexing Symbols of Robert Grosseteste." *Bodleian Library Record* 4 (1953): 241-55.

Hunt, T., ed. "Vernacular Glosses in Medieval Manuscripts." *Church*

History 39 (1979): 9-37.

Illich, Ivan. "Computer Literacy and the Cybernetic Dream." *STS Bulletin,* Pennsylvania State University, 1987. (Reprinted in Illich, In the Mirror of the Past.)

———. *In the Mirror of the Past.* London: Marion Boyars, 1992.

———. "A Plea for Lay Literacy." *Interchange* 18 (1987): 9-22. (Reprinted in Illich, *In the Mirror of the Past.*)

———. *Schule ins Museum: Phaidros und die Folgen.* Introduction by Ruth Kriss-Rettenbeck and Ludolf Kuchenbuch. Bad Heilbrunn: Klinkhardt, 1984.

———. *Shadow Work.* London: Boyars, 1981.

Illich, Ivan, and Sanders, Barry. *ABC: The Alphabetization of the Popular Mind.* San Francisco: North Point Press, 1988.

Jantzen, H. "Das Wort als Bild in der fruhmittelalterlichen Buchmalerei." In *Über den gotischen Kirchenraum und andere Aufsatze,* ed. H. Jantzen. Berlin, 1951. Pp. 53-60.

Javelet, Robert. "Considérations sur les arts libéraux chez Hugues et Richard de Saint Victor." In *Actes du 6ème Congrès International de Phitosophie médiévale. Université de Montréal 1967.* Paris, 1969. Pp. 557-68.

———. *Image et ressemblance au XII° siècle de St. Anselm à Alain de Lille.* 2 vols. Paris: Letouzey, 1967.

———. "Psychologie des auteurs spirituels du 12e siècle." *Revue des sciences religeuses* 33 (1959): 18-64, 97-164, 209-93.

———. "Sens et réalité ultime selon Hugues de Saint-Victor." *Ultimate Reality and Meaning* 3, no. 2 (1980): 84-113.

Jeauneau, Edouard. "Simples notes sur la cosmogonie de Thierry de Chartres." *Sophia* 23 (1955): 172-83.

———. "L'Usage de la notion d'integumentum à travers les gloses de Guillaume des Conches." *Archives d'histoire doctrinale et littéraire du moyen âge* 24 (1957): 35–100.

Jocqué, Lucas, and milis, Ludovicus, eds. *Liber ordinis Sancti Victoris Parisiensis.* Corpus Christianorum: Continuatio Medievalis 41. Turnhout: Brepols, 1984.

Jolivet, Jean. "The Arabic Inheritance." In *A history of Twelfth-Century Western Philosophy,* ed. Peter Dronke. Cambridge: Cambridge University Press, 1988. Pp. 113–14.

———, ed. *Oeuvres de Saint Augustin.* Paris: Desclée de Brouwer, 1948.

Jousse, Marcel. *L'Anthropologie du geste.* Paris: Gallimard, 1974.

———. "Le Bilatéralisme humain et l'anthropologie du langage." *Revue anthropologique;* Aug.–Sept., 1940, pp. 1–30.

———. *La Manducation de la parole.* Paris: Gallimard, 1975.

———. "Le Style oral rythmique et mnémotechnique chez les verbo-moteurs." *Archives de philosophie* 2 (1924): 1–240.

Jungmann, Josef A. *Christian Prayer through the Centuries.* New York: Paulist Press, 1978.

———. *The Mass of the Roman Rite: Its Origin and Development (Missarum Solemnia).* 2 vols. Trans. F. A. Brunner. New York: Christian Classics, 1955.

Kiessling, Nicolas. *The Library of Robert Burton.* Oxford: Oxford Bibliographical Society, 1987.

Kittel, G. "Akouo." In *Theologisches Worterbuch zum Neuen Testament,* vol. 1, pp. 216–25. Stuttgart: W. Kohlhammer, 1933.

Klauser, Renate. "Ein Beutelbuch aus Isny." *Joost* (1963): 139–46.

Kleinz, John P. *The Theory of Knowledge of Hugh of Saint Victor.* Washington, D.C.: Catholic University of American Press, 1944.

Klink, B. *Die lateinische Etymologie des Mittelalters.* Medium Aevum 17. Munich: Finck, 1970.

Kluge, F. *Etymologisches Wörterbuch der deutschen Sprache.* 18th ed. Berlin: De Gruyter, 1960.

Knox, R. "Finding the Law. Developments in Canon Law during the Gregorian Reform." *Studi Gregoriani* 9 (1972): 421-66.

Koep, Leo. *Das himmlische Buch in Antike und Christentum: eine religionsgeschichtliche Untersuchung zur altchristlichen Bildersprache.* Theophaneia: Beitrage zur Religions- und Kirchengeschichte des Altertums 8. Bonn: Hanstein, 1952.

Kohlenberger, H. K. "Zur Metaphysik des Visuellen bei Anselm von Canterbury." *Analecta Anselmiana* 1 (1969): 11-37.

Kapf, U. *Die Anfäge der theologischen Wissenschaftstheorie im 13. Jahrhundert.* Beitrage zur historischen Theologie 49. Tubingen: J. C. B. Mohr, 1974.

Kos, M. "Carta sine litteris." *Mitteilungen der Osterreichischen Gesellschaft fur Geschichtsforschung* 62 (1954): 97-100.

Kriss-Rettenbeck, Lenz. "Zur Bedeutungsgeschichte der Devotionalien." *Umgang mit Sachen. Zur Kulturgeschichte des Dinggebrauchs.* Vol. 23. *Deutscher Volkskunde-Kongress in Regensburg, Oct. 1981,* ed. Konrad Kastlin und Hermann Bausinger. Regensburg, 1983. Pp. 213-39.

Kuchenbuch, Ludolf. *Schriftlichkeitsgeschichte als methodischer Zugang: das Prümer Urbar 893-1983.* Einfuhrung in die Altere Geschichte. Kurseinheit 2. Hagen: Fernuniversitat, 1990.

Kunze, Horst. *Uber das Registermachen.* Munich, 1964.

Kutzelnigg, Artur. "Die Verarmung des Geruchswortschatzes seit dem Mittelalter." *Muttersprache* 94 (1983-84): 328-46.

Ladner, Gerhart H. "The Concept of the Image in the Greek Fathers and the Byzantine Iconoclastic Controversy." In *Dumbarton Oaks Papers*, vol. 7. 1953. Pp. 1–34. (German translation in *Der Mensch als Bild Gottes*, ed. Leo Scheffczyk. Darmstadt: Wissenschaftliche Buchgesellschaft, 1969. Pp. 144–92.)

———. "*Homo viator:* Medieval Ideas on Alienation and Order." *Speculum* 42 (1967): 233–59.

———. *The Idea of Reform: Its Impact on Christian Thought and Action in the Age of the Fathers.* Part 1. Cambridge, Mass.: Harvard University Press, 1961.

———. *Images and Ideas in the Middle Ages: Selected Studies in History and Art.* Rome: Edizioni di Storia e Litteratura, 1983.

———. "Medieval and Modern Understanding of Symbolism: A Comparison." *Speculum* 54 (1979): 223–56.

———. "Terms and Ideas of Renewal." In *Renaissance and Renewal in the Twelfth Century*, ed. R. L. Benson and Giles Constable. Cambridge, Mass.: Harvard University Press, 1982. Pp. 1–33.

———. "Vegetation Symbolism and the Concept of the Renaissance." In *De Artibus Opuscula. Forty Essays in Honor of Erwin Panofski.* New York, 1961. Pp. 303–22.

Larkin, Philip. *High Windows.* New York: Farrar Straus and Giroux, 1974.

Larsen, Steen F. "Remembering and the Archaeology Metaphor." *Metaphor and Symbolic Activity* 2 (1987): 187–99.

Lasic, Dionysius. *Hugonis de S. Victore theologia perfectiva.* Studia Antoniana 7. Rome: Pontificium Athenaeum Antonianum, 1956.

Lauwers, M. "Religion populaire, culture folklorique, mentalités." *Revue d'histoire écclesiastique* 82 (1987): 221–58.

Le Brun, Jacques. "De l'antique textuelle à la lecture du texte." *Le Débat* 1988: 84-121.

Leclercq, Henry. "Bréviaire." In *Dictionnaire d'archéologie chrétienne et de liturgie,* vol. 2, cols. 1262-1316. Paris: Letouzey, 1925.

——. "Chant romaine et grégorien." Ibid., vol. 3, cols. 256-311. Paris: Letouzey, 1913.

Leclercq, Jean. *L'Amour des lettres et le désir de Dieu: initiation aux auteurs monastiques du moyen âge.* Paris: Cerf, 1957. (English translation: *The Love of Learning and the Desire for God* [New York: Fordham University Press, 1982].)

——. "Aspects spirituels de la symbolique du livre au XIIe siècle." In *L'Homme devant Dieu. Mélanges offerts au père Henri de Lubac,* vol. 2. Paris: Aubier, 1964. Pp. 62-72.

——. "Les Caractères traditionels de la lectio divina." In *La Liturgie et les paradoxes chrétiens,* ed. J. Leclercq. Paris, 1963. Pp. 243-57.

——. *Études sur le vocabulaire monastique du moyen âge.* Studia Anselmiana Fasciculum 48. Rome: St. Anselmo, 1961.

——. "Exercices spirituels; antiquité et haut moyen âge." In *Dictionnaire de spiritualite,* vol. 4, cols. 1903-1908. Paris: Beauchesne, 1960.

——. "Monachisme et pérégrination du IX au XII siècle." *Studia Monastica* 3, 1 (1960): 33-52.

——. *Otia Monastica.* Rome: Studia Anselmiana, 1959.

——. "Saint Bernard et ses secrétaires." *Revue bénédictine* 61 (1951): 208-29.

Leclercq, Jean, ed. "Le De grammatica de Hugues de Saint-Victor." *Archives d'histoire doctrinale et littéraire du moyen âge* 15 (1943-45): 263-322.

Lemay, R. "Dans l'Espagne du XIIe siècle. Les Traductions de l'arabe au latin." *Annales: économies, sociétés, civilisations* 18 (1963): 639-65.

Lemoine, Michel. *Hugo a Sancto Victore. L'art de lire: Didascalicon.* Paris: Éditions du Cerf, 1991.

Levy, M. *Medieval Arabic Bookmaking and Its Relation to Early Chemistry and Pharmacology.* Transactions of the American Philosophical Society 52. New York, 1962.

Lewis, S. "Sacred Calligraphy: The Chi-Rho Page in the Book of Kells." *Traditio* 36 (1980): 139-59.

Liccaro, V. "Ugo di San Vittore di fronte alla novitá delle traduzioni delle opere scientific he greche ed arabe." In *Aetas del 5. Congreso Internacional de Filosofia Medieval,* vol. 2. Madrid. 1979. Pp. 919-26.

Lord, Albert. "Perspectives on Recent Work on Oral Literature." In *Oral Literature: Seven Essays,* ed. J. Duggan. Edinburgh: Scottish Academic Press, 1975 · Pp. 1-24.

Lubac, Henri de. *Exégèse médiévale: les quatre sens de l'ecriture.* 4 vols. Paris: Aubier, 1964.

Maio, A. *Dalle scuola episeopali al seminario del duomo. Vicende, problemi,* protagonisti. Archivo Ambrosiano 36. Milan: Nuove Edizione Duomo, 1979.

Mâle, Émile. *L'Art religieux du 13e siècie en France.* 4 vols. 5th ed. Paris: Armand Colin, 1923.

Manselli, Raoul. *La réligion populaire du Moyen Age: problèmes de méthode et d'histoire.* Montreal: Institut d'érudes médiévales Albert-le-Grand, 1975.

Mansi, Joannes Dominicus. *Sacrorum conciliorum nova et amplissima collectio.* Graz: Akademische Druck- und Verlagsanstalt, 1960.

Marietan, Josèphe. *Le Problème de la classification des sciences d'Aristote à St. Thomas.* Paris: Félix Alcan, 1901.

Marrou, Henri-Irénée. *"Doctrina et disciplina dans la langue des pères de l'Église." Bulletin du Cange* 10 (1934): 5-25.

——. *Saint Augustin et la fin de la culture antique.* 4th ed. Paris: Boccard, 1958.

Mattoso, J. "La lectio divina nos autores monásticos de alta Idade média." *Studia Monastica* 9 (1967): 167-87.

Mayer, A. L. "Die Liturgie und der Geist der Gotik." *Jahrbuch fur Liturgiewissenschaft* 6 (1926): 68-95.

Mazal, Otto. *Europaische Einband Kunst: Mittelalter und Neuzeit.* Graz: Akademische Druck- und Verlagsanstall, 1970.

——. *Lehrbueh der Handsehriftenkunde.* Elemente des Buch und Bibliothekwesens 10. Wiesbaden, 1986.

McCulloch, W. *Embodiments of Mind.* Cambridge: MIT Press, 1965.

McDonnell, E. W. "The Vita Apostolica: Diversity or Dissent." *Church History* 24 (1955): 15-31.

McGarry, Daniel. *The Metalogieon of John of Salisbury.* Berkeley: University of California Press, 1955.

McKeon, Richard. *Thought, Action, and Passion.* Midway Reprint Series. Chicago: University of Chicago Press, 1974.

——, ed. *The Basic Works of Aristotle.* Introduction by R. McKeon. New York: Random House, 1941.

McKitterick, Rosamond. *The Carolingians and the Written Word.* Cambridge: Cambridge University Press, 1989.

——, ed. *The Uses of Literacy in Early Medieval Europe.* Cambridge: Cambridge University Press, 1990.

Meier, Christel. "Vergessen, erinnern. Gedachtnis im Gott-Mensch-

Bezug. Zu einem Grenzbereich der Allegorese bei Hildegard von Bingen und anderen Autoren des Mittelalters." In *Verbum et Signum,* ed. M. Fromm et al. Munich: Fink, 1975. Pp. 143-94.

____. "Zum Verhaltnis von Text und Illustration bei Hildegard von Bingen." In *Hildegard von Bingen 1179-1979. Festschrift zum 800. Todestag,* ed. A. Bruck. Mainz, 1979. Pp. 159-69.

Meier, Christel, and Ruberg, Uwe, eds. *Text und Bild: Aspekte des Zusammenwirkens zweier Kunste in Mittelalter und fruher Neuzeit.* Wiesbaden: Reichert, 1980.

Mentz, A. "Die tironischen Noten. Eine Geschichte der romischen Kurzschrift." *Archiv fur Urkundenforschung* 17 (1942): 222-35.

Michael, B. *Johannes Buridan: Studien zu seinem Leben, seinen Werken und zur Rezeption seiner Theorien im Europa des spaten Mittelalters.* Phil. Diss. Berlin, 1985.

Michaud-Quantin, Pierre. "Aspects de la vie sociale chez les moralistes." In *Beitrage zum Berufsbewußtsein des mittelalterlichen Menschen,* ed. P. Wilpert. Berlin, 1964. Pp. 30-43.

____. "Collectivités médiévales et institutions antiques." *Miscellanea Medievalia* 1 (1962); 239-52.

____. *Études sur le vocabulaire philosophique du moyen âge.* Lesscio intellectuale europeo 5. Rome: Ateneo, 1970.

Miethke, Jurgen. "Die Mittelalterlichen Universitaten und das gesprochene Wort." *Historische Zeitschrift* 251 (1990): 1-44.

____. "Zur Herkunft Hugos von St. Viktor." *Archiv fur Kulturgeschichte* 54 (1972): 241 -65.

Minnis, A. J. *Medieval Theory of Authorship: Scholastic Literary Attitudes in the Later Middle Ages.* London: Scolar Press, 1984.

Mohrmann, Christine. "Comment St. Augustin s'est familiarisé avec le latin des chrétiens." In *Études sur le latin des chrétiens,* vol. 1, *Le latin des chrétiens.* Roma: Storia e Letteratura, 1958. Pp. 383-89.

——. "Le Dualisme de la latinité médiévale." *Revue des études latines,* vol. 29 (195 2): 330-48.

——. *Études sur le latin des chrétiens,* vol. 3, *Latin chrétien et liturgique.* Rome: Storia e Letteratura, 1965.

——. "Die Rolle des Lateins in der Kirche des Westens." In *Études sur le latin de chrétiens,* vol. 2, *Latin chrétien et médiéval.* Rome: Storia e Letteratura, 1961. Pp. 35-62.

Mollard, A. "L'imitation de Quintilien dans Guibert de Nogent." *Le moyen Âge* 3 (1934): 81-87.

Montelera, Ernesto Rossi de. "Tradition et connaissance chez Marcel Jousse." *Nova et Vetera* 64, no. 1 (1989): 53-67.

Moore, Walter J. *Schrödinger: Life and Thought.* Cambridge: Cambridge University Press, 1989.

Morris, Colin D. *The discovery of the Individual 1050-1200.* London: Church Historical Society S.P.C.V., 1972.

——. "Individualism and Twelfth-Century Religion: Some Further Reflections." *Journal of Ecclesiastical History* 31 (1980): 195-206.

Morse, Jonathan. *Word by Word. The Language of Memory.* Ithaca: Cornell University Press, 1990.

Muri, W. *Symbolon: wort- und sachgeschichtliche Studie.* Beilage zum Jahresbericht uber das Stadtische Gymnasium in Bern. Bern, 1931.

Murphy, James, ed. *Medieval Eloquence: Studies on the Theory and Practice of Medieval Rhetoric.* Berkeley: University of California Press, 1978.

Murra, John V. "Current Research and Prospects in Andean Ethnohistory." *Latin American Research Review,* Spring 1970, pp. 3-36.

———. "La función del tejido en varios contextos sociales del estado Inca." *In Actas y trabajos. Segundo Congreso de Historia Nacional del Perú.* Vol. 2. Lima, 1958. Pp. 215–40.

Murray, Alexander. *Reason and Society In the Middle Ages.* New York: Oxford University Press, 1978.

Mus, Paul. *India Seen from the East: Indian and Indigenous Cults in Champa.* Monash Papers on South East Asia 3. Melbourne: Monash University Press, 1975.

———. "The Problematic of Self, West and East." In *Philosophy and Culture, East and West. 3e conférence internationale des philosophes occidentaux et orientaux, juillet 1959,* ed. L. A. Moore. Honolulu, 1959.

Mutschmann, Hermann. "Inhaltsangabe und Kapiteluberschrift im antiken Buch." *Hermes* 46 (1911): 93–107.

Nilgen, Ursula. "Evangelisten." In Engelbert Kirschbaum, S. J., ed., *Lexikon der christlichen Ikonographie,* vol. 1, cols. 696–713. Freiburg, Br.: Herder, 1968.

Nobis, H. M. "Buch der Natur." In *Historisches Wortenbuch der Philosophie,* vol. 1, cols. 957–60. Darmstadt: Wissenschaftliche Buchgesellschaft, 1971.

———. "Die Umwandlung der mittelalterlichen Naturvorstellung. Ihre Ursachen und die wissenschaftsgeschichtlichen Folgen." *Archiv fur Begriffsgeschichte* 13 (1969): 34–57.

Norberg, Dag. "À quelle époque a-t-on cessé de parler latin en Gaule?" *Annales: économies, sociétés, civilisations* 21 (1966): 346–55.

Notopoulos, James A. "Mnemosyne in Oral Literature." *Transactions of the American Philosophical Association* 69 (1938): 465–93.

Oehl, Wilhelm, ed. *Deutsche Mystikerbriefe des Mittelalters 1100-1550.*

Darmstadt: Wissenshaftliche Buchgesellschaft, 1972.
Ohly, Friedrich. "Das Buch der Natur bei Jean Paul." In *Studien zur Goethezeit. E. Trunz zum 75.* Geburtstag. Beihefte zur Euphorion 18. Heidelberg, 1981 . Pp. 177-232.
——. "Geistige Suße bei Otfried." In Ohly, *Schriften zur mittelalterlichen Bedeutungsforschung.* Pp. 93-127.
——. *Hohelied-Studien: Grundzüge einer Geschichte der Hohenliedauslegung des Abendlandes bis um 1200.* Schriften der Wissenschaftlichen Gesellschaft an der Johann-Wolfgang-Goethe-Universitat Frankfurt/ M.; Geisteswissenschaftliche Reihe 1. Wiesbaden: Steiner, 1958.
——. "Die Kathedrale als Zeitraum: zum Dom von Siena." In Ohly, *Schriften zur mittelalterlichen Bedeutungsforschung.* Pp. 171-273.
——. *Schriften zur mitellalterlichen Bedeutungsforschung.* Darmstadt: Wissenschaftliche Buchgesellschaft, 1977.
——. "Die Suche in der Dichtungen des Mittelalters." *Zeitschrift fur deutsche Altertumskunde* 94 (1965): 171-84.
——. "Vom Sprichwort im Leben eines Dorfes" In Volk, Sprache, *Dichtung. Festgabe fur Kurt Wagner,* ed. K. Bischoff and L. Rohrich. Beitrage zur deutschen Philologie 28. Gießen, 1960. Pp. 276-93.
Olson, David R. "The Cognitive Consequences of Literacy." *Canadian Psychology* 27 (1986): 109-21.
Ong, Walter J. *Orality and Literacy: The Technologization of the Word.* London: Methuen, 1982.
——. *The Presence of the Word. Some Prolegomena for Cultural and Religious History.* The Terry Lectures. New Haven: Yale University Press, 1967.
Onions, C. T. *The Oxford Dictionary of English Etymology.* New York:

Oxford University Press, 1966.

Onnerfors, Alf, ed. *Mittelalterliche Philologie. Beitrage zur Erforschung der Mittellateinischen Latinitat.* Darmstadt: Wissenschaftliche Buchgesellschaft, 1975.

Ossola, C. "'Un Oeil immense artificiel': Il sogno pineale della scritura da Baudelaire d'Annunzio e a Zanzotto." *Letteratura italiana* 35 (1983): 457-79.

Ott, Ludwig. "Hugo von St. Viktor und die Kirchenvater." *Divus Thomas* 3 (1949): 180-200 and 293-332.

——. *Untersuchungen zur theologischen Briefliteratur der Fruhscholastik unter besonderer Berucksichtigung des Viktorinischen Kreises.* Munster: Aschendorff, 1932.

Ouspensky, L. *La Théologie de l'icône dans l'Église Orthodoxe.* Paris: Cerf, 1980.

Palmer, Nigel F. "Kapitel und Buch: zu den Gliederungsprinzipien mittelalterlicher Bucher." *Fruhmittelalterliche Studien* 23 (1989): 43-88.

"Parchemin, en commerce, etc...." In Diderot, Denis, and d'Alembert, Jean Le Rond. *Encyclopédie ou dictionnaire raisonné des sciences, des arts et des métiers,* vol. 11, pp. 929-31. Paris: Briasson, 1765.

Parkes, Malcolm B. "The Impact of Punctuation: Punctuation or Pause and Effect." In *Medieval Eloquence: Studies on the Theory and Practice of Medieval Rhetoric,* ed. James Murphy. Berkeley: University of California Press, 1978. Pp. 127-42.

——. "The Influence of the Concepts of Ordinatio and Campilatio on the Development of the Book." In *Medieval Learning and Literature. Essays presented to Richard William Hunt,* ed. Jonathan James Graham Alexander and M. T. Gibson. Oxford: Clarendon, 1976. Pp. 115-

41.

Patt, W. D. "The Early 'Ars dictaminis' as Response to a Changing Society." *Viator* 9 (1978): 133-35.

Payne, Robert O. *The Key of Remembrance: A Study of Chaucer's Poetics.* New Haven and London: Yale University Press, 1963.

Peabody, B. *The Winged Word: A Study in the Technique of Ancient Greek Oral Composition as Seen Principally through Hesiod's "Works and Days."* Albany: State University of New York Press, 1975.

Pedersen, J. "La Recherche de la sagesse d'après Hugues de St.-Victor." *Classica et medievalia* 16 (1955): 91-133.

Petrucci, A., and Romeo, C. "Scrittura e alfabetismo nella Salerno del Ⅸ secolo." *Scrittura e civiltá* 7 (1983): 51-112.

Pfaff, C. *Scriptorium und Bibliothek des Klosters Mondsee im Hohen Mittelalter.* Veroffentlichungen der Kommission fur die Geschichte Osterreichs, ed. A. Lhorsky, fasc. 2. Vienna, 1967.

Pfander, Homer G. "The Medieval Friars and Some Alphabetical Reference-Books for Sermons." *Medium Aevum* (Oxford) 3 (1934): 19-29.

Philippe, M. D. *"Apháiresis próthesis, chorízen dans la philosophie d' Aristote." Revue Thomiste* 49 (1948): 461-79.

Piazzoni, A. M., ed. *"Il De unione spiritus et corporis* di Ugo di San Vittore." Studi Medievali 21 (1980): 861-88.

——, ed. "Ugo di San Vittore *auctor delle Sententiae de divinitate." Studi Medievali* 23 (1982): 861-955.

Picard, J.-C. "L'Éducation dans le ha ut moyen âge. (A propos d'un livre de Pierre Riché)." *Histoire de l'education* 6 (1980): 1-8.

Pinborg, Jan. *Die Entwicklung der Sprachtheorie im Mittelalter.* Beitrage zur Geschichte der Philosophie und Theologie des Mittelalters 42,

2. munster: Aschendorfsche Verlagsbuchhandlung, 1979.
———. *Medieval Semantics. Selected Studies on Medieval Logic and Grammar.* Collected Studies Series 195, ed. Sten Ebbesen. London: Variorum Reprints, 1984.
Pollard, Graham. "Describing Medieval Bookbinding." *In Medieval Learning and Literature: Essays presented to R. W. Hunt,* ed. Jonathan James Graham Alexander and M. T. Gibson. Oxford: Clarendon, 1976. Pp. 50-65.
———. "The Pecia System in the Medieval Universities." In *Medieval Scribes, Manuscripts, and Libraries: Essays presented to N. R. Ker,* ed. M. B. Parkes and A. G. Watson. London; Scalar Press, 1978. Pp. 145-61.
Poole, Reginald L. *Lectures on the History of the Papal Chancery Down to the time of Innocent III.* Cambridge, England: Cambridge University Press, 1915.
Porksen, Uwe. *Der Erzähler im mittelhochdeutschen Epos. Formen seines Hervortretens bei Lamprecht, Konrad, Hartmann, in Wolframs Willehalm und in den Spielmannsepen.* Berlin: Schmidt, 1972.
Powitz, Gerhard. "Textus cum commento in codices manuscripti." *Zeitschrift fur Handschriftenkunde* 5, 3 (1979): 80-89.
Pross, Harry. "Fernsehen als Symbolsehen." *Symbolon,* n.s., 7 (1984): 153-60.
Pulgram, E. "Spoken and Written Latin." *Language* 26 (1950): 458-66.
Quain, Edwin A. "The Medieval *Accessus ad Auctores.*" *Traditio* 3 (1945): 215-64.
Rahner, Karl. "Le Début d'une doctrine des cinq sens spirituels, chez Origène." *Revue d'ascétique et de mystique* 13 (1932): 113-45.

———. "La Doctrine des sens spirituels au moyen âge, en particulier chez Saint Bonaventure." Ibid., 263-99.

Rasmussen, Holger. "Der schreibende Teufel in Nordeuropa." In *Festschrift Mathias Zender,* ed. E. Ennen et al. Bonn, 1972. Pp. 455-64.

Rassow, P. "Die Kanzlei St. Bernhards von Clairvaux." *Studien und Mitteilungen zur Geschichte des Benediktinerordens und seiner Zweige* 34 (1913): 63-103 and 243-93.

Rauch, W. Das Buch Gottes. *Eine systematische Untersuchung des Buchbegriffes bei Bonaventura.* Munchner Theologische Schriften 2. Munich, 1961.

Resnik, I. M. "*Risus monasticus.* Laughter in Medieval Monastic Literature." *Révue bénédictine* 97 (1987): 90-100.

Richard, J. "Voyages réels et voyages imaginaires, instruments de la conaissance géographique au moyen âge." *Culture et travail intellectuel dans l'Occident médiéval. Bilan des colloques d'humanisme médiéval.* Paris: Centre National de Recherche Scientifique, 1981.

Riché, P. "L'Étude du vocabulaire latin dans les écoles anglo-saxonnes au début du Xe siecie." In *La Lexicographie du latin médiéval et ses rapports avec les recherches actuelles sur la civilisation du moyen âge.* Colloques internationaux du Centre national de la recherche scientifique 589. Paris, 1981. Pp. 115-23.

———. "La Formation des scribes dans le monde mérovingien et carolingien." In *Instruction et vie religieuse dans le haut moyen âge."* London, 1981. Pp. 161-71.

———. "La Vie quotidienne dans les écoles monastiques d'après les colloques scolaires." In *Sous le règie de Saint Benoit. Structures monastiques et sociétés en France du moyen âge à l'époche moderne.* Hautes études médiévales et modernes 47. Geneva, 1981. Pp. 417-26.

Richter, D. "Die Allegorie der Pergamentbearbeitung. 1. Beziehungen zwischen handwerklichen Vorgangen und der geistlichen Bildsprache des Mittelalters." In *Fachliteratur des Mittelalters. Festschrift fur Gerhard Eis,* ed. G. Keil, R. Rudolf, W. Schmidt, and H. J. Nermeer. Stuttgart, 1968. Pp. 83-92.

Robb, David M. *The Art of the Illuminated Manuscript.* South Brunswick and New York: Barnes, 1973.

Rouche, Michael. "Des origines à la Renaissance." In *Histoire générale de l'enseignement et de l'éducation en France,* ed. L.-H. Parias, vol. 1. Paris: Nouvelle Librairie de France, 1983.

Rouse, M. A., and Rouse, R. H. "Alphabetization." In *Dictionary of the Middle Ages,* vol. 1, pp. 204-7. New York: Macmillan, 1982.

Rouse, Richard. "Concordances et index." In *Mise en page et mise en texte du livre manuscrit,* ed. Henri-Jean Martin and Jean Vézin. Paris. Éditions du Cercie de la Librarie-Promodis, 1990. Pp. 219-28.

——. "L'Évolution des attitudes envers l'autorité écrite: le développement des instruments de travail au XIIIe siècle." In *Culture et travail intellectuel dans l'Occident médiéval. Bilan des colloques d'humanisme médiéval.* Paris: Centre National de la Recherche Scientifique, 1981. Pp. 115-44.

——. "La naissance des index." In *Histoire de l'édition francaise,* ed. Henri Jean Martin. Paris: Promodis, 1983. Pp. 77-85.

Rouse, R. H., and Rouse, M. A. "*Statim inveniri.* Schools, Preachers, and New Attitudes to the Page." In *Renaissance and Renewal in the Twelfth Century,* ed. R. L. Benson and Giles Constable, Cambridge, Mass.: Harvard University Press, 1982. Pp. 201-25.

——. "The Verbal Concordance of the Scriptures." *Archivum Fratrum*

Praedicatorum 44 (1974): 5-30.

Rousse, Jacques, and Sieben, Herman Joseph. "*Lectio divina et lecture spirituelle.*" In *Dictionnaire de spiritualité,* vol. 9, cols. 470-87. Paris: Beauchesne, 1975.

Ruberg, Uwe. "Allegorisches im 'Buch des Natur' Konrads von Megenberg." *Fruhmittelalterliche Studien* 12 (1978): 310-25.

Rupert of Deutz. *Commentaria in evangelium sancti Johannis.* Rhabanus Haacke, O.S.B., ed. Turnhout: Brepols, 1969.

Saenger, Paul, "Physiologie de la lecture et separation des mots." *Annales E.S.C.* 1 (1989): 939-52.

———. "Silent Reading: Its Impact on Late Medieval Script and Society." *Viator* 113 (1982): 367-414.

Santiago Otero, Horacio. "*Esse et habere* en Hugo de San victor." In *L'Homme et son univers au moyen âge. Acte du 7ème Congrès International de Philosophie Médiévale, 1982.* Coll. Philosophes Médiévaux 16 and 17, ed. Christian Wenin. Louvain la Neuve, 1986. Pp. 427-31.

Santifaller, L. *Beitrage zur Geschichte der Beschreibstoffe im Mittelalter,* mit besonderer Berucksichtigung der papstlichen Kanzlei. 1. Untersuchungen. Mitteilungen des Instituts fur osterreichische Geschichtsforschung. Erganzungsband 16. Graz, 1953.

Sayce, Olive. "Prolog, Epilog und das Problem des Erzahlers." In *Probleme mittelalterlicher Erzahlforschung,* ed. Peter Ganz et al. Berlin: Schmidt, 1972. Pp. 63-71.

Schilling, Michael. "Imagines Mundi. Metaphorische Darstellung der Welt in der Emblematik." In *Mikrokosmos 4. Beitrage zur Literaturwissenschaft und Bedeutungsforschung,* ed. W. Harms. Frankfurt am Main: Lang, 1979. Pp. 71- 81.

Schleusener-Eichholz, Gudrun. *Das Auge im Mittelalter.* 2 vols.

Munsterische Mittelalterschriften 35. Munich: Fink, 1985.
Schlogi, W. *Die Unterfertigung deutscher Könige von der Karolingerzeit bis zum Interregnum durch Kreuz und Unterschrift. Beitrage zur Geschichte und zur Technik der Unterfertigung in Mittelalter.* Munchener Historische Studien, Abt. Geschichtliche Hilfswissenschaften 16. Kallmunz: Michael Lassleben, 1978.
Schlosser, "A History of Paper." In *Paper-Art and Technology,* ed. Paulette Long. San Francisco: World Print Council, 1979. Pp. 1-19.
Schneider, W. A. *Geschichte und Geschichtsphilosophie bei Hugo von St. Victor.* Munster, 1933.
Schonborn, C. von. *L'Icône du Christ. Fondements théologiques élaborés entre le 1e et le 2e Concile de Nicée (325-987).* 2d ed. Collection Paradosis. Fribourg: Éditions de l'Université de Fribourg, 1976.
Schone, Wolfgang. *Das Gottesbild im Abendland.* Berlin: Eckart, 1959.
——. *Uber das Licht in der Malerei.* Berlin: Mann, 1954.
Schreiner, Klaus. "Bucher, Bibliotheken und 'Gemeiner Nutzen' im Spatmittelalter und in der fruhen Neuzeit: Geistes- und sozialgeschichtliche Beitrage zur Frage nach der *utilitas librorum." Bibliothek und Wissenschaft* 9 (1975): 202-49.
——. "*Discrimen veri ac falsi:* Ansatze und Formen der Kritik in der Heiligen- und Reliquienverehrung des Mittelalters." *Archiv fur Kulturgeschichte* 48 (1966): 1-53.
——. "Laienbildung als Herausforderung fur Kirche und Gesellschaft: religiose Vorbehalte und soziale Widerstande gegen die Verbreitung von Wissen im spaten Mittelalter und in der Reformation." *Zeitschrift fur historische Forschung* 11 (1984): 257-354.
Schreiner, Rudolf. "Marienverehrung, Lesekultur, Schriftlichkeit.

Bildungsund frommigkeitsgeschichtliche Studien zur Auslegung und Darstellung von Maria Verkundigung im Mittelalter." *Fruhmittelalterliche Studien* 24 (1990): 314-64.

Schrenk, Gottlieb. "Bíblos, biblíon." In *Theologisches Worterbuch zum Neuen Testament,* vol l, pp. 613-20. Stuttgart: Kohlhammer, 1933.

Schuman, J. C. G. *Hugo von Sankt Viktor als Pädagog.* Kleinere Schriften uber padagogische und kulturgeschichtliche Fragen. 2 vols. Hannover, 1878.

Schussler-Fiorenza, Elisabeth. In *Memory of Her: A Feminist Theological Reconstruction of Christian Origins.* New York: Crossroad, 1986.

Scribner, Sylvia, and Cole, Michael. *The Psychology of Literacy.* Cambridge: Harvard University Press, 1981.

Segal, C. "Otium and Eros: Catullus, Sappho, and Euripides' Hippolytus." *Latomus,* vol. 48, no. 4 (1989): 817-22.

Severino, Emanuele. "Temporalité et aliénation." In *Temporalité et aliénation. Actes du colloque, Rome, 3-8 janvier,* 1975, ed. Enrico Castelli. Paris: Aubier, 1975. Pp. 303-12.

Severino, G. "La discussione degli ordines di Anselmo de Havelberg." *Bolletino dell'Istituto. Storico Italiano per il Medioevo e Archivo Muratoriano* 78 (1967): 75-122.

Sirat, Colette. "La Morphologie humaine et la direction des écritures." *Académie des Inscriptions et Belles Lettres,* Sept., 1987, pp. 135-67.

Skeat, T. C. "The Use of Dictation in Ancient Book Production." *Proceedings of the British Academy* 42 (1956): 179-208.

Smalley, Beryl. "La Glossa Ordinaria." *Recherches de théologie ancienne et médiévale* 9 (1937): 365-400.

——. *The Study of the Bible in the Middle Ages.* South Bend: University of Notre Dame Press, 1964.

Smeyers, M. La Miniature. Typologie des sources du moyen âge occidental 8. Turnhout: Brepols, 1974.

Southern, Richard W. "Beryl Smalley and the Place of the Bible in Medieval Studies 1927-1984." In *The Bible in the Medieval World: Essays in Memory of Beryl Smalley,* ed. K. Walsh and D. Wood. Oxford: Blackwell, 1985. Pp. 1-16.

———. *The Making of the Middle Ages.* 16th printing. New Haven: Yale University Press, 1976. (Orig. 1953.)

———. "The Schools of Paris and the School of Chartres." In *Renaissance and Renewal in the Twelfth Century,* ed. R. L. Benson and Giles Constable. Cambridge, Mass.: Harvard University Press, 1982. Pp. 113-37.

Spaemann, R. "Genetisches zum Naturbegriff des 18. Jahrhunderts." *Archiv für Begriffsgeschichte* 11 (1967): 59-74.

Spahr, P. C. "Die lectio divina bei den alten Cisterciensern. Eine Grundlage des cisterciensischen Geisteslebens." *Analecta Cisterciensia* 34 (1978): 27-39.

Spicq, P. C. *Esquisse d'une histoire de l'exégèse au moyen âge.* Paris, 1946.

Spitz, H. J. "Schilfrohr und Binse als Sinntrager in der lateinischen Bibelexegese." *Frühmittelalterliche Studien* 12 (1978): 230-57.

Stadelhuber, J. "Das Laienstundengebet vom Leiden Christi in seinem mittelalterlichen Fortleben." *Zeitschrift fur Katholische Theologie* 71 (1949): 129-83; 72 (1950): 282-322.

Steinen, Wolfram von den. "Das mittelalterliche Latein als historisches Phanomen." *Schweizer Zeitschrift für Geschichte* 7 (1957): 1-27.

Steiner, George. "The End of Bookishness." *Times Literary Supplement,* vol. 8, 16 July, 1988, p. 754.

———. "Our Homeland the Text." *Salmagundi* 66 (1985): 4-25.

Sternagel, Peter. *Die Artes Mechanicae im Mittelalter: Begriffs- und Bedeutungsgeschichte bis zum Ende des 13. Jahrhundert.* Munchener Historische Studien. Abt. Mittelalterliche Geschichte, ed. J. Sparl, vol. 2. Kallmunz: Michel Lassleben, 1966.

Stock, Brian. "Experience, Praxis, Work, and Planning in Bernard of Clairvaux: Observations on the Sermones and Cantica." In *The Cultural Context of Medieval Learning. Proceedings of the First International Colloquium in Philosophy, Science, and Technology in the Middle Ages, Sept. 1973.* Boston Studies in the Philosophy of Science 26, ed. Robert S. Cohen and M. W. Wartofsky. Boston, 1973. Pp. 219-68.

———. *The Implications of Literacy: Written Language and Models of Interpretation in the Eleventh and Twelfth Centuries.* Princeton: Princeton University Press, 1983.

Table Ronde de École Française de Rome. *Faire croire. Modalités de la diffusion et de la réception des messages religieux du XIIe au XVe siècle.* 22-23 juin, 1979. Rome and Paris, 1981.

Talbot, C. H. "The Universities and the Medieval Library." In *The English Library before 1700,* ed. F. Wormland and C. E. Wright. London: Athlone Press, 1958. Pp. 76-79.

Taylor, Jerome. *The Didascalicon of Hugh of St. Victor. A Medieval Guide to the Arts. Translated from the Latin with an Introduction and Notes.* New York and London: Columbia University Press, 1961.

Teicher, J. L. "The Latin-Hebrew School of Translators in Spain in the Twelfth Century." In *Homenaje à Millas Vallicrosa,* vol. 2. Barcelona, 1956. Pp. 425-40

Thesaurus linguae latinae. Editus auctoritate et consilio academiarum quinque germanicarum. Leipzig: Teubner, 1909-34.

Thompson, D. V. "Medieval Parchment Making." *Library,* 4th ser., 16 (1935): 113-17.

Van Aasche, M. "Divinae vacari lectioni." *Sacris Erudiri* 1 (1948): 13-14.

Van Buuren, Maarten. "Witold Gombrowisz et le grotesque." *Littérature* 48 (1982): 52-73.

Van den Eynde, Damian. "Chronologie des écrits d'Abélard a Héloise." *Antonianum* 37 (1962): 337-49.

———. "Détails biographiques sur Pierre Abélard." *Antonianum* 38 (1963): 217-23.

———. "Les Écrits perdus d'Abélard." *Antonianum* 37 (1962): 467-80.

———. *Essai sur la succession et la date des écrits de Hugues de Saint-Victor.* Studia Antoniana 13. Rome: Pontificium Athenaeum Antonianum, 1960.

Vauchez, A. *La Spiritualite du moyen âge occidental, 7è-12è siècles.* Collection SUP, L'Historien 19. Paris, 1975.

Verbeke, Werner, et al., eds. *The Use and Abuse of Eschatology in the Middle Ages.* Mediaevalia Lovaniensia 1, Studia 15. Louvain, 1988.

Verheijen, Melchoire. *Praeceptum.* Paris, 1967.

Vernet, F. "Hugues de Saint-Victor." In *Dictionnaire de théologie catholique,* vol. 7, cols. 240-308. Paris: Letouzey, 1930.

Veyne, Paul. *Writing History.* New York: Wesleyan University Press, 1987.

Vezin, J. "La Fabrication du manuscrit." In *Histoire de l'édition française,* ed. H. J. Martin and R. Chartier. Paris: Promodis, 1982. Pp. 25-48.

———. "L'Organisation matérielle du travail dans les scriptoria du haut moyen âge." In *Sous la règie de Saint Benoit. Structures monastiques et sociétés en France du moyen âge à l'époque moderne.* École pratique des Hautes Études. Hautes Études médiévales et modernes 47. Geneva, 1982. Pp. 427-31.

———. *Les 'scriptoria' d'Angers au 11e siècie.* Paris: H. Champian, 1974.

Wackernagel, Wilhelm. "Uber den Spiegel im Mittelalter." In *Kleinere Schriften,* vol. 1, ed. W. Wackernagel. Leipzig, 1872. Pp. 128-42.

Wailer, Katherine. "Rochester Cathedral Library: An English Book Collection Based on Norman Models." In *Les Mutations socio-culturelles au tournant des XI - XIIe siècles. Études anselmiennes. 4e session. Abbaye N. D. du Bec. juillet,* 1982. Paris: CNRS, 1983. Pp. 237-52.

Wathen, A. "Monastic Lectio: Some Clues from Terminology." *Monastic Studies* 12 (1976): 207-16.

Webber Jones, Leslie, trans. *An Introduction to Divine and Human Readings: Cassiodorus Senator.* New York: Octagon Books, Inc., 1966.

Weckwerth, Alfred. "Das altchristliche und das frtihchristliche Kirchengebaude-ein Bild des Gottesreiches." *Zeitschrift fur Kirchengeschichte* 4 (1958): 26-78.

Weijers, O. "Collège, une institution avant la lettre." *Vivarium* 21 (1983): 73-82.

Weimar, Peter. "Die legistische Literatur und die Methode des Rechtsunterrichtes der Glossatorenzeit." *Jus commune* 2 (1969): 41-83.

Weinrich, H. "Typen der Gedachtnismetaphorik." *Archiv für Begriffsgeschichte* (1946): 106-19.

Weisweiler, Heinrich. "Die Arbeitsmethode Hugos van St. Viktor. Ein Beitrag zum Entstehen seines Hauptwerkes 'De sacramentis.'" *Scholastik* 20-24 (1949): 59-87 and 232-67.

———. "Die Einflußphare der 'Vorlesungen' Hugos von St. Viktor." In

Mélanges J. de Ghellinck, vol. 2. Museum Lessianum, sect. hist. 14. Gembloux, 1951. Pp. 527–81.

——. "Sacrament als Symbol und Teilhabe. Der Einfluß des Ps.-Dionysius auf die allegemeine Sakramentenlehre Hugos van San Victor." *Scholastik* 27 (1952): 321–43.

Weitzmann, K. *Illustrations in Roll and Codex. A Study of the Origin and Method of Text Illustration.* Princeton: Princeton University Press, 1970.

Weyrauch, Erdmann. *Nach der Erfindung des Buchdruckes: Büchel, Bürger und Reformation in Strasburg 1521-1534.* Einfuhrung In die Altere Geschichte. Kurselnheit 7. Hagen: Fernuniversitat, 1987.

——. "Uberlegungen zur Bedeutung des Buches im Jahrhundert der Reformation." In *Flugschriften als Massenmedium der Reformationszeit,* vol. 7, ed. H. J. Kohler. Stuttgart, 1981. Pp. 243–60.

Wienbruch, Ulrich. "*Signum, significatio und Illuminatio* bei Augustin." In *Der Begriff der Repraesentatio im Mittelalter: Stellvertretung, Symbol, Zeichen, Bild.* Miscellanea Medievalia 8, ed. Albert Zimmermann. Berlin: De Gruyter, 1971. Pp. 76–93.

Wiesehofer, Joseph. *Ausbau des Schriftbezuges als Fortschritt der Wissenschaft. Die Entzifferung der Keilschrift.* Einfuhrung in die Altere Geschichte. Kurseinheit 9. Hagen: Fernuniversitat, 1987.

Wildhaber, Robert. "Formen der Besitzergreifung im Volksrecht, im Volksglauben und in der Volksdichtung." *Narodno Stvaralostvo Folklor* (Belgrade) 1965: 1227–39.

——. *Das Sundenregister auf der Kuhhaut.* FF Communications 163. Helsinki: Academia Scientiarum Fennica, 1955.

Wright, Roger. "Speaking, Reading and Writing Late Latin and Early Romance." *Neophilologus* 60 (1976): 178–89.

Yates, Frances. *The Art of Memory.* Chicago and London: University of Chicago Press, 1966.

Ziegler, Joseph. *Dulcedo Dei. Ein Beitrag zur Theologie der griechischen und lateinischen Bibel.* Alttestamentliche Abhandlungen, Band 13, Heft 2. Munster: Aschendorfsche Verlagsbuchhandlung, 1937.

Zinn, G. A., Jr. "*Historia fundamentum est:* The Role of History in the Contemplative Life According to Hugh of St. Victor." In *Contemporary Reflections on the Medieval Christian Tradition. Essays in Honor of Ray C. Petry,* ed. G. H. Shriver. Durham, N.G.: Duke University Press, 1974. Pp. 135-58.

____. "Hugh of St. Victor and the Ark of Noah: A New Look." *Church History* 40 (1971): 261-72.

____. "Hugh of St. Victor and the Art of Memory." *Viator* 5 (1974): 211-34.

____. "The Influence of Hugh of St. Victor's *Chronicon on the Abreviationes Chronicorum* by Ralph of Diceto." *Speculum* 52 (1977): 38-61.

Zumthor, Paul. *La Lettre et la voix de la "littérature" médiévale.* Paris: Seuil, 1987.